D1547828

Luigi Pirandello

Novelle
per un anno
Nouvelles
pour une année

*Choix de nouvelles
traduites de l'italien,
présentées et annotées par
Georges Piroué*

Gallimard

Traductions nouvelles établies pour cette édition par Georges Piroué

Titre original :

NOVELLE PER UN ANNO

© *Arnoldo Mondadori editore, 1956, 1957.*
Éditions Gallimard, 1973, 1978, 1988 pour la traduction française.
Éditions Gallimard, 1990, pour la présente édition bilingue,
la préface et les notes.

PRÉFACE

Sa première nouvelle connue et publiée, mais non reprise dans les Nouvelles pour une année, *Pirandello l'a écrite en 1884. Il a dix-sept ans, il est lycéen et a déjà composé quelques poèmes qui figureront dans le recueil* Mal giocondo *(Mal joyeux). Il s'agit de* Cahute, *croquis de mœurs siciliennes bien enlevé, racontant justement l'enlèvement d'une fille par son amoureux.*

Sa dernière nouvelle publiée de son vivant est Effet d'un rêve interrompu, *parue dans le* Corriere della sera *du 9 décembre 1936. Le lendemain, 10 décembre, l'illustre écrivain mourait d'une pneumonie contractée quelques jours plus tôt. Cette nouvelle reflète l'intérêt de Pirandello vieillissant pour le fantastique et les domaines de l'inconscient. Ses curiosités avaient évolué en même temps que son époque. Les géants de la montagne, pièce inachevée, tirera le bouquet final de ces insolites recherches.*

D'un bout à l'autre de son existence, Pirandello s'est adonné à une activité suivie de nouvelliste, comme il en a été d'ailleurs aussi, contrairement à ce qu'on a long-

temps cru, de son activité de dramaturge. Mais tandis que le conteur a joui assez tôt de la considération des directeurs de journaux où paraissent ses textes, le dramaturge doit attendre la réussite plus longtemps, car s'il ne faut que du talent pour écrire une nouvelle, il faut disposer d'un théâtre, rassembler acteurs et capitaux, sensibiliser le public pour pouvoir monter un spectacle. Pirandello en a su quelque chose! Une fois la célébrité obtenue, il est alors normal que la prose dramatique l'emporte sur la prose narrative sans toutefois étouffer cette dernière. On note seulement un fléchissement, à quoi succède vers les années 30 et sous des formes renouvelées, un regain de vitalité chez le conteur.

Loin d'avoir passé successivement d'un genre à l'autre, Pirandello les aurait plutôt menés de front, soit que le recueil de nouvelles serve de vivier au dramaturge qui y pêche ses sujets, soit que la nouvelle elle-même se présente déjà comme une ébauche de saynète calquée sur la construction théâtrale et où abondent les indications de mise en scène, d'interprétation. Les deux modes de création, l'un solitaire et réputé modeste, l'autre bruyant et ambitieux, se sont nourris l'un de l'autre.

Éloigné des tréteaux, assis à son bureau, Pirandello, en écrivant ses nouvelles, s'est payé un théâtre de marionnettes. Nous voyons les figurines expédier au pas de course une scène d'exposition, dévider le savoureux monologue au public, disposer les accessoires, une lampe ici, un revolver là, revêtir le costume qui leur dictera leur rôle comme le cher professeur du Frac

étroit *qui doit à cet habit trop ajusté pour son embon-
point de se métamorphoser de mouton qu'il était en
lion « superbe et généreux ». Quoi de plus théâtral que
cette modification de la personne en personnage.*

*Un double jeu de circonstances conditionne l'activité
du nouvelliste. D'une part il avait besoin de justifier aux
yeux de son père qui l'entretenait le choix d'une car-
rière littéraire, et plus tard, lorsque ce père se trouva
ruiné à la suite de l'inondation de sa mine de soufre, il a
dû à lui seul subvenir aux besoins de sa propre famille.
Mais d'autre part et quasi par bonheur, la presse quotidienne et périodique ouvre ses colonnes à l'écrivain,
comme à Maupassant en France. Ces temps-là ont bien
changé.*

*Cela ne va pas cependant sans difficulté : il faut se
contenter de l'espace disponible, accepter les tarifs,
batailler contre la pudibonderie des lecteurs qui pour-
raient s'offusquer, par exemple, du borborygme* post
mortem *d'un illustre personnage décédé que ses pairs
viennent saluer une dernière fois. Ce que Pirandello
appelle la* somaraggine *(de* somaro = *l'âne). Ces
ânes-là seront aussi à la* Première *des* Six personnages
en quête d'auteur, *et quels braiments, quelles ruades !*

*Pour faire bonne mesure, Pirandello ne se satisfait
pas de la seule publication dans la presse — cimetière,
comme chacun sait. Il se préoccupe à intervalles régu-
liers de réunir ses textes récents pour en faire des
recueils, puis il réalise une somme provisoire de ceux-ci
en quinze volumes et rêve de réaliser un corpus en un
volume unique qui sera finalement divisé en deux
tomes. Ce sont les* Nouvelles pour une année, *titre*

*qui sous-entend une nouvelle pour chaque jour de
l'année et fait penser aux « journées » de Boccace. Le
compte, hélas, n'y est pas, il n'y en a que deux cent
onze, plus un appendice. En vue de cette édition
l'auteur s'était attelé à une révision totale de l'ensemble,
interrompue, comme l'œuvre elle-même, par la mort.*

*Qu'elle soit d'agence, exploitée par le journaliste, ou
littéraire, conçue et rédigée par le poète, la nouvelle
relate un événement, et plus il est exceptionnel mieux
cela vaudra. Héritier des conteurs italiens de la Renais-
sance, mais aussi du vérisme de Verga, et également
par tempérament, Pirandello veut surprendre le lecteur, l'arracher à son confort matériel et intellectuel, à
son apathie, lui ôter ses idées reçues en le mettant en
présence du réel, en transformant ses modes de pensée.*

*Quoi de plus indiqué alors que d'avoir recours à
l'intarissable réservoir d'histoires que recèle la Sicile ?
Non seulement à cause de leur contenu dramatique,
mais aussi de l'occasion qu'elles offrent, par leur caractère peu commun, de démolir l'image conventionnelle
qu'on se fait de la nature humaine.*

*La Sicile, dans un premier temps, par l'étalage des
injustices, la misère des déclassés, remet en question
toute l'organisation sociale. Pirandello n'a pas pu se
retenir de faire connaître son pays tel qu'il est, l'accusant tout en le plaignant, comme le fera plus tard Leo-
nardo Sciascia, avec la même diffusion internationale à
partir d'un minuscule insularisme, car tous deux nous
ont fait comprendre que cela nous concernait tous.*

Le sujet de La mouche, *le nouvelliste l'a en quelque
sorte ramassé sur la paille d'une étable où un homme*

est en train de mourir de la maladie du charbon trans-
mise du mouton à lui par une mouche. Cette mouche,
par jalousie pour son cousin vivant qui devait se marier
le même jour que lui, il la laisse accomplir son œuvre
mortifère sur celui-ci. Cette anecdote paysanne, l'écrivain l'élargit aux dimensions d'une tragédie des temps
primitifs. La simple action d'un minuscule insecte dans
un lieu clos suffit à créer l'impression d'horreur. « Les
mouches gagnent les batailles », a écrit Pascal.

Autre est l'atmosphère plutôt burlesque de Toutes
les trois. Trois femmes, l'épouse légitime mais stérile,
la putain pour la bagatelle et la jeune mère pour la sur-
vivance de la lignée voient mourir leur baron chéri et
jurent d'en entretenir ensemble le souvenir, avec cette
légère entorse à la nature qu'on enlève le bébé à sa mère
pour l'élever dignement, en compensation de quoi on
lui trouve un mari complaisant. Tout est au rebours de
la morale courante et cela fait rire. Mais sous ce diver-
tissement à odeur de farce vaudevillesque se cache le
thème de la cellule familiale à laquelle se sacrifient
aussi bien l'épouse qui fait fi de sa dignité que la mère
privée de sa progéniture. Le foyer ! Il tient au cœur de
tout Sicilien, de Pirandello en particulier. En son nom
les vilenies s'accomplissent, qui peuvent être tenues
pour actes de sainteté. Le grotesque, vous voyez ? est
susceptible de dissimuler une grande complexité de
comportement.

La vérité nous conduit encore beaucoup plus loin
tant dans la commisération à l'égard d'un pauvre hère
que dans l'analyse des raisons de son malheur. Il
s'appelle Tararà, traîné au tribunal pour le meurtre de

son épouse adultère. Le public voudrait — et pourquoi pas la justice ? — qu'il s'agisse d'un crime passionnel. Or il refuse cet éventuel motif d'acquittement. Tant qu'on ne lui mettait pas, explique-t-il, sa honte sous le nez, il faisait en sorte de l'ignorer par respect pour la notabilité de l'amant de sa femme. Mais dès que le scandale éclate, que faire d'autre que tuer, n'en eût-il nulle envie ? Une première fois le sens de la hiérarchie sociale a retenu son bras ; une seconde fois un autre préjugé social l'a armé. Qu'en est-il de sa propre volonté ? Lui, un passionné ? Allons donc ! Il est bien trop aliéné aux pseudo-devoirs qu'on lui impose. Se moquant du mari outragé, la société le pousse au crime. A longueur d'année le Sicilien récite la comédie villageoise écrite par le préjugé. Le dramaturge n'a pas eu de peine à la transposer sur la scène, ayant fait en outre ses débuts avec des acteurs du cru.

Tararà avoue qu'il n'est pas lui-même, qu'il n'a pas vécu sa vérité mais celle des autres. Or la vérité, c'est tout de même en tant qu'il est lui-même, revêtu de sa rustaude candeur, qu'il la fait sortir du puits. L'œuvre de Pirandello fourmille de pareilles arguties où l'on se perd, où l'on se retrouve, où l'on retombe, hébété, sur ses pieds.

Dans un second temps donc, la Sicile sert à Pirandello de matériau pour édifier sa théorie du pluralisme psychologique, l'éthique qui en découle ainsi que sa philosophie esthétique. Tout lui est occasion de peaufiner son exposé, d'en multiplier les subtilités, mais ceci en partant toujours du concret — le fait divers, les chiens écrasés — c'est-à-dire en prêtant l'oreille aux

*mésaventures de ses compatriotes pour les commenter.
Car malgré leur inculture, ils possèdent, a-t-il remar-
qué, un petit mécanisme dans le cerveau aussi fou que
rationnel qui, à force d'épiloguer sur les calamités de la
vie, ne calme pas l'angoisse, mais l'entretient, voire
l'augmente. Le Sicilien extravague, il crie, il trépigne,
il en a la tête qui fume, mais qu'on prenne au sérieux,
je vous prie, ces lubies, ces rages d'infecter la plaie,
ces perpétuelles logorrhées : cet étrange personnage
illustre sous le trait caricatural notre exacte condition.
Il est notre semblable.*

*La conscience, c'est les autres en nous, disait à peu
près Tarara. Modifions légèrement la formule : c'est le
temps en nous, l'année, le jour, l'heure, qui ne cessent
de nous modifier. Et nous voici entrés dans la zone
d'élucidation que nous proposent Nos souvenirs et Le
chevreau noir. Des nouvelles ? À peine. Plutôt, pour
le premier texte, un fragment autobiographique illustrant la situation si longtemps subie de Pirandello un
pied à Rome, l'autre en Sicile, temps accéléré sur le
continent, temps immobile dans l'île. Ce qui vous joue
le vilain tour de vous affubler de fausses identités ; pour
le second texte un apologue dans le plus pur style du jeu
d'esprit où la durée qui s'écoule transforme aux yeux
d'une sémillante Miss un mignon chevreau en un horrible bouc. Bonne occasion pour s'en donner à cœur
joie. Quel plaisir que de suivre le maître ès spéculations
dans ses sentiers tortueux, que de se laisser prendre aux
arguments retors du juriste méridional, qui veille, l'œil
allumé, chez Pirandello. Ce n'est pas par hasard que la
fable du chevreau a pour décor l'antique cité grecque*

d'Akragas à quelques pas de laquelle, vériste ivre d'abstractions dialectiques, Luigi a vu le jour.

Installé sur le continent, Pirandello ne se contente pas d'interroger son passé insulaire : il regarde autour de lui et les nouvelles romaines se mêlent aux nouvelles siciliennes. Plus tard encore, au moment des grands voyages, s'y ajouteront quelques nouvelles américaines. Mais ce qui ne change pas, c'est que nous sommes presque toujours parmi les gagne-petit. Le piège ne fonctionne pas seulement par la faute de mœurs archaïques. Il exerce aussi ses ravages au sein de la communauté urbaine moderne. Cela peut être la combinaison de plusieurs hasards, comme il en est dans La vengeance du chien *qui n'a de sicilien que la personne du paysan meurtrier. La nouvelle repose sur une triple motivation autour d'un chien qui hurle des nuits durant devant deux belles villas parce que c'est dans sa nature. Son maître l'a mis là pour se venger d'avoir été grugé. La locataire de la villa de gauche en a pitié ; le locataire de la villa de droite, non. La première envoie sa petite fille nourrir la pauvre bête, mais le second lui avait déjà envoyé la boulette empoisonnée. L'enfant trouve l'animal mort, le paysan la tue.*

Le plus faible est celui qui se laisse prendre. Soit le bureau l'ennuie mortellement, soit les charges familières l'écrasent. Le lien conjugal l'étrangle, l'adultère l'emberlificote dans l'inextricable. Que faire devant tant de pitoyables destins ? La commisération se substitue à l'objectivité cruelle, la nervosité du style s'adoucit en sentimentalisme. La fatalité est combattue par la création et l'entretien de l'illusion. Un rai de

lumière entre dans la cellule, la porte de la prison s'ouvre sur le rêve. Il y a évasion puisque la tête est en fuite. Dans Le train a sifflé..., *cet appel dans la nuit libère le pauvre comptable de ses chiffres et de la surveillance de son chef. On le croit fou, tant la liberté paraît aux autres invraisemblable. Or tout simplement il voyage par l'esprit aux quatre coins de la planète. Son remède est la géographie, comme nous l'apprend le titre d'une autre nouvelle.*

Qu'importe dès lors le bureau. L'employé n'est pas un poseur de bombe, il est seulement un peu poète. Révolte et résignation vont ainsi de compagnie. Ses propres délires, il faut savoir les acclimater fût-ce sous les cieux les plus sombres.

Cette panacée le héros de Monde de papier *la connaissait depuis longtemps : c'est la lecture, le nez dans un livre d'exploration. Mais voici que devenu aveugle, il ne peut plus se payer ces villégiatures entre deux pages. Il est doublement frustré du monde réel qu'il avait voulu quitter et du monde imprimé, sa consolation. Il a recours à une lectrice, mais avoir lu des yeux et entendre lire à haute voix n'est pas la même chose : il ne reconnaît pas son univers. Le livre n'est plus le lieu d'une rencontre avec un imaginaire commun à tous les lecteurs. L'aveugle en palpant les feuillets ne réveille qu'une vibration de la mémoire des mots, plus profonde que la fiction communiquée par ce qui est écrit. Est-ce cela que le dramaturge a parfois souhaité transmettre à son public ?*

Issue cette fois catastrophique, il peut arriver encore que le rêve vous trahisse grossièrement. En proie à la

*gêne financière entre une femme hystérique et une
enfant rachitique, M. Anselmo rit en dormant. Là au
moins, au fond du sommeil, il s'imagine être heureux.
Or ce qui provoque son hilarité lui est un jour révélé : le
spectacle plutôt obscène de son chef de bureau enfonçant le bout de sa canne dans le derrière d'un malheureux subordonné. Il y a dissociation avortée : le gratte-
papier de la vie éveillée dénature inconsciemment le
refuge du rêve. Chez Pirandello, songeur à demi, personne ne passe jamais totalement d'un monde dans un
autre : les fous ne sont pas tout à fait fous — voir
Henri IV. Chacun garde le fil à la patte et la lutte pour
le casser se prolonge indéfiniment. Toute la vie l'esprit
partagé, toute la vie le cœur en peine ! Cet ailleurs sans
trêve recherché nous touche aujourd'hui peut-être plus
que les jongleries de l'intellectuel de l'entre-deux-
guerres.*

*Enfin non seulement l'être humain peut rêver, mais
la nature entière peut se revêtir de rêve. C'est le cas
lorsque la lune, si souvent présente, illumine le firma-
ment et bleuit le paysage. Ce faisant elle exerce une
influence morbide sur l'homme atteint du haut mal, sur
la femme travaillée par l'amour. Un lien existe entre les
contorsions de l'épileptique qui hurle dehors et les sima-
grées de son épouse dedans, qui cherche à aguicher son
cousin. Les énergies cosmiques agissent et l'on devine
là, chez Pirandello, les pulsions d'un panthéisme caché.*

*Tout pourrait basculer dans l'indicible. C'est ce que
souhaite obscurément Gosto, dans* Le lever du soleil, *qui s'offre la fantaisie, en gagnant la campagne,
d'assister au lever du jour avant de se suicider. Ce*

spectacle, il ne l'a jamais vu de sa vie ; le suicide, il ne sait pas ce que c'est. Nouveauté de ce qu'il a méprisé jusqu'ici — l'instant éternel du poète — nouveauté devant lui de l'au-delà. Le soleil ou la mort lui procurent l'occasion de sortir de l'insupportable existence quotidienne. Il ne verra pas l'un, il ne subira pas l'autre, puisqu'il s'endort.

Pirandello, qui de son côté aussi a voulu se suicider un soir, est demeuré, lui, éveillé. Non point tellement pour regagner la rive de la vie que pour se jeter dans l'exercice de l'art scénique compensatoire. « La nature, est-il écrit dans la nouvelle, comme un quelconque théâtre, donnait ses spectacles à heure fixe. » Bon exemple à suivre. Gosto a raté sa sortie aussi bien que la contemplation du lever du jour. Pirandello au contraire a opté pour le lever de rideau et les pleins feux de la rampe si comparables à ceux du soleil. Un rêve encore, évidemment, mais la fiction théâtrale tout de même, qui est notre œuvre sans l'être tout à fait, se dissipe moins vite.

Georges Piroué

Avertissement

Le critère sur lequel repose le choix de ces douze nouvelles est imité du souci de diversité dont Pirandello a toujours voulu faire preuve dans l'organisation de ses recueils.

Les sujets sont empruntés soit au monde paysan sicilien *(La vérité, La mouche)*, soit au monde bourgeois continental *(Le frac étroit, Tu ris)*. Les genres sont soit celui du fait divers *(La vengeance du chien)* ou du tableau de mœurs insolite *(Toutes les trois)*, soit celui de l'anecdote à intention philosophique illustrant le « pirandellisme » *(Le chevreau noir)*. La farce funèbre, chère à l'auteur, est représentée par *Le lever du soleil*.

Le train a sifflé...
Il treno ha fischiato...

Farneticava. Principio di febbre cerebrale, avevano detto i medici ; e lo ripetevano tutti i compagni d'ufficio, che ritornavano a due, a tre, dall'ospizio, ov'erano stati a visitarlo.

Pareva provassero un gusto particolare a darne l'annunzio coi termini scientifici, appresi or ora dai medici, a qualche collega ritardatario che incontravano per via :

— Frenesia, frenesia.

— Encefalite.

— Infiammazione della membrana.

— Febbre cerebrale.

E volevan sembrare afflitti ; ma erano in fondo così contenti, anche per quel dovere compiuto ; nella pienezza della salute, usciti da quel triste ospizio al gajo azzurro della mattinata invernale.

— Morrà ? Impazzirà ?

— Mah !

— Morire, pare di no...

— Ma che dice ? che dice ?

Il délirait. Début de fièvre cérébrale, avaient dit les médecins. Et c'est ce que répétaient ses camarades de bureau revenant à deux ou trois de l'asile où ils étaient tous allés le voir.

Ils semblaient éprouver un plaisir particulier à annoncer cette nouvelle dans les termes scientifiques, tout juste appris des médecins, à un collègue retardataire rencontré sur le chemin :

— Folie furieuse ! Folie furieuse !

— Encéphalite.

— Inflammation de la membrane.

— Fièvre cérébrale.

Ils voulaient paraître désolés. Mais au fond, quel contentement, ne fût-ce qu'à l'idée du devoir accompli, sortis pleins de santé de ce triste asile sous le gai ciel d'azur de cette matinée d'hiver.

— Il va mourir ? Devenir fou ?

— Bah !

— Mourir, ça n'a pas l'air...

— Mais que dit-il ? Que dit-il ?

— Sempre la stessa cosa. Farnetica...
— Povero Belluca !

E a nessuno passava per il capo che, date le specialissime condizioni in cui quell'infelice viveva da tant'-anni, il suo caso poteva anche essere naturalissimo ; e che tutto ciò che Belluca diceva e che pareva a tutti delirio, sintomo della frenesia, poteva anche essere la spiegazione più semplice di quel suo naturalissimo caso.

Veramente, il fatto che Belluca, la sera avanti, s'era fieramente ribellato al suo capo-ufficio, e che poi, all'aspra riprensione di questo, per poco non gli s'era scagliato addosso, dava un serio argomento alla supposizione che si trattasse d'una vera e propria alienazione mentale.

Perché uomo più mansueto e sottomesso, più metodico e paziente di Belluca non si sarebbe potuto immaginare.

Circoscritto... sì, chi l'aveva definito così ? Uno dei suoi compagni d'ufficio. Circoscritto, povero Belluca, entro i limiti angustissimi della sua arida mansione di computista, senz'altra memoria che non fosse di partite aperte, di partite semplici o doppie o di storno, e di defalchi e prelevamenti e impostazioni ; note, librimastri, partitarii, stracciafogli e via dicendo. Casellario ambulante : o piuttosto, vecchio somaro, che tirava zitto zitto, sempre d'un passo, sempre per la stessa strada la carretta, con tanto di paraocchi.

— Toujours la même chose. Il délire...
— Pauvre Belluca !

Il ne venait à l'esprit de personne qu'étant donné les conditions très exceptionnelles dans lesquelles ce malheureux vivait depuis tant d'années, son cas pouvait être aussi le plus naturel des cas et que tout ce que Belluca disait, que tous prenaient pour du délire, symptôme de folie furieuse, pouvait être également l'explication plus simple de son cas très naturel.

En vérité, le fait que la veille au soir Belluca s'était violemment rebellé contre son chef de bureau et que, durement rappelé à l'ordre, il s'en était fallu de peu qu'il ne lui tombât dessus, fournissait un sérieux argument à la supposition que bel et bien il s'agissait d'une aliénation mentale.

Car on ne pouvait imaginer homme plus paisible et soumis, plus méthodique et patient que Belluca.

Circonscrit, oui, qui l'avait ainsi défini ? Un de ses collègues de bureau. Circonscrit, pauvre Belluca, entre les étroites limites de son aride besogne de comptable, sans autre mémoire que comptes ouverts, comptabilités en partie simple, double, ou virements, défalcations et prélèvements, impositions, notes, livres de caisse, grands livres, paperasses et j'en passe. Fichier ambulant ou plutôt vieil âne qui tout doucement, toujours du même pas, toujours sur la même route, tirait la charrette avec tout ça d'œillères.

Orbene, cento volte questo vecchio somaro era stato frustato, fustigato senza pietà, così per ridere, per il gusto di vedere se si riusciva a farlo imbizzire un po', a fargli almeno almeno drizzare un po' le orecchie abbattute, se non a dar segno che volesse levare un piede per sparar qualche calcio. Niente ! S'era prese le frustate ingiuste e le crudeli punture in santa pace, sempre, senza neppur fiatare, come se gli toccassero, o meglio, come se non le sentisse più, avvezzo com'era da anni e anni alle continue solenni bastonature della sorte.

Inconcepibile, dunque, veramente, quella ribellione in lui, se non come effetto d'una improvvisa alienazione mentale.

Tanto più che, la sera avanti, proprio gli toccava la riprensione ; proprio aveva il diritto di fargliela, il capo-ufficio. Già s'era presentato, la mattina, con un'aria insolita, nuova ; e — cosa veramente enorme, paragonabile, che so ? al crollo d'una montagna — era venuto con più di mezz'ora di ritardo.

Pareva che il viso, tutt'a un tratto, gli si fosse allargato. Pareva che i paraocchi gli fossero tutt'a un tratto caduti, e gli si fosse scoperto, spalancato d'improvviso all'intorno lo spettacolo della vita. Pareva che gli orecchi tutt'a un tratto gli si fossero sturati e percepissero per la prima volta voci, suoni non avvertiti mai.

Eh bien, ce vieil âne plus de cent fois avait connu le fouet et le bâton sans pitié, comme ça, pour rire, pour le plaisir de se rendre compte s'il était possible de lui faire prendre un peu la mouche ou tout au moins dresser un peu ses oreilles rabattues, sinon faire mine de lever le pied pour décocher quelque ruade. Peine perdue ! Coups de fouet non mérités, cruelles piqûres d'aiguillon, il avait tout accepté saintement, perpétuellement, sans le moindre soupir, comme s'il se fût agi de son lot ou mieux encore comme s'il n'avait plus rien senti, habitué qu'il était depuis des années aux continuelles et solennelles bastonnades du destin.

Inconcevable donc, vraiment, que cette rébellion en lui, sinon comme effet d'une subite aliénation mentale.

D'autant plus que la veille au soir, la remontrance était proprement justifiée et le chef du bureau proprement en droit de la lui avoir infligée. Le matin déjà, Belluca s'était présenté avec un air nouveau, insolite et — chose vraiment énorme, comparable, comment dire ? à l'écroulement d'une montagne — il était arrivé plus d'une demi-heure en retard.

On eût dit que son visage s'était tout à coup élargi. Que les œillères tout à coup lui étaient tombées des yeux et que le spectacle de la vie, soudain étalé alentour, lui avait été révélé. On eût dit que tout à coup ses oreilles s'étaient débouchées et pour la première fois percevaient des voix, des sons jusqu'ici jamais entendus.

Così ilare, d'una ilarità vaga e piena di stordimento, s'era presentato all'ufficio. E, tutto il giorno, non aveva combinato niente.

La sera, il capo-ufficio, entrando nella stanza di lui, esaminati i registri, le carte :

— E come mai ? Che hai combinato tutt'oggi ?

Belluca lo aveva guardato sorridente, quasi con un'aria d'impudenza, aprendo le mani.

— Che significa ? — aveva allora esclamato il capo-ufficio, accostandoglisi e prendendolo per una spalla e scrollandolo. — Ohé, Belluca !

— Niente, — aveva risposto Belluca, sempre con quel sorriso tra d'impudenza e d'imbecillità su le labbra. — Il treno, signor Cavaliere.

— Il treno ? Che treno ?

— Ha fischiato.

— Ma che diavolo dici ?

— Stanotte, signor Cavaliere. Ha fischiato. L'ho sentito fischiare...

— Il treno ?

— Sissignore. E se sapesse dove sono arrivato ! In Siberia... oppure oppure... nelle foreste del Congo... Si fa in un attimo, signor Cavaliere !

Gli altri impiegati, alle grida del capo-ufficio imbestia-

C'est ainsi qu'hilare, d'une hilarité incertaine et pleine d'ahurissement, il s'était présenté au bureau. Et la journée durant il n'avait rien fait.

Entré le soir chez lui et ayant examiné registres et papiers :

— Eh bien alors ? avait demandé le chef. Qu'as-tu fait toute la journée ?

Belluca l'avait regardé le sourire aux lèvres, presque d'un air insolent, mains ouvertes[1].

— Mais qu'est-ce que cela signifie ? s'était alors exclamé le chef de bureau s'approchant, l'attrapant par une épaule, le secouant.

— Hé, Belluca !

— Rien, avait répondu Belluca, toujours avec ce sourire mi-insolent mi-imbécile. Le train, monsieur le Chevalier[2].

— Le train ? Quel train ?

— Il a sifflé.

— Mais que diable me racontes-tu ?

— Cette nuit, monsieur le Chevalier. Il a sifflé. Je l'ai entendu siffler...

— Le train ?

— Oui, monsieur. Et si vous saviez où je suis arrivé ! En Sibérie... Ou plutôt... plutôt dans les forêts du Congo... L'affaire d'un instant, monsieur le Chevalier.

Attirés par les cris du chef hors de lui, les autres

---

1. Geste caractéristique italien signifiant : ma foi, je n'en sais rien.
2. Titre honorifique. Les Italiens les utilisent couramment : dottore, professore, ingeniere, onorevole (pour le député), etc.

lito, erano entrati nella stanza e, sentendo parlare così
Belluca, giù risate da pazzi.

Allora il capo-ufficio — che quella sera doveva essere
di malumore — urtato da quelle risate, era montato su
tutte le furie e aveva malmenato la mansueta vittima di
tanti suoi scherzi crudeli.

Se non che, questa volta, la vittima, con stupore e
quasi con terrore di tutti, s'era ribellata, aveva inveito,
gridando sempre quella stramberia del treno che aveva
fischiato, e che, perdio, ora non più, ora ch'egli aveva
sentito fischiare il treno, non poteva più, non voleva
più esser trattato a quel modo.

Lo avevano a viva forza preso, imbracato e trascinato
all'ospizio dei matti.

Seguitava ancora, qua, a parlare di quel treno. Ne
imitava il fischio. Oh, un fischio assai lamentoso, come
lontano, nella notte ; accorato. E, subito dopo,
soggiungeva :

— Si parte, si parte... Signori, per dove ? per dove ?

E guardava tutti con occhi che non erano più i suoi.
Quegli occhi, di solito cupi, senza lustro, aggrottati, ora
gli ridevano lucidissimi, come quelli d'un bambino o
d'un uomo felice ; e frasi senza costrutto gli uscivano
dalle labbra. Cose inaudite ; espressioni poetiche, imma-
ginose, bislacche, che tanto più stupivano, in quanto non
si poteva in alcun modo spiegare come, per qual pro-

employés étaient entrés à leur tour et, entendant de tels propos : un déluge fou d'éclats de rire.

Alors, vexé par ces rires, le chef de bureau était monté sur ses grands chevaux — il devait être ce soir-là de mauvaise humeur — et avait malmené la paisible victime de tant de ses cruelles plaisanteries.

À ceci près que cette fois, à la stupeur et quasi même à la terreur générale, la victime s'était rebellée, mise à invectiver, revenant toujours à cette extravagance du train qui avait sifflé, et criant que bon Dieu maintenant, c'était fini, maintenant qu'il avait entendu le train siffler, il ne pouvait plus, il ne voulait plus être traité de cette manière.

On l'avait maîtrisé de vive force, garrotté et traîné à l'asile des fous.

Là il continuait encore à parler de ce train. Il en imitait le sifflement. Oh, un sifflement très plaintif, comme lointain, dans la nuit : désolé. Et aussitôt après, il ajoutait :

— On part... on part... Messieurs, pour aller où ? Pour aller où ?

Et il regardait tout le monde avec des yeux qui n'étaient plus les siens. Des yeux qui d'habitude sombres, sans éclat sous les sourcils froncés, riaient maintenant, tout brillants comme ceux d'un enfant ou d'un homme heureux ; et des phrases incohérentes lui sortaient de la bouche. Des choses inouïes : expressions poétiques, imagées, bizarres qui étonnaient d'autant plus qu'on ne savait expliquer comment, par quel prodige, elles fleurissaient

digio, fiorissero in bocca a lui, cioè a uno che finora
non s'era mai occupato d'altro che di cifre e registri e
cataloghi, rimanendo come cieco e sordo alla vita :
macchinetta di computisteria. Ora parlava di *azzurre
fronti* di montagne nevose, levate al cielo ; parlava di
viscidi cetacei che, voluminosi, sul fondo dei mari, con
la coda *facevan la virgola*. Cose, ripeto, inaudite.

Chi venne a riferirmele insieme con la notizia dell'
improvvisa alienazione mentale rimase però sconcertato, non notando in me, non che meraviglia, ma
neppur una lieve sorpresa.

Difatti io accolsi in silenzio la notizia.

E il mio silenzio era pieno di dolore. Tentennai il
capo, con gli angoli della bocca contratti in giù, amaramente, e dissi :

— Belluca, signori, non è impazzito. State sicuri
che non è impazzito. Qualche cosa dev'essergli
accaduta ; ma naturalissima. Nessuno se la può spiegare, perché nessuno sa bene come quest'uomo ha vissuto finora. Io che lo so, son sicuro che mi spiegherò
tutto naturalissimamente, appena l'avrò veduto e avrò
parlato con lui.

Cammin facendo verso l'ospizio ove il poverino era
stato ricoverato, seguitai a riflettere per conto mio :

« A un uomo che viva come Belluca finora ha vissuto, cioè una vita " impossibile ", la cosa più ovvia,

sur ses lèvres, c'est-à-dire chez quelqu'un qui ne s'était jamais occupé de rien d'autre que de chiffres, registres, inventaires, restant comme aveugle et sourd à la vie : petite machine à comptabiliser. Il parlait maintenant du *front azuré* des montagnes neigeuses dressées vers le ciel, de visqueux cétacés qui, énormes, au fond des mers, *faisaient la virgule* avec leur queue. Des choses, je le répète, inouïes.

Celui qui vint me les rapporter en même temps qu'il m'annonçait cette subite crise de folie, demeura déconcerté, n'ayant noté de ma part non seulement aucun signe d'émerveillement, mais même la plus légère surprise.

J'accueillis en effet la nouvelle en silence.

Et ce mien silence était plein de douleur. Je hochai la tête, les coins de la bouche contractés vers le bas, et amèrement je dis :

— Belluca, messieurs, n'est pas fou. Soyez-en sûrs, il n'est pas fou. Il lui est sans doute arrivé quelque chose, mais de tout à fait naturel. Personne ne peut se l'expliquer, parce que personne ne sait vraiment comment cet homme a vécu jusqu'ici. Moi qui le sais, je suis sûr que je m'expliquerai tout cela le plus naturellement du monde, dès que je l'aurai vu et que nous aurons parlé.

Sur le chemin de l'asile où le pauvre homme avait été interné, je continuai à réfléchir pour mon propre compte :

« Chez un homme qui vit comme Belluca a toujours vécu, c'est-à-dire une vie " impossible ", la

l'incidente più comune, un qualunque lievissimo
inciampo imprevedito, che so io, d'un ciottolo per via,
possono produrre effetti straordinarii, di cui nessuno si
può dar la spiegazione, se non pensa appunto che la
vita di quell'uomo è " impossibile ". Bisogna condurre
la spiegazione là, riattaccandola a quelle condizioni di
vita impossibili, ed essa apparirà allora semplice e
chiara. Chi veda soltanto una coda, facendo astrazione
dal mostro a cui essa appartiene, potrà stimarla per se
stessa mostruosa. Bisognerà riattaccarla al mostro ; e
allora non sembrerà più tale ; ma *quale dev'essere*,
appartenendo a quel mostro.

   « Una coda naturalissima. »

   Non avevo veduto mai un uomo vivere come Belluca.

   Ero suo vicino di casa, e non io soltanto, ma tutti gli
altri inquilini della casa si domandavano con me come
mai quell'uomo potesse resistere in quelle condizioni
di vita.

   Aveva con sé tre cieche, la moglie, la suocera e la
sorella della suocera : queste due, vecchissime, per
cataratta ; l'altra, la moglie, senza cataratta, cieca fissa ;
palpebre murate.

   Tutt'e tre volevano esser servite. Strillavano dalla
mattina alla sera perché nessuno le serviva. Le due
figliuole vedove, raccolte in casa dopo la morte dei
mariti, l'una con quattro, l'altra con tre figliuoli, non
avevano mai né tempo né voglia da badare ad esse ; se

chose la plus évidente, l'incident le plus commun, le plus léger et quelconque obstacle imprévu, que sais-je, un caillou sur la route, peuvent produire des effets extraordinaires dont personne n'est capable de donner la clé s'il omet de penser justement que la vie de cet homme est " impossible ". C'est là qu'il faut pousser l'explication et, en la reliant à ces conditions de vie impossibles, elle paraîtra simple et claire. Quiconque ne verra qu'une queue, en faisant abstraction du monstre auquel elle appartient, pourra la tenir en elle-même pour monstrueuse. Il faut la relier au monstre et alors elle ne semblera plus belle, mais *ce qu'elle doit être* en appartenant au monstre.

« Une queue très naturelle. »

Je n'avais jamais vu personne vivre comme Belluca vivait.

Nous étions voisins, et non seulement moi, mais tous les autres locataires de la maison, nous nous demandions comment cet homme pouvait résister à de pareilles conditions d'existence.

Il vivait avec trois aveugles, sa femme, sa belle-mère et la sœur de sa belle-mère : les deux dernières, très âgées, atteintes de la cataracte ; l'autre, l'épouse, sans cataracte, aveugle à jamais, paupières murées.

Toutes les trois entendaient être servies. Elles criaient du matin au soir parce que personne ne le faisait. Les deux filles veuves, recueillies à la maison depuis la mort de leur mari, l'une avec quatre, l'autre avec trois enfants, n'avaient jamais ni le temps ni l'envie de s'occuper d'elles. C'était tout

mai, porgevano qualche ajuto alla madre soltanto.

Con lo scarso provento del suo impieguccio di computista poteva Belluca dar da mangiare a tutte quelle bocche ? Si procurava altro lavoro per la sera, in casa : carte da ricopiare. E ricopiava tra gli strilli indiavolati di quelle cinque donne e di quei sette ragazzi finché essi, tutt'e dodici, non trovavan posto nei tre soli letti della casa.

Letti ampii, matrimoniali ; ma tre.

Zuffe furibonde, inseguimenti, mobili rovesciati, stoviglie rotte, pianti, urli, tonfi, perché qualcuno dei ragazzi, al bujo, scappava e andava a cacciarsi fra le tre vecchie cieche, che dormivano in un letto a parte, e che ogni sera litigavano anch'esse tra loro, perché nessuna delle tre voleva stare in mezzo e si ribellava quando veniva la sua volta.

Alla fine, si faceva silenzio, e Belluca seguitava a ricopiare fino a tarda notte, finché la penna non gli cadeva di mano e gli occhi non gli si chiudevano da sé.

Andava allora a buttarsi, spesso vestito, su un divanaccio sgangherato, e subito sprofondava in un sonno di piombo, da cui ogni mattina si levava a stento, più intontito che mai.

Ebbene, signori : a Belluca, in queste condizioni, era accaduto un fatto naturalissimo.

juste si quelquefois elles aidaient un peu leur mère.

Avec le maigre revenu de son misérable emploi[1] de comptable, comment Belluca aurait-il pu nourrir toutes ces bouches ? Il se procurait du travail d'appoint le soir, chez lui : des papiers à copier. Et il copiait au milieu des cris infernaux de ces cinq femmes et de ces sept enfants jusqu'à ce que ces douze personnes aient toutes trouvé place dans les trois uniques lits de la maison.

Des lits conjugaux très vastes, mais seulement trois.

Furieuses bagarres, poursuites, meubles renversés, vaisselle cassée, sanglots, hurlements, patatras, parce qu'un des gosses, dans le noir, s'échappait et courait se fourrer parmi les trois vieilles aveugles qui dormaient dans un lit à part et qui se disputaient tous les soirs elles aussi pour la raison qu'aucune des trois ne voulait être au milieu et regimbait quand venait son tour.

À la fin, le silence régnait, et Belluca continuait à copier tard dans la nuit, jusqu'à ce que la plume lui tombe des doigts et que ses yeux se ferment tout seuls.

Il allait alors se jeter, souvent tout habillé, sur un mauvais canapé[2] défoncé et sombrait aussitôt dans un sommeil de plomb d'où chaque matin il émergeait à grand-peine plus hébété que jamais.

Eh bien, messieurs : la chose la plus naturelle, dans de telles conditions, était arrivée à Belluca.

1. *Impiego* + suffixe · *accio*, dépréciatif.
2. *Divano* + suffixe · *accio*, idem.

Quando andai a trovarlo all'ospizio, me lo raccontò lui stesso, per filo e per segno. Era, sì, ancora esaltato un po', ma *naturalissimamente,* per ciò che gli era accaduto. Rideva dei medici e degli infermieri e di tutti i suoi colleghi, che lo credevano impazzito.

— Magari ! — diceva. — Magari !

Signori, Belluca, s'era dimenticato da tanti e tanti anni — ma proprio dimenticato — che il mondo esisteva.

Assorto nel continuo tormento di quella sua sciagurata esistenza, assorto tutto il giorno nei conti del suo ufficio, senza mai un momento di respiro, come una bestia bendata, aggiogata alla stanga d'una nòria o d'un molino, sissignori, s'era dimenticato da anni e anni — ma proprio dimenticato — che il mondo esisteva.

Due sere avanti, buttandosi a dormire stremato su quel divanaccio, forse per l'eccessiva stanchezza, insolitamente, non gli era riuscito d'addormentarsi subito. E, d'improvviso, nel silenzio profondo della notte, aveva sentito, da lontano, fischiare un treno.

Gli era parso che gli orecchi, dopo tant'anni, chi sa come, d'improvviso gli si fossero sturati.

Il fischio di quel treno gli aveva squarciato e portato via d'un tratto la miseria di tutte quelle sue orribili angustie, e quasi da un sepolcro scoperchiato s'era ritrovato a spaziare anelante nel vuoto arioso del mondo che gli si spalancava enorme tutt'intorno.

Lorsque j'allai le voir à l'asile, il me la raconta lui-même par le menu. Il était certes encore un peu exalté, mais *de la manière la plus naturelle*, par ce qui lui était arrivé. Il riait des médecins, des infirmiers et de tous ses collègues qui le croyaient devenu fou.

— Si seulement ! disait-il, si seulement !

Depuis tant d'années, messieurs, Belluca avait oublié — je dis proprement oublié — l'existence de l'univers.

Plongé dans le perpétuel tourment de sa vie calamiteuse, plongé la journée durant dans ses comptes de bureau, sans un seul instant de répit, comme une bête aux yeux bandés sous le joug de la barre d'une noria, d'un moulin, oui, depuis tant d'années, messieurs, il avait oublié — je dis proprement oublié — l'existence de l'univers.

S'étant écroulé l'avant-veille sur son mauvais canapé, épuisé, pour y dormir, l'excès de fatigue l'avait peut-être empêché pour une fois de sombrer tout de suite dans le sommeil. Et soudain, dans le silence profond de la nuit, voici qu'au loin, il avait entendu un train siffler.

Il avait eu la sensation que ses oreilles après tant d'années, qui sait comment, à l'improviste s'étaient débouchées.

Le sifflement de ce train avait d'un seul coup arraché et emporté la misère de toutes ses horribles angoisses et, comme tiré d'un sépulcre béant, il s'était découvert, haletant, en train de planer dans le vide aéré du monde étalé, immense, alentour.

S'era tenuto istintivamente alle coperte che ogni sera si buttava addosso, ed era corso col pensiero dietro a quel treno che s'allontanava nella notte.

C'era, ah ! c'era, fuori di quella casa orrenda, fuori di tutti i suoi tormenti, c'era il mondo, tanto, tanto mondo lontano, a cui quel treno s'avviava... Firenze, Bologna, Torino, Venezia... tante città, in cui egli da giovine era stato e che ancora, certo, in quella notte sfavillavano di luci sulla terra. Sì, sapeva la vita che vi si viveva ! La vita che un tempo vi aveva vissuto anche lui ! E seguitava, quella vita ; aveva sempre seguitato, mentr'egli qua, come una bestia bendata, girava la stanga del molino. Non ci aveva pensato più ! Il mondo s'era chiuso per lui, nel tormento della sua casa, nell'arida, ispida angustia della sua computisteria... Ma ora, ecco, gli rientrava, come per travaso violento, nello spirito. L'attimo, che scoccava per lui, qua, in questa sua prigione, scorreva come un brivido elettrico per tutto il mondo, e lui con l'immaginazione d'improvviso risvegliata poteva, ecco, poteva seguirlo per città note e ignote, lande, montagne, foreste, mari... Questo stesso brivido, questo stesso palpito del tempo. C'erano, mentr'egli qua viveva questa vita « impossibile » tanti e tanti milioni d'uomini sparsi su tutta la terra, che vivevano diversamente. Ora, nel medesimo attimo ch'egli qua soffriva, c'erano le mon-

Instinctivement il s'était accroché aux couvertures que chaque soir il jetait sur lui et rué par la
pensée à la poursuite de ce train qui s'éloignait dans
les ténèbres.

Il était là, ah, il était là hors de cette affreuse
maison et de tous ses tourments, il était là le monde,
tout ce monde lointain vers lequel le train roulait...
Florence, Bologne, Turin, Venise... tant de villes
qu'il avait visitées étant jeune et qui certainement
encore, en cette nuit, sur la terre, scintillaient de
mille lumières. Oui, il connaissait la vie qu'on y
menait. La vie que jadis il y avait menée lui aussi ! Et
elle continuait, cette vie ; elle avait toujours
continué pendant qu'ici, comme une bête aux yeux
bandés, il tournait la barre du moulin. Il n'y avait
jamais plus pensé ! Le monde s'était fermé pour lui,
dans le tourment de son foyer, l'aride et épineuse
obsession de sa comptabilité... Mais voici qu'il se
réintroduisait dans son esprit, comme à la suite
d'un transvasement violent. L'instant qui venait
d'exploser pour lui ici même, dans sa prison, par-
courait le monde comme un long frisson électrique,
et par son imagination soudainement réveillée, il
pouvait, oui, il pouvait l'accompagner de ville en
ville, connues et inconnues, par landes, montagnes,
forêts et mers... Ce frisson même, cette palpitation
du temps ! Tandis qu'il vivait de cette vie
« impossible », existaient dispersés sur la terre des
millions et des millions d'hommes qui vivaient
d'autre façon. Maintenant dans l'instant même où il
souffrait ici, existaient, solitaires et neigeuses, des

tagne solitarie nevose che levavano al cielo notturno le
azzurre fronti... Sì, sì, le vedeva, le vedeva, le vedeva
così.. c'erano gli oceani... le foreste...

E, dunque, lui — ora che il mondo gli era rientrato
nello spirito — poteva in qualche modo consolarsi ! Sì,
levandosi ogni tanto dal suo tormento, per prendere
con l'immaginazione una boccata d'aria nel mondo.

Gli bastava !

Naturalmente, il primo giorno, aveva ecceduto.
S'era ubriacato. Tutto il mondo, dentro d'un tratto :
un cataclisma. A poco a poco, si sarebbe ricomposto.
Era ancora ebro della troppa troppa aria, lo sentiva.

Sarebbe andato, appena ricomposto del tutto, a chie-
dere scusa al capo-ufficio, e avrebbe ripreso come
prima la sua computisteria. Soltanto il capo-ufficio
ormai non doveva pretender troppo da lui come per il
passato : doveva concedergli che di tanto in tanto, tra
una partita e l'altra da registrare, egli facesse una capa-
tina, sì in Siberia... oppure oppure... nelle foreste del
Congo :

— Si fa in un attimo, signor Cavaliere mio. Ora che
il treno ha fischiato...

montagnes qui dans le ciel nocturne levaient leur *front azuré*... Oui, oui, il les voyait, les voyait, c'est ainsi qu'il les voyait... les océans, les forêts...

Si bien que d'une certaine manière — maintenant que le monde s'était réintroduit dans son esprit — il pouvait se consoler. Oui, en se libérant de temps en temps de son tourment pour respirer, par l'imagination, une goulée d'air dans le monde.

Cela suffisait !

Le premier jour, naturellement, il avait exagéré. Il s'était saoulé. D'un seul coup le monde entier en lui : un cataclysme. Il allait reprendre peu à peu le contrôle de lui-même. Il était encore ivre de ce trop plein d'air, il le sentait.

Une fois bien maître de lui-même, il irait présenter ses excuses au chef de bureau et se remettrait comme avant à sa comptabilité. A ceci près que le chef de bureau ne devrait plus trop exiger de lui, comme il le faisait par le passé, mais lui concéder que de loin en loin, entre deux opérations à enregistrer, il s'accordât une petite virée en Sibérie, pourquoi pas ? ou bien... ou bien dans les forêts du Congo :

— C'est l'affaire d'une minute, mon très cher Chevalier.

Maintenant que le train a sifflé...

Nos souvenirs
I nostri ricordi

Questa, la via ? questa, la casa ? questo, il giardino ?
Oh vanità dei ricordi !

Mi accorgevo bene, visitando dopo lunghi e lunghi
anni il paesello ov'ero nato, dove avevo passato
l'infanzia e la prima giovinezza, ch'esso, pur non
essendo in nulla mutato, non era affatto quale era
rimasto in me, ne' miei ricordi.

Per sé, dunque, il mio paesello non aveva quella vita,
di cui io per tanto tempo avevo creduto di vivere ;
quella vita che per tanto altro tempo aveva nella mia
immaginazione seguitato a svolgersi in esso, ugualmente, senza di me ; e i luoghi e le cose non avevano
quegli aspetti che io con tanta dolcezza di affetto avevo
ritenuto e custodito nella memoria.

Non era mai stata, quella vita, se non in me. Ed ecco,
al cospetto delle cose — non mutate ma diverse perché
io ero diverso — quella vita mi appariva irreale, come
di sogno : una mia illusione, una mia finzione d'allora.

Ça, la rue ? Ça, la maison ? Ça, le jardin ?

Oh ! vanité des souvenirs !

En visitant après de très longues années le petit pays où j'étais né, où j'avais passé mon enfance et ma première jeunesse, je m'apercevais bien que, sans avoir pourtant changé en rien, il n'était vraiment pas tel qu'il était resté en moi, dans mes souvenirs.

En lui-même donc mon petit village ne possédait pas cette vie dont j'avais cru vivre si longtemps ; cette vie qui, pendant un autre si long laps de temps, avait dans mon imagination continué également en lui, hors de ma présence, à se dérouler ; et les lieux et les choses n'avaient pas cet aspect qu'avec une si grande douceur d'affection, j'avais gardé et sauvegardé en ma mémoire.

Elle n'avait jamais existé, cette vie, sinon en moi. Et voici qu'en face des choses — inchangées mais différentes, parce que moi, j'étais différent — cette vie m'apparaissait irréelle, comme de rêve : une illusion, une fiction d'antan bien à moi.

E vani, perciò, tutti i miei ricordi.

Credo sia questa una delle più tristi impressioni, forse la più triste, che avvenga di provare a chi ritorni dopo molti anni nel paese natale : vedere i proprii ricordi cader nel vuoto, venir meno a uno a uno, svanire : i ricordi che cercano di rifarsi vita e non si ritrovano più nei luoghi, perché il sentimento cangiato non riesce più a dare a quei luoghi la realtà ch'essi avevano prima, non per se stessi, ma per lui.

E provai, avvicinandomi a questo e a quello degli antichi compagni d'infanzia e di giovinezza, una segreta, indefinibile ambascia.

Se, al cospetto d'una realtà così diversa, mi si scopriva illusione la mia vita d'allora, que' miei antichi compagni — vissuti sempre fuori e ignari della mia illusione — com'erano ? chi erano ?

Ritornavo a loro da un mondo che non era mai esistito, se non nella mia vana memoria ; e, facendo qualche timido accenno a quelli che per me eran ricordi lontani, avevo paura di sentirmi rispondere :

« Ma dove mai ? ma quando mai ? »

Perché, se pure a quei miei antichi compagni, come a tutti, l'infanzia si rappresentava con la soave poesia della lontananza, questa poesia certamente non aveva potuto mai prendere nell'anima loro quella consistenza che aveva preso nella mia, avendo essi di continuo sotto gli

D'où la vanité de tous mes souvenirs.

C'est là, me semble-t-il, une des plus tristes impressions, peut-être l'impression la plus triste qu'il soit donné d'éprouver à celui qui, après de nombreuses années, revient au pays natal : voir ses propres souvenirs tomber dans le néant, se dissiper un à un, s'évanouir ; souvenirs qui cherchent à reprendre vie et qu'on ne retrouve plus dans les lieux parce que le sentiment qui a changé n'arrive plus à revêtir ces lieux de la réalité qu'ils avaient auparavant, non pour eux-mêmes, mais pour vous.

M'approchant de l'un ou l'autre de mes anciens camarades d'enfance, de jeunesse, j'éprouvai un secret malaise indéfinissable.

Si en face d'une réalité si différente ma vie d'alors se révélait une illusion, ces anciens camarades-là — ayant toujours vécu en dehors et dans l'ignorance de mon illusion — comment étaient-ils ? Qui étaient-ils ?

Je revenais à eux d'un monde qui n'avait jamais existé, sinon dans ma vaine mémoire ; et faisant quelque timide allusion à des gens qui étaient pour moi de lointains souvenirs, j'avais peur de m'entendre répondre :

— Mais où donc ? Mais quand donc ?

Car si même pour ces anciens camarades, comme pour n'importe qui, l'enfance apparaissait baignée de la suave poésie de l'éloignement, certainement que cette poésie n'avait jamais pu prendre dans leur âme la consistance qu'elle avait prise dans la mienne, eux qui sans cesse avaient eu sous les yeux

òcchi il paragone della realtà misera, angusta, monotona, non diversa per loro, come diversa appariva a me adesso.

Domandai notizia di tanti e, con maraviglia ch'era a un tempo angoscia e dispetto, vidi, a qualche nome, certi visi oscurarsi, altri atteggiarsi di stupore o di disgusto o di compassione. E in tutti era quella pena quasi sospesa, che si prova alla vista di uno che, pur con gli occhi aperti e chiari, vada nella luce a tentoni : cieco.

Mi sentivo raggelare dall'impressione che quelli ricevevano nel vedermi chieder notizia di certuni che, o erano spariti, o non meritavano più che *uno come me* se ne interessasse.

Uno come me !

Non vedevano, non potevano vedere ch'io movevo quelle domande da un tempo remoto, e che coloro di cui chiedevo notizia erano ancora i miei compagni d'allora.

Vedevano me, qual ero adesso ; e ciascuno di certo mi vedeva a suo modo ; e sapevan deli altri — loro sì, sapevano — come s'eran ridotti ! Qualcuno era morto, poco dopo il mio allontanamento dal paese, e quasi non si serbava più memoria di lui ; ora, immagine sbiadita, attraversava il tempo che per lui non era stato più, ma non riusciva a rifarsi vivo nemmeno per un istante e rimaneva pallida ombra di quel mio sogno lontano ; qualche altro era andato a finir male, prestava umili servizi per

de quoi comparer avec la réalité minable, étroite, monotone, sans cesse différente pour eux, qui se révélait maintenant à moi.

Je demandai des nouvelles de beaucoup et, avec une surprise où se mêlaient l'angoisse et le dépit, je vis, selon les noms, certains visages se rembrunir, d'autres marquer de la stupeur, de la répulsion, de la compassion. Et chez tous c'était cette peine comme retenue qu'on éprouve à l'égard de quelqu'un qui, bien qu'il ait les yeux ouverts, le regard clair, marcherait à tâtons en plein jour, à l'aveuglette.

J'étais glacé par l'impression qu'ils ressentaient à m'entendre m'informer de personnes qui ou bien avaient disparu ou bien ne méritaient plus qu'un *homme comme moi* s'intéressât à eux.

Un homme comme moi !

Ils ne voyaient pas, ne pouvaient pas voir que je tirais ces questions d'une époque reculée et que ceux dont je m'informais étaient encore mes camarades de cette époque.

Ils me voyaient tel que j'étais à présent et chacun d'eux certainement à sa manière. Et ce à quoi les autres s'étaient trouvés réduits, ils le savaient — eux oui, ils le savaient. L'un était mort peu après mon départ du pays et c'est à peine si on se souvenait de lui : image décolorée, il traversait le temps qui pour lui n'existait plus, mais il n'arrivait pas, fût-ce pour un instant, à reprendre vie et demeurait ombre pâle de mon rêve lointain ; cet autre avait mal fini, il accomplissait d'humbles besognes pour vivoter et

campar la vita e dava del *lei* rispettosamente a coloro
coi quali da fanciullo e da giovanetto trattava da pari a
pari ; qualche altro era stato anche in prigione, per
furto ; e uno, Costantino, eccolo lì : guardia di città :
pezzo d'impertinente, che si divertiva a sorprendere in
contravvenzione tutti gli antichi compagni di scuola.

Ma una più viva maraviglia provai nel ritrovarmi
d'improvviso intimo amico di tanti che avrei potuto
giurare di non aver mai conosciuto, o di aver conosciuto appena, o di cui anzi mi durava qualche ingrato
ricordo o d'istintiva antipatia o di sciocca rivalità infantile.

E il mio più intimo amico, a detta di tutti, era un
certo dottor Palumba, mai sentito nominare, il quale,
poveretto, sarebbe venuto certamente ad accogliermi
alla stazione, se da tre giorni appena non avesse perduto la moglie. Pure sprofondato nel cordoglio della
sciagura recentissima, però, il dottor Palumba agli
amici, andati a fargli le condoglianze, aveva chiesto
con ansia di me, se ero arrivato, se stavo bene, dov'ero
alloggiato, per quanto tempo intendevo di trattenermi
in paese.

Tutti, con commovente unanimità, mi informarono
che non passava giorno, che quel dottor Palumba non

---

1. Dare del *lei*, troisième personne du singulier, pour
s'adresser à son supérieur ou pour honorer quelqu'un — pas toujours à bon escient. Cette forme de respect est de moins en moins

usait respectueusement de la forme de politesse[1]
avec ceux qu'enfant et adolescent il traitait d'égal à
égal ; cet autre avait même fait de la prison pour
vol ; et celui-là, Costantino, regardez-le : sergent de
ville ! Un monument d'impertinence dont le plaisir
était de surprendre en contravention tous ses
anciens copains d'école.

Mais j'éprouvai une encore plus vive surprise à
me découvrir soudain ami intime de tant de gens
que j'aurais pu jurer n'avoir jamais connus, ou à
peine, ou dont je ne conservais même qu'un souvenir désagréable soit d'antipathie instinctive, soit
de stupide rivalité enfantine.

Aux dires de tout le monde, le plus intime de ces
amis était un certain docteur Palumba — jamais
entendu nommé — qui serait certainement venu
m'accueillir à la gare s'il n'avait pas, le pauvre
homme, perdu sa femme à peine trois jours plus tôt.
Mais, quoique plongé dans l'affliction d'un si récent
malheur, ce docteur Palumba avait pressé de questions anxieuses les amis venus lui présenter leurs
condoléances, demandant si j'étais arrivé, comment
j'allais, où je logeais, combien de temps je pensais
séjourner au pays.

En débordant d'une émouvante unanimité, on
m'informa qu'il ne se passait pas de jour sans que
Palumba parlât longuement de moi, racontant avec

---

utilisée. Le fascisme avait imposé le *voi*, deuxième personne du
pluriel, comme en français. Les Italiens d'aujourd'hui se tirent
d'affaire en recourant très vite au tutoiement.

parlasse di me a lungo, raccontando con particolari inesaubili, non solo i giuochi della mia infanzia, le birichinate di scolaretto, e poi le prime, ingenue avventure giovanili ; ma anche tutto ciò che avevo fatto da che m'ero allontanato dal paese, avendo egli sempre chiesto notizie di me a quanti fossero in caso di dargliene. E mi dissero che tanto affetto, una così ardente simpatia dimostrava per me in tutti quei racconti, che io, pur provando per qualcuno di essi che mi fu riferito un certo imbarazzo e anche un certo sdegno e avvilimento, perché, o non riuscivo a riconoscermi in esso o mi vedevo rappresentato in una maniera che più sciocca e ridicola non si sarebbe potuta immaginare, non ebbi il coraggio d'insorgere e di protestare :

« Ma dove mai ? ma quando mai ? Chi è questo Palumba ? Io non l'ho sentito mai nominare ! »

Ero sicuro che, se così avessi detto, si sarebbero tutti allontanati da me con paura, correndo ad annunziare ai quattro venti :

« Sapete ? Carlino Bersi è impazzito ! Dice di non conoscere Palumba, di non averlo mai conosciuto ! »

O forse avrebbero pensato, che per quel po' di gloriola, che qualche mio quadretto mi ha procacciata, io ora mi vergognassi della tenera, devota, costante amicizia di quell'umile e caro dottor Palumba.

d'intarissables détails non seulement les jeux de
mon enfance, les polissonneries et ensuite les naïves
premières aventures de jeunesse, mais encore tout
ce que j'avais fait depuis que j'avais quitté le pays,
ayant toujours quêté de mes nouvelles auprès de
ceux qui étaient en mesure de les lui donner. Et l'on
me dit qu'il manifestait pour moi dans tous ses
récits une telle affection, une si ardente sympathie
que — bien qu'éprouvant pour certains de ceux qui
me furent rapportés un certain embarras, voire
même un certain agacement et sentiment de honte,
car soit je n'arrivais pas à m'y reconnaître, soit je
m'y voyais représenté de la manière la plus sotte et
ridicule qu'on eût pu imaginer — je n'eus pas le
courage de réagir et de protester :

— Mais où donc ? Mais quand donc ? Qui est
ce Palumba ? Je ne l'ai même jamais entendu
nommer.

J'étais sûr qu'à m'entendre m'exprimer ainsi, ils
se seraient tous écartés de moi, non sans crainte, en
courant proclamer aux quatre vents :

— Vous savez, Carlino Bersi, il est fou ! Il affirme
ne pas connaître Palumba, ne l'avoir jamais connu !

Peut-être auraient-ils pensé qu'à cause de ce peu
de gloriole que quelques-uns de mes petits
tableaux[1] m'ont inspirée, je rougissais maintenant
de la tendre et constante amitié dévouée de cet
humble et cher Palumba.

1. Pirandello a été quelque peu peintre amateur et aussi cri-
tique d'art au *Giornale di Sicilia* de 1895 à 1897.

Zitto, dunque. No, che zitto ! M'affrettai a dimos-
trare anch'io una vivissima premura di conoscere
intanto la recente disgrazia di quel mio povero intimo
amico.

— Oh, caro Palumba ! Ma guarda... Quanto me ne
dispiace ! La moglie, povero Palumba ? E quanti
figliuoli gli ha lasciati ?

Tre ? Eh già, sì, dovevano esser tre. E piccini tutti e
tre, sicuro, perché aveva sposato da poco... Meno
male, però, che aveva in casa una sorella nubile... Già
già... sì sì... come no ? me ne ricordavo benissimo ! Gli
aveva fatto da madre, quella sorella nubile : oh, tanto
buona, tanto buona anche lei... Carmela ? No. An...
Angelica ? Ma guarda un po', che smemorato !
An...tonia, già, Antonia, Antonia, ecco : adesso mi
ricordavo benissimo ! E c'era da scommettere che
anche lei, Antonia, non passava giorno che non parlasse di me, a lungo. Eh sì, proprio ; e non solo di me,
ma anche della maggiore delle mie sorelle, parlava,
della quale era stata compagna di scuola fino al primo
corso normale.

Perdio ! Quest'ultima notizia m'afferrò, dirò così,
per le braccia e m'inchiodò lì a considerare, che infine
qualcosa di vero doveva esserci nella sviscerata amicizia di questo Palumba per me. Non era più lui solo ;
c'era anche Antonia adesso, che si diceva amica d'una
delle mie sorelle ! E costei affermava d'avermi veduto

Silence donc. Non, pas de silence. À mon tour je me hâtai de manifester le plus vif empressement à m'enquérir de la récente infortune de ce mien pauvre ami intime :

— Oh, ce cher Palumba. Voyez-vous ça ? Quel chagrin j'en ai ! Sa femme, ce pauvre Palumba ? Et combien d'enfants lui a-t-elle laissés ?

Trois ? Eh oui, c'est ça, ils devaient être trois. Et tout petits évidemment, puisqu'il était marié depuis peu... Mais une chance cependant d'avoir à la maison une sœur célibataire. D'accord, d'accord, oui, oui, comment non ? Je m'en souvenais très bien. Elle lui avait servi de mère cette sœur célibataire, et si bonne, si bonne, oh, elle aussi... Carmela ? Non. An...gelica ? Mais voyez-vous ça, pas une once de mémoire ! An...tonia, voilà, Antonia, Antonia. Bon, maintenant, je me souvenais très bien. Et il y avait de quoi parier qu'il ne se passait pas de jour sans que cette Antonia, elle aussi, parlât de moi à n'en plus finir. Eh oui, exactement. Et pas seulement de moi mais encore de l'aînée de mes sœurs, qu'elle parlait, dont elle avait été la condisciple jusqu'à la première année d'école normale.

Bon Dieu ! Cette dernière information me lia bras et jambes, si je puis dire, me cloua sur place à considérer que finalement il devait y avoir quelque chose de vrai dans la si profonde amitié de ce Palumba pour moi. Il ne s'agissait plus seulement de lui, mais à présent aussi d'une Antonia qui se disait l'amie d'une de mes sœurs. Et qui affirmait m'avoir vu si

tante volte, piccino, in casa mia, quando veniva a trovare quella mia sorella.

« Ma è mai possibile, » smaniavo tra me e me, con crescente orgasmo, « è mai possibile, che di questo Palumba soltanto io non abbia serbato alcun ricordo, la più lieve traccia nella memoria ? »

Luoghi, cose e persone — sì — tutto era divenuto per me diverso ; ma infine un dato, un punto, un fondamento sia pur minimo di realtà, o meglio, di quella che per me era realtà allora, le mie illusioni lo avevano ; poggiava su qualche cosa la mia finzione. Avevo potuto riconoscer vani i miei ricordi, in quanto gli aspetti delle cose mi si eran presentati diversi dal mio immaginare, eppur non mutati ; ma le cose erano ! Dove e quando era mai stato per me questo Palumba.

Ero insomma come quell'ubriaco che, nel restituire in un canto deserto la gozzoviglia di tutta la giornata, vedendosi d'improvviso un cane sotto gli occhi, assalito da un dubbio atroce, si domandava :

« Questo l'ho mangiato qui ; quest'altro l'ho mangiato lì ; ma questo diavolo di cane dove l'ho mai mangiato ? »

« Bisogna assolutamente, » dissi a me stesso, « ch'io vada a vederlo, e che gli parli. Io non posso dubitare di lui : egli è — qua — per tutti — di fatto — l'amico più intimo di Carlino Bersi. Io dubito di me — Carlino Bersi — finché non lo vedo. Che si scherza ? c'è tutta una parte della mia vita, che vive in un altro, e della quale non è in me la minima traccia. È mai possibile ch'io viva

souvent tout petit à la maison, quand elle venait trouver ma sœur.

— Est-ce possible, me tourmentais-je en moi-même avec une angoisse croissante, est-il possible que je sois seul à n'avoir pas le moindre souvenir, la plus légère trace dans l'esprit de ce Palumba ?

Les lieux, les choses, les personnes, oui, tout pour moi était devenu différent. Mais enfin une donnée, un fait, une base — fût-ce un minimum de réalité, ou mieux de ce qui pour moi était alors la réalité — mes illusions les possédaient : ma fiction reposait sur quelque chose. La vanité de mes souvenirs, j'avais pu la constater dans la mesure où, bien qu'inchangé, l'aspect des choses m'était apparu tout autre que mes imaginations. Mais ces choses, elles subsistaient ! Où et quand ce Palumba avait-il existé pour moi ?

Bref, j'étais semblable à cet ivrogne qui, vomissant dans un coin désert ses ripailles de toute la journée, se voyant soudain un chien devant le nez et saisi d'un doute atroce, se demandait :

— Ceci, je l'ai mangé en tel endroit et cela en tel autre endroit. Mais ce diable de chien, où l'ai-je mangé ?

Il faut absolument, me dis-je, que j'aille le voir et que je lui parle. Douter de lui, je ne peux pas : il est ici en fait pour tous l'ami le plus intime de Carlino Bersi. C'est de moi, Carlino Bersi, que je doute tant que je ne l'aurai pas vu. Une plaisanterie ? Toute une partie de ma vie — et dont il n'y a pas trace en moi — vit en un autre. Est-il possible de vivre de

così in un altro a me del tutto ignoto, senza che ne
sappia nulla ? Oh via ! via ! Non è possibile, no !
Questo cane io non l'ho mangiato ; questo dottor
Palumba dev'essere un fanfarone, uno dei soliti cian-
ciatori delle farmacie rurali, che si fanno belli dell'amicizia di chiunque fuori del cerchio del paesello nativo
sia riuscito a farsi, comunque, un po' di nome, anche
di ladro emerito. Ebbene, se è così, ora lo accomodo io.
Egli prova gusto a rappresentarmi a tutti come il più
sciocco burlone di questo mondo ? Vado a presentar-
migli sotto un finto nome ; gli dico che sono il signor...
il signor Buffardelli, ecco, amico e compagno d'arte e
di studio a Roma di Carlino Bersi, venuto con lui in
Sicilia per un'escursione artistica ; gli dico che Carlino
è dovuto ritornare a rotta di collo a Palermo per rintracciare alla dogana i nostri bagagli con tutti gli
attrezzi di pittura, che avrebbero dovuto arrivare con
noi ; e che intanto, avendo saputo della disgrazia capi-
tata al suo dilettissimo amico dottor Palumba, ha mandato subito me, Filippo Buffardelli, a far le condoglianze. Mi presenterò anzi con un biglietto di Carlino.
Sono sicuro, sicurissimo, che egli abboccherà all'amo.
Ma, dato e non concesso ch'egli veramente mi abbia
una volta conosciuto e ora mi riconosca ; ebbene : non
sono per lui un gran burlone ? Gli dirò che ho voluto
fargli questa burla. »

cette façon en un autre qui vous est totalement
inconnu sans en rien savoir soi-même[1] ? Oh, trêve
de discours. Non, ce n'est pas possible. Ce chien, je
ne l'ai pas mangé ; ce docteur Palumba doit être un
fanfaron, un de ces habituels bavards de pharmacie
de campagne qui se parent de l'amitié de quiconque
a réussi, hors du cercle du hameau natal, à se faire
d'une quelconque façon un petit nom, même de
voleur célèbre. Eh bien, s'il en est ainsi, je vais vous
l'accommoder. Ça l'amuse de me représenter
comme le plus stupide farceur du monde ? J'irai me
présenter à lui sous un nom d'emprunt. Je lui
raconte que je suis M... M. Buffardelli, ami et camarade d'art et d'atelier de Carlino Bersi à Rome, venu
avec lui en Sicile pour un voyage culturel ; que
ventre à terre Carlino a dû retourner à Palerme
pour retirer de la douane les bagages et tout l'atti-
rail de peinture qui devaient nous accompagner, et
qu'ayant appris entre-temps le malheur qui avait
frappé son si cher ami le docteur Palumba, il m'a
envoyé m'acquitter, moi Filippo Buffardelli, de la
visite de condoléances. Je me présenterai même
avec un mot de Carlino. Je suis sûr, on ne peut plus
sûr, qu'il va mordre à l'hameçon. Étant donné, mais
non admis, qu'il m'ait vraiment connu jadis et que
maintenant il me reconnaisse, eh bien ne suis-je pas
pour lui un grand farceur ? Je lui dirai que j'ai voulu
lui faire une farce.

---

1. Phrase clé d'une philosophie née des rapports que Pirandello a entretenus avec sa femme Antonietta, folle de jalousie.

Molti degli antichi compagni, quasi tutti, avevano stentato in prima a riconoscermi. E difatti, sì, m'accorgevo io stesso d'esser molto cambiato, così grasso e barbuto, adesso, e senza più capelli, ahimè !

Mi feci indicare la casa del dottor Palumba, e andai.

Ah, che sollievo !

In un salottino fiorito di tutte le eleganze provinciali mi vidi venire innanzi uno spilungone biondastro, in papalina e pantofole ricamate, col mento inchiodato sul petto e le labbra stirate per aguzzar gli occhi a guardare di sui cerchi degli occhiali. Mi sentii subito riavere.

No, niente, neppure un briciolo di me, della mia vita, poteva essere in quell'uomo.

Non lo avevo mai veduto, di sicuro, né egli aveva mai veduto me.

— Buff... com'ha detto, scusi ?

— Buffardelli, a servirla. Ecco qua : ho un biglietto per lei di Carlino Bersi.

— Ah, Carlino ! Carlino mio ! — proruppe giubilante il dottor Palumba, stringendo e accostando alle labbra quel biglietto, quasi per baciarlo. — E come non è venuto ? dov'è ? dov'è andato ? Se sapesse come ardo di rivederlo ! Che consolazione sarebbe per me una sua visita in questo momento ! Ma verrà... Ecco,

Beaucoup de mes anciens amis, presque tous, avaient eu de prime abord du mal à me reconnaître. Eh oui, en effet, je m'apercevais avoir beaucoup changé, gras et barbu maintenant, et sans un cheveu sur le crâne, hélas[1] !

Je me fis indiquer la maison du docteur Palumba et m'y rendis.

Ah ! Quel soulagement !

Dans un petit salon fleuri de toutes les élégances provinciales, je vis venir à moi une longue perche blondasse en calotte et pantoufles brodées, le menton cloué sur la poitrine et les lèvres distendues par l'effort d'aiguiser son regard par-dessus la monture des lunettes. Je me sentis renaître sur-le-champ.

Non rien, fût-ce une miette de moi-même, de ma vie ne pouvait se trouver en cet homme.

Je ne l'avais jamais vu, c'était sûr, et lui ne m'avait jamais vu.

— Buff... Comment avez-vous dit ? Pardon.

— Buffardelli, pour vous servir. Tenez, j'ai un mot pour vous de Carlino Bersi.

— Ah Carlino ! Ce cher Carlino ! explosa tout jubilant le docteur Palumba, serrant le billet et l'approchant de ses lèvres comme pour y déposer un baiser. Et pourquoi n'est-il pas venu ? Où est-il ? Où est-il allé ? Si vous saviez comme je brûle de le revoir ! Quelle consolation ce serait qu'une visite de lui en ce moment ! Mais il viendra... C'est bien cela,

---

1. La calvitie est une des obsessions de Pirandello.

sì... mi promette che verrà... caro ! caro ! Ma che gli
è accaduto ?

Gli dissi dei bagagli andati a rintracciare alla dogana
di Palermo. Perduti, forse ? Quanto se n'afflisse quel
caro uomo ! C'era forse qualche dipinto di Carlino ?

E cominciò a imprecare all'infame servizio
ferroviario ; poi a domandarmi se ero amico di Carlino
da molto tempo, se stavamo insieme anche di casa, a
Roma...

Era maraviglioso ! Mi guardava fisso fisso, e con gli
occhiali, facendomi quelle domande, ma non aveva
negli occhi se non l'ansia di scoprirmi nel volto se fosse
sincera come la sua la mia amicizia e pari al suo il mio
affetto per Carlino.

Risposi alla meglio, compreso com'ero e commosso
da quella maraviglia ; poi lo spinsi a parlare di me.

Oh, bastò la spinterella, lieve lieve, d'una parola :
un torrente m'investì d'aneddoti stravaganti, di Carlino
bimbo, che stava in via San Pietro e tirava dal
balcone frecce di carta sul nicchio del padre
beneficiale ; di Carlino ragazzo, che faceva la guerra
contro i rivali di piazza San Francesco ; di Carlino a
scuola e di Carlino in vacanza ; di Carlino, quando gli
tirarono in faccia un torso di cavolo e per miracolo

oui, il me promet de venir[1]... cher, cher ami ! Mais que lui est-il arrivé ?

Je lui parlai des bagages à aller retirer de la douane à Palerme. Perdus peut-être ? Ah ! le cher homme, combien il s'en affligea. Il y avait peut-être une peinture de Carlino ?

Et il se mit à tempêter contre cette infâme administration des chemins de fer, puis il me demanda si j'étais depuis longtemps l'ami de Carlino, si nous partagions le même logis à Rome...

Une merveille ! Il me regardait fixement à travers ses lunettes en m'adressant ces questions, mais il n'y avait rien d'autre dans ses yeux que l'anxiété de découvrir sur mon visage si mon amitié pour Carlino était aussi sincère que la sienne et mon attachement égal au sien.

Je répondis de mon mieux, ainsi pris au mot, n'en revenant pas et tout ému de cet émerveillement. Puis je le poussai à parler de moi.

Oh, la pichenette d'un mot suffit, toute légère : un torrent me tomba dessus d'anecdotes extravagantes sur Carlino encore enfant qui habitait via San Pietro et lançait du balcon des flèches de papier sur la barrette du Père bénéficier[2] ; sur Carlino grand garçon qui guerroyait contre la bande rivale de la place San Francesco ; sur Carlino à l'école et Carlino en vacances ; sur Carlino quand il reçut en plein visage un trognon de chou et c'est miracle

---

1. Ces mots, quoique de monologue, révèlent l'action, celle de lire le billet. Nous sommes en plein texte théâtral.
2. Qui jouit d'un bénéfice ecclésiastique.

non lo accecarono ; di Carlino commediante e mario-
nettista e cavallerizzo e lottatore e avvocato e bersa-
gliere e brigante e cacciatore di serpi e pescatore di
ranocchie ; e di Carlino, quando cadde da un terrazzo
su un pagliajo e sarebbe morto se un enorme aquilone
non gli avesse fatto da paracadute, e di Carlino...

Io stavo ad ascoltarlo, sbalordito ; no, che dico
sbalordito ? quasi atterrito.

C'era, sì, c'era qualcosa, in tutti quei racconti, che
forse somigliava lontanamente ai miei ricordi. Erano
forse, quei racconti, ricamati su lo stesso canovaccio
de' miei ricordi, ma con radi puntacci sgarbati e sbi-
lenchi. Potevano essere, insomma, quei racconti,
press'a poco i miei stessi ricordi, vani allo stesso modo
e inconsistenti, e per di più spogliati d'ogni poesia,
immiseriti, resi sciocchi, come rattrappiti e adattati al
misero aspetto delle cose, all'affliggente angustia dei
luoghi.

E come e donde eran potuti venire a quell'uomo, che
mi stava di fronte ; che mi guardava e non mi riconosceva ; che io guardavo e... ma sì ! Forse fu per un guizzo
di luce che gli scorsi negli occhi, o forse per un'infles-
sione di voce... non so ! Fu un lampo. Sprofondai

qu'on ne l'eût pas rendu aveugle ; sur Carlino comé-
dien et montreur de marionnettes, écuyer, lutteur,
avocat, bersaglier, brigand, chasseur de serpents et
pêcheur de grenouilles ; sur Carlino lorsqu'il tomba
d'une terrasse sur une meule de paille et il serait
mort si un énorme cerf-volant ne lui avait pas servi
de parachute ; sur Carlino...

Je l'écoutais abasourdi. Non, que dis-je ? Presque
pétrifié.

Il y avait, oui, dans ses propos, il y avait quelque
chose qui peut-être ressemblait de loin à mes
souvenirs. Ils étaient peut-être, ces propos, brodés
sur le même canevas que mes souvenirs, mais avec
de rares gros vilains points tout de travers et
sans charme. Ils pouvaient, somme toute, ces
propos, être à peu près mes propres souvenirs,
tout aussi vains et inconsistants et de plus
dépouillés de toute poésie, appauvris, rendus
ridicules, comme déformés et adaptés à l'aspect
misérable des choses, à l'affligeante étroitesse des
lieux.

Comment et d'où avaient-ils pu venir à cet
homme, là devant moi ? Qui me regardait sans me
reconnaître ; que je regardais et... Mais oui ! Peut-
être est-ce à une étincelle de lumière qui frétilla
dans son œil[1] ou peut-être à une inflexion de sa
voix... je l'ignore. Ce fut un éclair. Je plongeai mon

---

1. *Guizzo, Guizzare* (se retrouvera souvent), sans équivalent
français exact : se dit d'une lumière qui se tortille, reflet, éclair,
flamme ; se dit aussi d'un mouvement brusque, bondissant.

lo sguardo nella lontananza del tempo e a poco a poco
ne ritornai con un sospiro e un nome :

— Loverde...

Il dottor Palumba s'interruppe, stordito.

— Loverde... sì, — disse. — Io mi chiamavo prima
Loverde. Ma fui adottato, a sedici anni, dal dottor
Cesare Palumba, capitano medico, che... Ma lei, scusi,
come lo sa ?

Non seppi contenermi :

— Loverde... eh, sì... ora ricordo ! In terza elemen-
tare, sì !... Ma... conosciuto appena...

— Lei, come ? Lei mi ha conosciuto ?

— Ma sì... aspetta... Loverde, il nome ?

— Carlo...

— Ah, Carlo... dunque, come me... Ebbene, non mi
riconosci proprio ? Sono io, non mi vedi ? Carlino
Bersi !

Il povero dottor Palumba restò come fulminato.
Levò le mani alla testa, mentre il viso gli si scompo-
neva tra guizzi nervosi, quasi pinzato da spilli invisi-
bili.

— Lei ?... tu ?... Carlino... lei ? tu ?... Ma come ?...
io... oh Dio !... ma che...

Fui crudele, lo riconosco. E tanto più mi dolgo della
mia crudeltà, in quanto quel poverino dovette credere
senza dubbio ch'io avessi voluto prendermi il gusto di
smascherarlo di fronte al paese con quella burla ;
mentre ero più che sicuro della sua buona fede, più che
sicuro ormai d'essere stato uno sciocco a maravigliarmi
tanto, poiché io stesso avevo già sperimentato, tutto

regard dans les lointains du temps et peu à peu j'en revins avec un soupir et un nom :

— Loverde...

Le docteur Palumba s'interrompit, éberlué.

— Loverde, oui, dit-il. On m'appelait d'abord Loverde. Mais j'ai été adopté à seize ans par le docteur Cesare Palumba, capitaine médecin qui... Mais excusez-moi, comment le savez-vous ?

Je ne pus me retenir :

— Loverde... eh oui, je me souviens maintenant. En troisième élémentaire, oui. Mais à peine connu...

— Vous, comment ? Vous m'avez connu ?

— Mais oui, attendez... Loverde, et votre prénom ?

— Carlo.

— Ah, Carlo... donc comme moi. Eh bien, tu ne me reconnais pas. C'est moi, tu ne me remets pas ? Carlino Bersi !

Le pauvre docteur Palumba en resta comme foudroyé. Il porta les mains à sa tête tandis que son visage se décomposait, parcouru de tressaillements nerveux, comme piqué d'épingles invisibles.

— Vous ? Toi... Carlino... Vous ? Toi ? Mais comment ? Moi... Ah ! mon Dieu. Ça alors...

Je fus cruel, j'en conviens. Et je souffre d'autant plus de ma cruauté que ce pauvre homme dut sans doute s'imaginer que j'avais voulu par cette farce me payer le plaisir de le démasquer aux yeux du pays alors que j'étais plus que certain de sa bonne foi, plus que certain d'avoir été un imbécile de m'être étonné si fort, puisque moi-même j'avais déjà

quel giorno, che non hanno alcun fondamento di realtà quelli che noi chiamiamo i nostri ricordi. Quel povero dottor Palumba credeva di ricordare... S'era invece composta una bella favola di me ! Ma non me n'ero composta una anch'io, per mio conto, ch'era subito svanita, appena rimesso il piede nel mio paesello natale ? Gli ero stato un'ora di fronte, e non mi aveva riconosciuto. Ma sfido ! Vedeva entro di sé Carlino Bersi, non quale io ero, ma com'egli mi aveva sempre sognato.

Ecco, ed ero andato a svegliarlo da quel suo sogno.

Cercai di confortarlo, di calmarlo ; ma il pover uomo, in preda a un crescente tremor convulso di tutto il corpo, annaspando, con gli occhi fuggevoli, pareva andasse in cerca di se stesso, del suo spirito che si smarriva, e volesse trattenerlo, arrestarlo, e non si dava pace e seguitava a balbettare :

— Ma come ?... che dice ?... ma dunque lei... cioè, tu... tu dunque... come... non ti ricordi... che tu... che io...

toute la journée fait l'expérience que ce que nous
appelons nos souvenirs n'ont aucun fondement de
réalité. Ce pauvre docteur Palumba, il croyait se
souvenir... Au contraire, à mon sujet, il s'était
fabriqué une belle fable ! Mais ne m'en étais-je pas
moi aussi, pour mon compte, fabriqué une qui
s'était évanouie tout de suite, dès le moment où
j'avais remis le pied dans mon village natal ? J'étais
resté une heure entière en face de lui et il ne m'avait
pas reconnu. Mais bien sûr ! Ce Carlino Bersi en lui,
il le voyait non tel que j'étais, mais tel qu'il m'avait
toujours rêvé.

Et voici que j'étais venu l'arracher à son rêve.

Je m'efforçai de le réconforter, de le calmer. Mais
le pauvre homme de plus en plus en proie à un
tremblement convulsif de tout le corps, le geste far-
fouillant, le regard fuyant, semblait s'être mis à la
recherche de lui-même, de son esprit qui s'égarait,
et il voulait le retenir, l'arrêter et, se tourmentant, il
ne cessait de balbutier :

— Mais comment ? Que dites-vous ? C'est donc
vous... c'est-à-dire toi, c'est donc toi... Comment... Tu
ne te souviens pas que toi... que moi...

La vérité
La verità

Saru Argentu, inteso Tararà, appena introdotto nella gabbia della squallida Corte d'Assise, per prima cosa cavò di tasca un ampio fazzoletto rosso di cotone a fiorami gialli, e lo stese accuratamente su uno dei gradini della panca, per non sporcarsi, sedendo, l'abito delle feste, di greve panno turchino. Nuovo l'abito, e nuovo il fazzoletto.

Seduto, volse la faccia e sorrise a tutti i contadini che gremivano, dalla ringhiera in giù, la parte dell'aula riservata al pubblico. L'irto grugno raschioso, raso di fresco, gli dava l'aspetto d'uno scimmione. Gli pendevano dagli orecchi due catenaccetti d'oro.

Dalla folla di tutti quei contadini si levava denso, ammorbante, un sito di stalla e di sudore, un lezzo caprino, un tanfo di bestie inzafardate, che accorava.

À peine introduit dans la cage de la triste salle des assises[1], Saru Argentu, autrement dit Tararà, commença par tirer de sa poche un ample mouchoir de coton rouge à fleurs jaunes et il l'étendit avec soin sur un gradin du banc des accusés pour ne pas salir, en s'asseyant, son habit de fête de gros drap bleu. Neuf l'habit, neuf le mouchoir.

Une fois assis, il tourna son visage et sourit à tous les paysans qui se pressaient dans la partie réservée au public, de la barrière jusqu'au fond. Raclée, rasée de frais, sa trogne hirsute lui donnait l'air d'un gros singe. Deux anneaux d'or lui pendaient aux oreilles.

De la foule de tous ces paysans s'exhalait, dense et infecte, une puanteur d'étable et de sueur, un remugle de bouc, un relent de bêtes crottées insupportable.

1. En Sicile, le prévenu à cette époque est présenté à la Cour dans une cage ; aujourd'hui, derrière une paroi de verre.

Qualche donna, vestita di nero, con la mantellina di panno tirata fin sopra gli orecchi, si mise a piangere perdutamente alla vista dell'imputato, il quale invece, guardando dalla gabbia, seguitava a sorridere e ora alzava una scabra manaccia terrosa, ora piegava il collo di qua e di là, non propriamente a salutare, ma a fare a questo e a quello degli amici e compagni di lavoro un cenno di riconoscimento, con una certa compiacenza.

Perché per lui era quasi una festa, quella, dopo tanti e tanti mesi di carcere preventivo. E s'era parato come di domenica, per far buona comparsa. Povero era, tanto che non aveva potuto neanche pagarsi un avvocato, e ne aveva uno d'ufficio ; ma per quello che dipendeva da lui, ecco, pulito almeno, sbarbato, pettinato e con l'abito delle feste.

Dopo le prime formalità, costituita la giuria, il presidente invitò l'imputato ad alzarsi.

— Come vi chiamate ?

— Tararà.

— Questo è un nomignolo. Il vostro nome ?

— Ah, sissignore. Argentu, Saru Argentu, Eccellenza. Ma tutti mi conoscono per Tararà.

— Va bene. Quant'anni avete ?

— Eccellenza, non lo so.

— Come non lo sapete ?

Tararà si strinse nelle spalle e significò chiaramente con l'atteggiamento del volto, che gli sembrava quasi

Vêtues de noir, leur châle de drap tiré jusque sur les yeux, une ou deux femmes se mirent à pleurer éperdument à la vue du prévenu ; lequel au contraire, regardant à travers les barreaux, continuait à sourire et tantôt levait une rugueuse patte terreuse, tantôt hochait la tête à gauche, à droite, non point tant pour saluer que pour adresser à celui-ci ou à celui-là de ses amis et camarades de travail un signe de connaissance, non sans un certain contentement.

Car pour lui c'était presque la fête après de si longs mois de préventive. Il s'était mis comme en costume des dimanches afin de faire bon effet. Pauvre au point de n'avoir même pas pu se payer un avocat : il en avait un d'office. Mais quant à ce qui dépendait de lui, eh bien voilà, propre tout de même, la barbe faite, bien peigné et l'habit de fête sur le dos.

Après les premières formalités, le jury étant constitué, le président invita le prévenu à se lever.

— Vous vous appelez ?

— Tararà.

— C'est un sobriquet. Votre nom ?

— Ah oui monsieur. Argentu. Saru Argentu, Excellence. Mais tout le monde me connaît sous le nom de Tararà.

— Bon. Quel âge avez-vous ?

— Excellence, je ne sais pas.

— Comment, vous ne savez pas ?

Tararà haussa les épaules et par l'expression du visage montra clairement qu'il tenait quasi pour

una vanità, ma proprio superflua, il computo degli anni. Rispose :

— Abito in campagna, Eccellenza. Chi ci pensa ?

Risero tutti, e il presidente chinò il capo a cercare nelle carte che gli stavano aperte davanti :

— Siete nato nel 1873. Avete dunque trentanove anni.

Tararà aprì le braccia e si rimise :

— Come comanda Vostra Eccellenza.

Per non provocare nuove risate, il presidente fece le altre interrogazioni, rispondendo da sé a ognuna :

— E vero ? — è vero ? — Infine disse : Sedete. Ora sentirete dal signor cancelliere di che cosa siete accusato.

Il cancelliere si mise a leggere l'atto d'accusa ; ma a un certo punto dovette interrompere la lettura, perché il capo dei giurati stava per venir meno a causa del gran lezzo ferino che aveva empito tutta l'aula. Bisognò dar ordine agli uscieri che fossero spalancate porte e finestre.

Apparve allora lampante e incontestabile la superiorità dell'imputato di fronte a coloro che dovevano giudicarlo.

Seduto su quel suo fazzolettone rosso fiammante, Tararà non avvertiva affatto quel lezzo, abituale al suo naso, e poteva sorridere ; Tararà non sentiva caldo, pur vestito com'era di quel greve abito di panno

une vanité, et proprement superflue, le compte des années. Il répondit :

— Je suis de la campagne, Excellence. Qui pense à cela ?

Rire général. Le président baissa la tête, fouillant dans les papiers qui se trouvaient étalés devant lui :

— Vous êtes né en 1873. Vous avez donc trente-neuf ans.

Tararà écarta les bras, et, conciliant :

— Comme voudra Votre Excellence.

Pour ne pas provoquer de nouveaux rires, le président fit les autres questions en répondant lui-même à chacune.

— C'est bien cela ? C'est bien cela ? — Et pour finir : Asseyez-vous. Vous allez entendre maintenant par la bouche du greffier de quoi vous êtes accusé.

Le greffier se mit à lire l'acte d'accusation. Mais à un certain moment, il dut interrompre sa lecture, car le président du jury était sur le point de s'évanouir à cause de l'atroce pestilence qui avait envahi toute la salle. Il fallut donner l'ordre aux huissiers d'ouvrir toutes grandes portes et fenêtres.

C'est alors qu'évidente et incontestable apparut la supériorité du prévenu sur ceux qui avaient à le juger.

Assis sur son ample mouchoir flamboyant, Tararà ne sentait pas du tout cette puanteur dont son nez avait l'habitude et il pouvait sourire. Quoique vêtu comme il l'était de son lourd habit de drap bleu, Tararà ne sentait pas la chaleur et enfin Tararà

turchino ; Tararà infine non aveva alcun fastidio dalle mosche, che facevano scattare in gesti irosi i signori giurati, il procuratore del re, il presidente, il cancelliere, gli avvocati, gli uscieri, e finanche i carabinieri. Le mosche gli si posavano su le mani, gli svolavano ronzanti sonnacchiose attorno alla faccia, gli s'attaccavano voraci su la fronte, agli angoli della bocca e perfino a quelli degli occhi : non le sentiva, non le cacciava, e poteva seguitare a sorridere.

Il giovane avvocato difensore, incaricato d'ufficio, gli aveva detto che poteva essere sicuro dell'assoluzione, perché aveva ucciso la moglie, di cui era provato l'adulterio.

Nella beata incoscienza delle bestie, non aveva neppur l'ombra del rimorso. Perché dovesse rispondere di ciò che aveva fatto, di una cosa, cioè, che non riguardava altri che lui, non capiva. Accettava l'azione della giustizia, come una fatalità inovviabile.

Nella vita c'era la giustizia, come per la campagna le cattive annate.

E la giustizia, con tutto quell'apparato solenne di scanni maestosi, di tocchi, di toghe e di pennacchi, era per Tararà come quel nuovo grande molino a vapore, che s'era inaugurato con gran festa l'anno avanti. Visitandone con tanti altri curiosi il macchinario, tutto quell'ingranaggio di ruote, quel congegno indiavolato di stantuffi e di pulegge, Tararà, l'anno avanti, s'era sentita sorgere dentro e a mano a mano ingrandire, con lo stupore, la diffidenza. Ciascuno avrebbe portato il

n'était pas gêné par les mouches qui déclenchaient des gestes d'agacement chez les jurés, procureur du roi, président, greffier, avocats, huissiers et jusqu'aux carabiniers. Ces mouches se posaient sur ses mains, volaient autour de son visage, bourdonnantes et somnolentes, s'attaquaient, voraces, à son front, aux coins de la bouche et même des yeux ; il ne les sentait pas, ne les chassait pas et pouvait continuer à sourire.

Son jeune défenseur, commis avocat d'office, lui avait dit que l'acquittement ne faisait aucun doute puisqu'il avait tué sa femme en état d'adultère patent.

Plongé dans la béate inconscience de la bête, il n'avait pas l'ombre d'un remords. Qu'il eût à répondre de ce qu'il avait fait, c'est-à-dire d'une chose qui ne regardait que lui, ça il ne comprenait pas. Il acceptait l'action de la justice comme une inévitable fatalité.

Il y avait la justice dans la vie comme les années maigres aux champs.

Et la justice pour Tararà, avec tout son appareil solennel de sièges majestueux, de toques, de toges et de plumets, c'était comme cet imposant nouveau moulin à vapeur qu'on avait l'année précédente inauguré en grande pompe. Visitant cette machinerie avec beaucoup d'autres gens curieux, tout cet engrenage de roues, tout cet agencement diabolique de pistons et de poulies, Tararà, l'année précédente, avait senti naître en lui et s'accroître peu à peu avec la stupeur la méfiance. Chacun allait apporter son

suo grano a quel molino ; ma chi avrebbe poi assicu-
rato agli avventori che la farina sarebbe stata quella
stessa del grano versato ? Bisognava che ciascuno chiu-
desse gli occhi e accettasse con rassegnazione la farina
che gli davano.

Così ora, con la stessa diffidenza, ma pur con la
stessa rassegnazione, Tararà recava il suo caso nell'ingranaggio della giustizia.

Per conto suo, sapeva che aveva spaccato la testa alla
moglie con un colpo d'accetta, perché, ritornato a casa
fradicio e inzaccherato, una sera di sabato, dalla campagna sotto il borgo di Montaperto nella quale lavo-
rava tutta la settimana da garzone, aveva trovato uno
scandalo grosso nel vicolo dell'Arco di Spoto, ove abitava, su le alture di San Gerlando.

Poche ore avanti, sua moglie era stata sorpresa in fla-
grante adulterio insieme col cavaliere don Agatino Fiorìca.

La signora donna Graziella Fiorìca, moglie del cavaliere, con le dita piene d'anelli, le gote tinte di uva
turca, e tutta infiocchettata come una di quelle mule
che recano a suon di tamburo un carico di frumento
alla chiesa, aveva guidato lei stessa in persona il dele-
gato di pubblica sicurezza Spanò e due guardie di ques-
tura, là nel vicolo dell'Arco di Spoto, per la constata-
zione dell'adulterio.

Il vicinato non aveva potuto nascondere a Tararà la

propre grain à ce moulin ; mais qui ensuite donnerait l'assurance aux usagers que la farine serait celle du grain qu'on avait fourni ? Chacun devait fermer les yeux et accepter avec résignation la farine qu'on lui donnait.

De même maintenant avec la même méfiance mais aussi la même résignation, Tararà engageait son cas dans l'engrenage de la justice.

Il savait pour sa part avoir fracassé le crâne de sa femme d'un coup de hache parce que, revenant un samedi soir crotté et trempé des terres au-dessous de Montaperto où il travaillait toute la semaine comme garçon de ferme, il était tombé en plein scandale dans la ruelle de l'Arco di Spoto où il habitait, sur les hauts de San Gerlando.

Quelques heures auparavant, sa femme venait d'être surprise en flagrant délit d'adultère avec le chevalier don Agatino Fiorìca.

Donna Graziella Fiorìca[1], l'épouse du chevalier, des bagues à tous les doigts, les joues peintes au raisin turc[2] et toute garnie de bouffettes comme une de ces mules qui apportent au son du tambour une charge de blé à l'église, avait elle-même en personne conduit le délégué de la sûreté publique Spano accompagné de deux gendarmes là dans la ruelle de l'Arco di Spoto pour procéder au constat d'adultère.

Le voisinage n'avait pu cacher son infortune à

---

1. *Donna* : titre honorifique d'origine espagnole, comme le *don* du mari.

2. *Uva turca* : raisin blanc des Pouilles. Utilisé comme lotion.

sua disgrazia, perché la moglie era stata trattenuta in arresto, col cavaliere, tutta la notte. La mattina seguente Tararà, appena se la era vista ricomparire zitta zitta davanti all'uscio di strada, prima che le vicine avessero tempo d'accorrere, le era saltato addosso con l'accetta in pugno e le aveva spaccato la testa.

Chi sa che cosa stava a leggere adesso il signor cancelliere...

Terminata la lettura, il presidente fece alzare di nuovo l'imputato per l'interrogatorio.

— Imputato Argentu, avete sentito di che siete accusato ?

Tararà fece un atto appena appena con la mano e, col suo solito sorriso, rispose :

— Eccellenza, per dire la verità, non ci ho fatto caso.

Il presidente allora lo redarguì con molta severità :

— Siete accusato d'aver assassinato con un colpo d'accetta, la mattina del 10 dicembre 1911, Rosaria Femminella, vostra moglie. Che avete a dire in vostra discolpa ? Rivolgetevi ai signori giurati e parlate chiaramente e col dovuto rispetto alla giustizia.

Tararà si recò una mano al petto, per significare che non aveva la minima intenzione di mancare di rispetto alla giustizia. Ma tutti, ormai, nell'aula, avevano dis-

Tararà puisque sa femme ainsi que le chevalier avaient été maintenus en état d'arrestation toute la nuit. Le lendemain matin Tararà, dès qu'il l'avait vue, muette, apparaître à l'entrée de la rue et avant que les voisines eussent eu le temps d'accourir, lui avait sauté dessus la hache au poing et lui avait fracassé le crâne.

Dieu sait ce qu'à cette heure le greffier pouvait être en train de lire...

La lecture terminée, le président demanda au prévenu de se lever une seconde fois pour l'interrogatoire.

— Accusé Argentu, avez-vous entendu les charges relevées contre vous ?

Tararà ébaucha un geste de la main et, son habituel sourire aux lèvres, répondit :

— Excellence, à dire vrai, je n'y ai pas fait attention.

Le président le réprimanda avec une grande sévérité :

— Vous êtes accusé d'avoir assassiné d'un coup de hache, le matin du 10 décembre 1911, Rosaria Femminella, votre épouse. Qu'avez-vous à dire pour votre défense ? Tournez-vous vers messieurs les jurés et parlez clairement avec le respect dû à la justice.

Tararà se mit une main sur la poitrine pour marquer qu'il n'avait pas la moindre intention de manquer de respect à la justice. Mais tout le monde, désormais, dans la salle, avait l'esprit disposé à

posto l'animo all'ilarità e lo guardavano col sorriso preparato in attesa d'una sua risposta. Tararà lo avvertì e rimase un pezzo sospeso e smarrito.

— Su, dite, insomma, — lo esortò il presidente. — Dite ai signori giurati quel che avete da dire.

Tararà si strinse nelle spalle e disse :

— Ecco, Eccellenza. Loro signori sono alletterati, e quello che sta scritto in codeste carte, lo avranno capito. Io abito in campagna, Eccellenza. Ma se in codeste carte sta scritto, che ho ammazzato mia moglie, è la verità. E non se ne parla più.

Questa volta scoppiò a ridere, senza volerlo, anche il presidente.

— Non se ne parla più ? Aspettate e sentirete, caro, se se ne parlerà...

— Intendo dire, Eccellenza, — spiegò Tararà, riponendosi la mano sul petto, — intendo dire, che l'ho fatto, ecco ; e basta. L'ho fatto... sì, Eccellenza, mi rivolgo ai signori giurati, l'ho fatto propriamente, signori giurati, perché non ne ho potuto far di meno, ecco ; e basta.

— Serietà ! serietà, signori ! serietà ! — si mise a gridare il presidente, scrollando furiosamente il campanello. — Dove siamo ? Qua siamo in una Corte di giustizia ! E si tratta di giudicare un uomo che ha ucciso ! Se qualcuno si attenta un'altra volta a ridere, farò sgombrare l'aula ! E mi duole di dover richiamare anche i signori giurati a considerare la gravità del loro compito !

Poi, rivolgendosi con fiero cipiglio all'imputato :

l'hilarité et le regardait, le sourire préparé, dans l'attente de sa réponse. Tararà le remarqua et resta un instant indécis et décontenancé.

— Allons, à la fin, parlez, l'exhorta le président. Dites à messieurs les jurés ce que vous avez à dire.

Tararà haussa les épaules et dit :

— Voici, Excellence. Ces messieurs sont des personnes instruites et ce qui est écrit sur ces papiers, ils l'auront compris. Moi, je suis de la campagne, Excellence. Mais s'il est écrit là-dessus que j'ai tué ma femme, c'est la vérité. Et qu'on n'en parle plus.

Cette fois le président lui-même éclata de rire sans le vouloir.

— Qu'on n'en parle plus ? Attendez, mon cher, et vous entendrez si on va en parler...

— Je voulais dire, Excellence, expliqua Tararà, la main de nouveau sur la poitrine, je voulais dire que je l'ai fait, bon. Et voilà tout. Oui, je l'ai fait, Excellence, et je me tourne vers messieurs les jurés, je l'ai bel et bien fait, messieurs les jurés, parce que je n'ai pas pu faire autrement, bon, c'est tout.

— Du calme ! Du calme ! Messieurs ! Du calme ! se mit à crier le président en secouant furieusement sa clochette. Où sommes-nous donc ? Nous sommes dans une Cour de Justice ! Et il s'agit de juger un homme qui a tué ! Si quelqu'un se permet encore de rire, je fais évacuer la salle. Et je suis au regret de devoir rappeler à messieurs les jurés eux-mêmes qu'ils ont à considérer la gravité de leur charge.

Puis se retournant avec un dur froncement de sourcils du côté du prévenu :

— Che intendete dire, voi, che non ne avete potuto far di meno ?

Tararà, sbigottito in mezzo al violento silenzio sopravvenuto, rispose :

— Intendo dire, Eccellenza, che la colpa non è stata mia.

— Ma come non è stata vostra ?

Il giovane avvocato, incaricato d'ufficio, credette a questo punto suo dovere ribellarsi contro il tono aggressivo assunto dal presidente verso il giudicabile.

— Perdoni, signor presidente ma così finiremo d'imbalordire questo pover uomo ! Mi pare ch'egli abbia ragione di dire che la colpa non è stata sua, ma della moglie che lo tradiva col cavaliere Fiorìca. È chiaro !

— Signor avvocato, prego, — ripigliò, risentito, il presidente. — Lasciamo parlare l'accusato. A voi, Tararà : intendete dir questo ?

Tararà negò prima con un gesto del capo, poi con la voce :

— Nossignore, Eccellenza. La colpa non è stata neanche di quella povera disgraziata. La colpa è stata della signora... della moglie del signor cavaliere Fiorìca, che non ha voluto lasciare le cose quiete. Che c'entrava, signor presidente, andare a fare uno scandalo così grande davanti alla porta di casa mia, che finanche il selciato della strada, signor presidente, è diventato rosso dalla vergogna a vedere un degno galantuomo, il cavaliere Fiorìca, che sappiamo tutti che signore è, scovato lì, in maniche di camicia e coi calzoni in mano, signor presidente, nella

— Vous n'avez pu faire autrement : qu'entendez-vous dire par là ?

Au milieu du silence profond qui venait de s'établir, Tararà, troublé, répondit :

— Je voulais dire, Excellence, que ça n'a pas été ma faute.

— Comment cela, pas votre faute ?

Le jeune avocat commis d'office crut de son devoir, à ce moment-là, de protester contre le ton agressif qu'avait pris le président à l'égard du prévenu.

— Pardon, monsieur le président, mais de cette manière nous allons achever d'abasourdir ce pauvre homme. Il me semble qu'il a raison de dire que cela n'a pas été sa faute mais celle de sa femme qui le trahissait avec le chevalier Fiorìca. C'est clair !

— Maître, je vous en prie, répliqua, piqué, le président. Laissons parler l'accusé. A vous, Tararà. Est-ce cela que vous voulez dire ?

Tararà nia d'abord de la tête, puis de la voix.

— Non, Excellence. Ça n'a même pas été la faute de cette pauvre malheureuse. Mais la faute de la madame... de la femme de M. le chevalier Fiorìca, qui n'a pas voulu laisser les choses en paix. Quelle raison, monsieur le président, d'aller faire un si gros scandale à la porte de ma maison, que même le pavé de la rue en est devenu rouge de honte, monsieur le président, à voir un si digne gentilhomme, le chevalier Fiorìca que nous connaissons tous comme un monsieur, déniché là en manches de chemise, le pantalon à la main, monsieur le président, dans la

tana d'una sporca contadina ? Dio solo sa, signor presidente, quello che siamo costretti a fare per procurarci un tozzo di pane !

Tararà disse queste cose con le lagrime agli occhi e nella voce, scotendo le mani innanzi al petto, con le dita intrecciate, mentre le risate scoppiavano irrefrenabili in tutta l'aula e molti anche si torcevano in convulsione. Ma, pur tra le risa, il presidente colse subito a volo la nuova posizione in cui l'imputato veniva a mettersi di fronte alla legge, dopo quanto aveva detto. Se n'accorse anche il giovane avvocato difensore, e di scatto, vedendo crollare tutto l'edificio della sua difesa, si voltò verso la gabbia a far cenno a Tararà di fermarsi.

Troppo tardi. Il presidente, tornando a scampanellare furiosamente, domandò all'imputato :

— Dunque voi confessate che vi era già nota la tresca di vostra moglie col cavaliere Fiorìca ?

— Signor presidente, — insorse l'avvocato difensore, balzando in piedi, — scusi... ma io così... io così...

— Che così e così ! — lo interruppe, gridando, il presidente. — Bisogna che io metta in chiaro questo, per ora !

— Mi oppongo alla domanda, signor presidente !

— Lei non può mica opporsi, signor avvocato. L'interrogatorio lo faccio io !

— E io allora depongo la toga !

tanière d'une paysanne sale? Dieu seul sait, monsieur le président, ce que nous sommes forcés de faire pour avoir un quignon de pain.

Tararà dit ces choses les larmes aux yeux et dans la voix, agitant les mains devant sa poitrine, doigts entrelacés, tandis qu'irrépressibles les rires éclataient dans toute la salle et que beaucoup même se tordaient convulsivement. Au milieu de ces rires pourtant, le président saisit au vol la nouvelle situation dans laquelle, par ses dires, le prévenu venait de se mettre par rapport à la loi. Le jeune avocat s'en aperçut également et voyant s'écrouler tout l'édifice de sa défense, se tourna brusquement vers la cage, faisant signe à Tararà de s'arrêter.

Trop tard. Se remettant à secouer furieusement sa clochette, le président demanda au prévenu :

— Vous avouez donc que la liaison de votre femme avec le chevalier Fiorìca vous était déjà connue ?

— Monsieur le président, s'insurgea l'avocat en bondissant sur ses pieds, faites excuse... Mais moi, si c'est ainsi, si c'est ainsi...

— Qu'est-ce que c'est que tous ces ainsi ? l'interrompit, vociférant, le président. Pour le moment, j'ai à tirer ceci au clair.

— Je m'oppose à la question, monsieur le président.

— Vous ne pouvez pas vous y opposer. L'interrogatoire, c'est moi qui le mène.

— Et moi, alors, je dépose ma robe.

— Ma faccia il piacere, avvocato ! Dice sul serio ?
Se l'imputato stesso confessa...

— Nossignore, nossignore ! Non ha confessato
ancora nulla, signor presidente ! Ha detto soltanto che
la colpa, secondo lui, è della signora Fiorìca, che è
andata a far uno scandalo innanzi alla sua abitazione.

— Va bene ! E può lei impedirmi, adesso, di
domandare all'imputato se gli era nota la tresca della
moglie col Fiorìca ?

Da tutta l'aula si levarono, a questo punto, verso
Tararà pressanti, violenti cenni di diniego. Il presidente montò su tutte le furie e minacciò di nuovo lo
sgombro dell'aula.

— Rispondete, imputato Argentu : vi era nota, sì o
no, la tresca di vostra moglie ?

Tararà, smarrito, combattuto, guardò l'avvocato,
guardò l'uditorio, e alla fine :

— Debbo... debbo dire di no ? — balbettò.

— Ah, broccolo ! — gridò un vecchio contadino dal
fondo dell'aula.

Il giovane avvocato diede un pugno sul banco e si
voltò, sbuffando, a sedere da un'altra parte.

— Dite la verità, nel vostro stesso interesse ! —
esortò il presidente l'imputato.

— Eccellenza, dico la verità, — riprese Tararà,
questa volta con tutt'e due le mani sul petto. — E la
verità è questa : che era come se io non lo sapessi !
Perché la cosa... sì, Eccellenza, mi rivolgo ai signori
giurati ; perché la cosa, signori giurati, era tacita,

— Je vous en prie, Maître. Parlez-vous sérieusement ? Si le prévenu lui-même avoue...

— Pas du tout, pas du tout. Il n'a encore rien avoué, monsieur le président ! Tout juste dit que d'après lui, c'était la faute de Mme Fiorìca qui est allée faire scandale devant chez lui.

— D'accord. Et maintenant pouvez-vous m'empêcher de demander au prévenu si la liaison de sa femme avec Fiorìca lui était connue ?

De toute la salle jaillirent alors à l'adresse de Tararà de pressants et violents signes de dénégation. Le président entra en fureur et menaça une seconde fois de faire évacuer la salle.

— Répondez, accusé Argentu : la connaissiez-vous, oui ou non, la liaison de votre femme ?

Désorienté, irrésolu, Tararà regarda l'avocat, regarda l'auditoire et enfin :

— Est-ce que je dois... Est-ce que je dois dire que non ? balbutia-t-il.

— Ah le crétin ! cria un vieux paysan au fond de la salle.

Le jeune avocat donna un coup de poing sur la table et, soufflant de colère, se retourna pour aller s'asseoir ailleurs.

Le président exhorta l'accusé :

— Dites la vérité dans votre propre intérêt.

— Je dis la vérité, Excellence, reprit Tararà, les deux mains cette fois ramenées sur la poitrine. Et la vérité, la voici : c'était comme si je n'avais rien su. Parce que la chose... oui, Excellence, je me tourne vers messieurs les jurés ; parce que la chose, mes-

e nessuno dunque poteva venirmi a sostenere in faccia
che io la sapevo. Io parlo così, perché abito in campagna, signori giurati. Che può sapere un pover uomo
che butta sangue in campagna dalla mattina del lunedì
alla sera del sabato ? Sono disgrazie che possono capi-
tare a tutti ! Certo, se in campagna qualcuno fosse
venuto a dirmi : « Tararà, bada che tua moglie se
l'intende col cavaliere Fiorìca », io non ne avrei potuto
fare di meno, e sarei corso a casa con l'accetta a spac-
carle la testa. Ma nessuno era mai venuto a dirmelo,
signor presidente ; e io, a ogni buon fine, se mi capitava
qualche volta di dover ritornare al paese in mezzo della
settimana, mandavo avanti qualcuno per avvertirne
mia moglie. Questo, per far vedere a Vostra Eccellenza, che la mia intenzione era di non fare danno.
L'uomo è uomo, Eccellenza, e le donne sono donne.
Certo l'uomo deve considerare la donna, che l'ha nel
sangue d'essere traditora, anche senza il caso che resti
sola, voglio dire col marito assente tutta la settimana ;
ma la donna, da parte sua, deve considerare l'uomo, e
capire che l'uomo non può farsi beccare la faccia dalla
gente, Eccellenza ! Certe ingiurie... sì, Eccellenza, mi
rivolgo ai signori giurati ; certe ingiurie, signori giurati, altro che beccare, tagliano la faccia all'uomo ! E
l'uomo non le può sopportare ! Ora io, padroni miei,
sono sicuro che quella disgraziata avrebbe avuto

sieurs les jurés, était tacite et personne donc ne pouvait venir me soutenir en face que je le savais. Si je parle ainsi, c'est que je suis de la campagne, messieurs les jurés. Que peut savoir un pauvre homme qui sue sang et eau dans les champs du lundi matin au samedi soir ? Ce sont des infortunes qui peuvent nous tomber dessus à tous ! Évidemment si quelqu'un était venu me dire aux champs : « Tararà, attention, ta femme est au mieux avec le chevalier Fiorìca », je n'aurais pas pu faire autrement, j'aurais couru à la maison avec la hache pour lui fracasser le crâne. Mais personne, monsieur le président, n'est jamais venu me le dire. Et moi, s'il m'arrivait une fois ou l'autre de devoir rentrer au village dans le milieu de la semaine, j'envoyais, à toute bonne fin, quelqu'un avertir ma femme. Ceci pour faire bien voir à votre Excellence que mon intention était de ne pas faire de dégâts. L'homme est un homme, Excellence, et les femmes sont des femmes. L'homme, bien sûr, doit avoir de la considération pour la femme, qui a la trahison dans le sang, même sans être dans le cas de rester seule, je veux dire toute la semaine sans son mari. Mais la femme de son côté doit aussi avoir de la considération pour l'homme et comprendre qu'il ne peut pas se laisser rire au nez par les gens, Excellence. Certaines injures... oui, Excellence, je me tourne vers messieurs les jurés, sont plus que de se faire rire au nez : un vrai massacre pour les hommes. Et l'homme, il ne peut pas les supporter. Or moi, mes maîtres, cette malheureuse, je suis sûr qu'elle aurait toujours

sempre per me questa considerazione ; e tant'è vero,
che io non le avevo mai torto un capello. Tutto il vicinato può venire a testimoniare ! Che ci ho da fare io,
signori giurati, se poi quella benedetta signora, all'improvviso... Ecco, signor presidente, Vostra Eccellenza
dovrebbe farla venire qua, questa signora, di fronte a
me, ché saprei parlarci io ! Non c'è peggio... mi rivolgo
a voi, signori giurati, non c'è peggio delle donne
cimentose ! « Se suo marito », direi a questa signora,
avendola davanti, « se suo marito si fosse messo con
una zitella, vossignoria si poteva prendere il gusto di
fare questo scandalo, che non avrebbe portato nessuna
conseguenza, perché non ci sarebbe stato un marito di
mezzo. Ma con quale diritto vossignoria è venuta a
inquietare me, che mi sono stato sempre quieto ; che
non c'entravo né punto, né poco ; che non avevo voluto
mai né vedere, né sentire nulla ; quieto, signori giurati,
ad affannarmi il pane in campagna, con la zappa in
mano dalla mattina alla sera ? Vossignoria scherza ? »
le direi, se l'avessi qua davanti questa signora. « Che
cosa è stato lo scandalo per vossignoria ? Niente !
Uno scherzo ! Dopo due giorni ha rifatto pace col
marito. Ma non ha pensato vossignoria, che c'era un

eu pour moi cette considération. Et c'est si vrai que je n'ai jamais touché à un cheveu de sa tête. Tout le voisinage peut venir en témoigner. Qu'est-ce que j'ai à y faire, moi, si alors, messieurs les jurés, cette sacrée dame tout à coup... Tenez, monsieur le président, Votre Excellence devrait la faire venir ici, cette femme, en face de moi, parce que moi, je saurais parler de ça ! Il n'y a rien de pire... je me tourne vers messieurs les jurés, rien de pire que les femmes à histoires[1]. « Si votre mari, je dirais à cette femme, là, devant moi, si votre mari s'était mis avec une célibataire, libre à Votre Seigneurie de s'offrir le plaisir de provoquer ce scandale, lequel n'aurait eu aucune conséquence, puisque aucun mari n'y aurait été mêlé. Mais de quel droit Votre Seigneurie est-elle venue me tarabuster, moi qui me suis toujours tenu tranquille, qui ni de loin ni de près n'étais concerné en rien, moi qui n'ai jamais voulu ni rien voir, ni rien entendre, tranquille, messieurs les jurés, à me donner du mal aux champs pour le pain, pioche en main du matin au soir ? Votre Seigneurie veut plaisanter ? » je lui dirais si je l'avais ici devant moi, cette femme. « Le scandale pour Votre Seigneurie, qu'est-ce que cela aura été ? Rien. Une plaisanterie ! Au bout de deux jours vous avez retrouvé la paix avec votre mari. Mais madame a-t-elle pensé qu'un

---

1. *Cimentoso*. Littéralement : qui intervient, qui provoque, se jette dans la bagarre.
    Voir la pièce *Le Bonnet de fou* où le personnage homonyme, Béatrice Fiorìca, joue le même rôle.

altro uomo di mezzo ? e che quest'uomo non poteva
lasciarsi beccare la faccia dal prossimo, e che doveva
far l'uomo ? Se vossignoria fosse venuta da me, prima,
ad avvertirmi, io le avrei detto : " Lasci andare,
signorina ! Uomini siamo ! E l'uomo, si sa, è
cacciatore ! Può aversi a male vossignoria d'una sporca
contadina ? Il cavaliere, con lei, mangia sempre pane
fino, francese ; lo compatisca se, di tanto in tanto, gli fa
gola un tozzo di pane di casa, nero e duro ! " » Così le
avrei detto, signor presidente, e forse non sarebbe accaduto nulla, di quello che purtroppo, non per colpa
mia, ma per colpa di questa benedetta signora, è accaduto.

Il presidente troncò con una nuova e più lunga scam-
panellata i commenti, le risa, le svariate esclamazioni,
che seguirono per tutta l'aula la confessione fervorosa
di Tararà.

— Questa dunque è la vostra tesi ? — domandò poi
all'imputato.

Tararà, stanco, anelante, negò col capo.

— Nossignore. Che tesi ? Questa è la verità, signor
presidente.

E in grazia della verità, così candidamente confes-
sata, Tararà fu condannato a tredici anni di reclusione.

autre homme y était mêlé ? Et que cet homme ne pouvait se laisser rire au nez par son prochain, que cet homme devait agir en homme ? Si d'abord Votre Seigneurie était venue m'avertir, je lui aurais dit : laissez tomber, ma petite dame. Nous sommes des hommes. Et l'homme est chasseur, c'est connu. Comment Votre Seigneurie peut-elle voir d'un mauvais œil une paysanne sale ? Avec vous le chevalier mange toujours du pain blanc, du pain français[1] ; ayez pour lui de l'indulgence si de temps en temps l'envie lui prend d'un quignon de pain de chez nous, noir et dur. » C'est ainsi que je lui aurais parlé, monsieur le président, et rien peut-être ne se serait produit de ce qui, hélas, non par ma faute mais par la faute de cette sacrée dame, s'est produit.

D'un nouveau carillonnage plus long, le président coupa court aux commentaires, rires et exclamations variées qui suivirent, dans toute la salle, la confession passionnée de Tararà.

— Telle est donc votre thèse ? demanda-t-il au prévenu.

Harassé, à bout de souffle, Tararà nia de la tête.

— Non monsieur. Quelle thèse ? La vérité, monsieur le président.

En vertu de cette vérité si naïvement confessée, Tararà fut condamné à treize ans de prison.

---

1. Le pain blanc est le pain du riche et de l'oppresseur ; réminiscence lointaine de l'occupation française de Charles Ier d'Anjou qui se termina par le massacre des Vêpres siciliennes.

La mouche
La mosca

Trafelati, ansanti, per far più presto, quando furono sotto il borgo, — su, di qua, coraggio ! — s'arrampicarono per la scabra ripa cretosa, ajutandosi anche con le mani — forza ! forza ! — poiché gli scarponi imbullettati — Dio sacrato ! — scivolavano.

Appena s'affacciarono paonazzi sulla ripa, le donne, affollate e vocianti intorno alla fontanella all'uscita del paese, si voltarono tutte a guardare. O non erano i fratelli Tortorici, quei due là ? Sì, Neli e Saro Tortorici. Oh poveretti ! E perché correvano così ?

Neli, il minore dei fratelli, non potendone più, si fermò un momento per tirar fiato e rispondere a quelle donne ; ma Saro se lo trascinò via, per un braccio.

— Giurlannu Zarù, nostro cugino ! — disse allora Neli, voltandosi, e alzò una mano in atto di benedire.

Le donne proruppero in esclamazioni di compianto e d'orrore ; una domandò, forte :

Arrivés au pied du bourg, essoufflés et hors d'haleine, afin d'aller plus vite — hop! par ici, courage! — ils grimpèrent la pente argileuse et rugueuse de l'escarpement en s'aidant aussi des mains — vas-y, vas-y! — parce que — bon sang de bon sang! — leurs gros souliers cloutés glissaient.

Dès que, le visage pourpre, ils débouchèrent au sommet, les femmes agglutinées et glapissantes autour de la fontaine à la sortie du village, se retournèrent toutes pour les regarder. N'étaient-ce pas les frères Tortorici, ces deux-là? Oui, Neli et Saro Tortorici. Oh les pauvres! Et pourquoi couraient-ils ainsi?

N'en pouvant plus, Neli, le cadet, s'arrêta un instant pour reprendre haleine et répondre à ces femmes; mais Saro le tira par le bras.

— Giurlannu Zarù, notre cousin! dit alors Neli en se retournant et de sa main levée il esquissa le geste de bénir.

Les femmes éclatèrent en exclamations de compassion et d'horreur. Une voix forte demanda:

— Chi è stato ?

— Nessuno : Dio ! — gridò Neli da lontano.

Voltarono, corsero alla piazzetta, ov'era la casa del medico condotto.

Il signor dottore, Sidoro Lopiccolo, scamiciato, spettorato, con una barbaccia di almeno dieci giorni su le guance flosce, e gli occhi gonfi e cisposi, s'aggirava per le stanze, strascicando le ciabatte e reggendo su le braccia una povera malatuccia ingiallita, pelle e ossa, di circa nove anni.

La moglie, in un fondo di letto, da undici mesi ; sei figliuoli per casa, oltre a quella che teneva in braccio, ch'era la maggiore, laceri, sudici, inselvaggiti ; tutta la casa, sossopra, una rovina : cocci di piatti, bucce, l'immondizia a mucchi sui pavimenti ; seggiole rotte, poltrone sfondate, letti non più rifatti chi sa da quanto tempo, con le coperte a brandelli, perché i ragazzi si spassavano a far la guerra su i letti, a cuscinate ; bellini !

Solo intatto, in una stanza ch'era stata salottino, un ritratto fotografico ingrandito, appeso alla parete ; il ritratto di lui, del signor dottore Sidoro Lopiccolo, quand'era ancora giovincello, laureato di fresco : lindo, attillato e sorridente.

Davanti a questo ritratto egli si recava ora, ciabattando ; gli mostrava i denti in un ghigno aggraziato, s'inchinava e gli presentava la figliuola malata, allungando le braccia.

— Qui a fait ça ?

— Personne, Dieu ! cria Neli de loin.

Ils tournèrent le coin, coururent vers la petite place où se trouvait la maison du médecin communal.

M. le docteur Sidoro Lopiccolo, en bras de chemise, dépoitraillé, avec une barbe d'au moins dix jours sur ses joues flasques, les yeux gonflés et chassieux, allait et venait d'une pièce à l'autre, traînant la savate et portant dans ses bras une pauvre petite malade d'environ neuf ans, le teint jaune, la peau et les os.

L'épouse au fond de son lit depuis onze mois ; six enfants dans la maison, outre l'aînée qu'il avait dans les bras, tous en guenilles, sales, de vrais sauvages ; la maison sens dessus dessous, un désastre ; tessons de vaisselle, épluchures, tas d'immondices sur les carrelages, chaises cassées, fauteuils défoncés, lits non refaits qui sait depuis quand, les couvertures en lambeaux, car les gosses jouaient à la guerre dessus, à coup d'oreillers, un délice !

Seul intact dans une pièce qui avait été le salon, un agrandissement photographique suspendu à la paroi : son portrait. Le portrait de M. le docteur Sidoro Lopiccolo lorsqu'il était encore jouvenceau, frais émoulu de l'Université : propret, tiré à quatre épingles, souriant.

A cette heure, traînant la savate, il se plantait devant ce portrait. Il lui montrait les dents en un gracieux ricanement, s'inclinait, lui présentait sa fille malade à bras tendus :

— Sisiné, eccoti qua !

Perché così, *Sisiné*, lo chiamava per vezzeggiarlo sua madre, allora ; sua madre che si riprometteva grandi cose da lui ch'era il beniamino, la colonna, lo stendardo della casa.

— Sisiné !

Accolse quei due contadini come un cane idrofobo.

— Che volete ?

Parlò Saro Tortorici, ancora affannato, con la berretta in mano :

— Signor dottore, c'è un poverello, nostro cugino, che sta morendo...

— Beato lui ! Sonate a festa le campane ! — gridò il dottore.

— Ah, nossignore ! Sta morendo, tutt'a un tratto, non si sa di che. Nelle terre di Montelusa, in una stalla.

Il dottore si tirò un passo indietro e proruppe, inferocito :

— A Montelusa ?

C'erano, dal paese, sette miglia buone di strada. E che strada !

— Presto presto, per carità ! — pregò il Tortorici. — È tutto nero, come un pezzo di fegato ! gonfio, che fa paura. Per carità !

— Ma come, a piedi ? — urlò il dottore. — Dieci miglia a piedi ? Voi siete pazzi ! La mula ! Voglio la mula. L'avete portata ?

— Sisinè, te voilà donc !

Car c'est ainsi, *Sisinè*, que sa mère l'appelait en manière de câlinerie autrefois, elle qui attendait de si grandes choses de lui, le benjamin, le pilier, l'étendard de la maison.

— Sisinè !

Il accueillit les deux paysans comme un chien enragé.

— Que voulez-vous ?

Ce fut Saro qui parla, encore essoufflé, le bonnet à la main :

— Monsieur le docteur, il y a un pauvre gars, notre cousin, en train de mourir...

— Grand bien lui fasse ! Qu'on sonne les cloches à toute volée ! cria le docteur.

— Ah ! ça non ! Sur le point de mourir qu'il est, tout d'un coup, on ne sait pas de quoi. Sur les terres de Montelusa, dans une étable.

Le docteur fit un pas en arrière et explosa, furibond :

— À Montelusa ?

Du village jusque-là, il y avait sept bons milles[1] de chemin. Et quel chemin !

— Vite, vite, par pitié ! supplia Tortorici. Il est tout noir comme un morceau de foie. Gonflé à faire peur. Par pitié !

— Mais comment ? À pied ? hurla le docteur. Dix milles à pied ? Vous êtes fous ! La mule, il me faut une mule. L'avez-vous amenée ?

1. Mille italien : 1 500 mètres

— Corro subito a prenderla, — s'affrettò a rispondere il Tortorici. — Me la faccio prestare.

— E io allora, — disse Neli, il minore, — nel frattempo, scappo a farmi la barba.

Il dottore si volto a guardarlo, come se lo volesse mangiar con gli occhi.

— È domenica, signorino, — si scusò Neli, sorridendo, smarrito. — Sono fidanzato.

— Ah, fidanzato sei ? — sghignò allora il medico, fuori di sé. — E pigliati questa, allora !

Gli mise, così dicendo, sulle braccia la figlia malata ; poi prese a uno a uno gli altri piccini che gli s'erano affollati attorno e glieli spinse di furia fra le gambe :

— E quest'altro ! e quest'altro ! e quest'altro ! e quest'altro ! Bestia ! bestia ! bestia !

Gli voltò le spalle, fece per andarsene, ma tornò indietro, si riprese la malatuccia e gridò ai due :

— Andate via ! La mula ! Vengo subito.

Neli Tortorici tornò a sorridere, scendendo la scala, dietro al fratello. Aveva vent'anni, lui ; la fidanzata, Luzza, sedici : una rosa ! Sette figliuoli ? Ma pochi ! Dodici, ne voleva. E a mantenerli, si sarebbe ajutato con quel pajo di braccia sole, ma buone, che Dio gli aveva dato. Allegramente, sempre. Lavorare e cantare, tutto a regola d'arte. Non per nulla lo chiamavano Liolà, il poeta. E sentendosi amato da tutti per la sua

— Je cours la chercher, s'empressa de répondre Tortorici. On me la prêtera.

— Moi, pendant ce temps, fit Neli, le cadet, je vais vite me faire raser.

Le docteur se retourna pour le dévisager, comme prêt à le dévorer des yeux.

— C'est dimanche, mon bon monsieur, s'excusa Neli souriant, confus. Je suis fiancé.

— Ah tu es fiancé, ricana le médecin hors de lui. Alors ramasse-moi ça !

Ce disant, il lui mit l'enfant malade sur les bras. Puis il attrapa un à un les autres petits qui s'étaient agglutinés tout autour et les lui envoya violemment dans les jambes.

— Et encore un ! Encore un ! Encore un ! Imbécile ! Imbécile ! Imbécile !

Il lui tourna le dos, fit mine de s'en aller, mais revint sur ses pas, reprit la malade et cria :

— Allez-vous-en ! La mule ! J'arrive tout de suite.

Neli Tortorici retrouva son sourire en descendant l'escalier derrière son frère. Il avait vingt ans, lui ; sa fiancée, Luzza, seize : une rose ! Sept enfants ? Si peu que ça ! C'était douze qu'il en voulait ! Et pour les élever, il ne s'aiderait que de cette paire de bras, mais solides, que Dieu lui avait donnée. Toujours joyeusement. Travailler et chanter, tout selon les règles de l'art. Ce n'était pas pour rien qu'on l'appelait Liolà le Poète[1]. Et se sentant aimé de tous pour sa

---

1. Ébauche du protagoniste de la comédie agreste *Liolà*.

bontà servizievole e il buon umore costante, sorrideva finanche all'aria che respirava. Il sole non era ancora riuscito a cuocergli la pelle, a inaridirgli il bel biondo dorato dei capelli riccioluti che tante donne gli avrebbero invidiato ; tante donne che arrossivano, turbate, se egli le guardava in un certo modo, con quegli occhi chiari, vivi vivi.

Più che del caso del cugino Zarù, quel giorno, egli era afflitto in fondo del broncio che gli avrebbe tenuto la sua Luzza, che da sei giorni sospirava quella domenica per stare un po' con lui. Ma poteva, in coscienza, esimersi da quella carità di cristiano ? Povero Giurlannu ! Era fidanzato anche lui. Che guajo, così all'improvviso ! Abbacchiava le mandorle, laggiù, nella tenuta del Lopes, a Montelusa. La mattina avanti, sabato, il tempo s'era messo all'acqua ; ma non pareva ci fosse pericolo di pioggia imminente. Verso mezzogiorno, però, il Lopes dice : — In un'ora Dio lavora ; non vorrei, figliuoli, che le mandorle mi rimanessero per terra, sotto la pioggia. — E aveva comandato alle donne che stavano a raccogliere, di andar su, nel magazzino, a smallare. — Voi, — dice, rivolto agli uomini che abbacchiavano (e c'erano anche loro, Neli e Saro Tortorici) — voi, se volete, andate anche su, con le donne, a smallare. — Giurlannu Zarù : — Pronto, — dice, — ma la giornata mi corre col mio salario, di venticinque soldi ? — No, mezza giornata, — dice il Lopes, — te la conto col tuo salario ; il resto, a mezza

bonté serviable et sa constante bonne humeur, il en
arrivait à sourire même à l'air qu'il respirait. Le
soleil n'avait pas encore réussi à lui cuire la peau, à
lui dessécher le beau blond doré de ses cheveux
bouclés que tant de femmes auraient pu lui envier :
tant de femmes qui, troublées, rougissaient s'il les
regardait d'une certaine façon de ses yeux clairs, si
pleins de vie.

Plus que de l'histoire du cousin Zarù, il s'affligeait
au fond ce jour-là de la tête qu'allait lui faire sa
Luzza qui soupirait depuis une semaine après ce
dimanche pour être un peu avec lui. Mais pouvait-il
en conscience se soustraire à ce devoir de charité
chrétienne ? Pauvre Giurlannu ! Il était fiancé lui
aussi. Quel malheur comme ça, tout à coup ! Il gaulait les amandes là-bas, dans la propriété de Lopez à
Montelusa. La veille au matin, le samedi, le temps
s'était gâté, mais il ne semblait pas qu'il y eût
menace imminente de pluie. Vers midi, cependant,
Lopez déclare : « Une heure suffit au bon Dieu : je
ne voudrais pas, mes enfants, que mes amandes res-
tent par terre sous la pluie. » Puis il avait donné
l'ordre aux femmes qui procédaient au ramassage
de monter à l'entrepôt pour se mettre à écaler ;
« Vous », qu'il dit, tourné vers les hommes qui gau-
laient (et parmi eux également Saro et Neli Tortorici), « quant à vous, si vous voulez, montez aussi
avec les femmes pour écaler ». Giurlannu Zarù :
« D'accord, qu'il dit, mais la journée, vous me la
comptez à mon salaire de vingt-cinq sous ? — Non,
dit Lopez, seulement une demi-journée au tarif de

lira, come le donne. — Soperchieria ! Perché, mancava forse per gli uomini di lavorare e di guadagnarsi la giornata intera ? Non pioveva, né piovve difatti per tutta la giornata, né la notte. — Mezza lira, come le donne ? — dice Giurlannu Zarù. — Io porto calzoni. Mi paghi la mezza giornata in ragione di venticinque soldi, e vado via.

Non se n'andò : rimase ad aspettare fino a sera i cugini che s'erano contentati di smallare, a mezza lira, con le donne. A un certo punto, però, stanco di stare in ozio a guardare, s'era recato in una stalla lì vicino per buttarsi a dormire, raccomandando alla ciurma di svegliarlo quando sarebbe venuta l'ora d'andar via.

S'abbacchiava da un giorno e mezzo, e le mandorle raccolte erano poche. Le donne proposero di smallarle tutte quella sera stessa, lavorando fino a tardi e rimanendo a dormire lì il resto della notte, per risalire al paese la mattina dopo, levandosi a bujo. Così fecero. Il Lopes portò fave cotte e due fiaschi di vino. A mezzanotte, finito di smallare, si buttarono tutti, uomini e donne, a dormire al sereno su l'aja, dove la paglia rimasta era bagnata dall'umido, come se veramente fosse piovuto.

— Liolà, canta !

E lui, Neli, s'era messo a cantare all'improvviso. La luna entrava e usciva di tra un fitto intrico di nuvolette bianche e nere ; e la luna era la faccia tonda della sua

ton salaire : le reste comme les femmes, une demi-lire. » Quel abus ! Parce que quel empêchement à ce que les hommes travaillent et empochent leur journée entière ? Il ne pleuvait pas, et en effet, il ne plut pas de toute la journée, ni la nuit. « Une demi-lire, comme les femmes ? dit Giurlannu Zarù. Je porte le pantalon. Payez-moi ma demi-journée à raison de vingt-cinq sous ou je m'en vais. »

Il ne s'en alla pas mais resta à attendre jusqu'au soir les cousins qui s'étaient contentés d'écaler pour une demi-lire, comme les femmes. A un certain moment cependant, fatigué de regarder sans rien faire, il était allé se jeter à dormir dans une étable voisine en recommandant à la bande de le réveiller quand l'heure de partir serait venue.

On gaulait depuis un jour et demi et le tas d'amandes n'était pas gros. Les femmes proposèrent de les écaler toutes le soir même, en travaillant tard et en dormant sur place le reste de la nuit pour remonter au village le lendemain matin en se levant avant l'aube. C'est ainsi qu'on procéda. Lopez apporta des fèves cuites et deux fiasques de vin. À minuit, l'écalage terminé, ils se jetèrent tous à dormir, hommes et femmes à la belle étoile, sur l'aire où la paille laissée là était baignée d'humidité, comme si vraiment il avait plu.

— Chante, Liolà !

Et Neli s'était mis tout à coup à chanter. La lune entrait et sortait d'un tissu serré de petits nuages blancs et noirs ; et cette lune était la face ronde de sa

Luzza che sorrideva e s'oscurava alle vicende ora tristi e ora liete dell'amore.

Giurlannu Zarù era rimasto nella stalla. Prima dell'alba, Saro si era recato a svegliarlo e lo aveva trovato lì, gonfio e nero, con un febbrone da cavallo.

Questo raccontò Neli Tortorici, là dal barbiere, il quale, a un certo punto distraendosi, lo incicciò col rasojo. Una feritina, presso il mento, che non pareva nemmeno, via ! Neli non ebbe neanche il tempo di risentirsene, perché alla porta del barbiere s'era affacciata Luzza con la madre e Mita Lumìa, la povera fidanzata di Giurlannu Zarù, che gridava e piangeva, disperata.

Ci volle del bello e del buono per fare intendere a quella poveretta che non poteva andare fino a Montelusa, a vedere il fidanzato : lo avrebbe veduto prima di sera, appena lo avrebbero portato su, alla meglio. Sopravvenne Saro, sbraitando che il medico era già a cavallo e non voleva più aspettare. Neli si tirò Luzza in disparte e la pregò che avesse pazienza : sarebbe ritornato prima di sera e le avrebbe raccontato tante belle cose.

Belle cose, di fatti, sono anche queste, per due fidanzati che se le dicono stringendosi le mani e guardandosi negli occhi.

Stradaccia scellerata ! Certi precipizi, che al dottor Lopiccolo facevano vedere la morte con gli occhi, non ostante che Saro di qua, Neli di là reggessero la mula per la capezza.

Dall'alto si scorgeva tutta la vasta campagna, a pianure e convalli ; coltivata a biade, a oliveti, a

Luzza qui souriait et s'assombrissait au gré des péri-
péties de l'amour tantôt tristes et tantôt gaies.

Giurlannu Zarù était resté dans l'étable. Avant le
lever du jour, Saro était allé le réveiller et l'avait
trouvé là, gonflé et noir, avec une fièvre de cheval.

Voilà ce que Neli raconta chez le barbier qui, dans
un moment de distraction, l'entailla avec son rasoir.
Une estafilade près du menton, qu'on remarquait à
peine, rien du tout ! Neli n'eut même pas le temps de
s'en irriter car sur le seuil venaient d'apparaître
Luzza avec sa mère et Mita Lumìa, la pauvre fiancée
de Giurlannu Zarù, qui criait et pleurait, désespérée.

Ce ne fut pas une mince affaire que de persuader
cette pauvrette qu'aller jusqu'à Montelusa pour y
voir son fiancé était impossible : elle le verrait avant
ce soir, dès qu'on l'aurait ramené ici, tant bien que
mal. Survint là-dessus Saro braillant que le médecin
était déjà en selle et ne voulait plus attendre. Neli
tira Luzza à l'écart et lui demanda de prendre
patience : il serait de retour avant la nuit et lui
raconterait mille belles choses.

Belles en effet, même ces choses-là, quand ce sont
deux fiancés qui se les disent en se serrant les mains
et en se regardant dans les yeux.

Maudits chemins de brigands ! Des précipices qui
faisaient voir la mort plein les yeux au docteur
Lopiccolo bien que Saro d'un côté, Neli de l'autre
aient tenu la mule par la têtière.

D'en haut on découvrait toute la vaste campagne :
plaines et vallées en cultures de blé, d'oliviers,

mandorleti ; gialla ora di stoppie e qua e là chiazzata di nero dai fuochi della debbiatura ; in fondo, si scorgeva il mare, d'un aspro azzurro. Gelsi, carrubi, cipressi, olivi serbavano il loro vario verde, perenne ; le corone dei mandorli s'erano già diradate.

Tutt'intorno, nell'ampio giro dell'orizzonte, c'era come un velo di vento. Ma la calura era estenuante ; il sole spaccava le pietre. Arrivava or sì or no, di là dalle siepi polverose di fichidindia, qualche strillo di calandra o la risata d'una gazza, che faceva drizzar le orecchie alla mula del dottore.

— Mula mala ! mula mala ! — si lamentava questi allora.

Per non perdere di vista quelle orecchie, non avvertiva neppure al sole che aveva davanti agli occhi, e lasciava l'ombrellaccio aperto foderato di verde, appoggiato su l'omero.

— Vossignoria non abbia paura, ci siamo qua noi, — lo esortavano i fratelli Tortorici.

Paura, veramente, il dottore non avrebbe dovuto averne. Ma diceva per i figliuoli. Se la doveva guardare per quei sette disgraziati, la pelle.

Per distrarlo, i Tortorici si misero a parlargli della mal'annata : scarso il frumento, scarso l'orzo, scarse le fave ; per i mandorli, si sapeva : non raffermano sempre : carichi un anno e l'altro no ; e delle ulive non

d'amandiers ; à présent jaune à cause des chaumes
et çà et là marquée de la tache noire des écobuages[1] ;
au fond on découvrait la mer d'un bleu violent.
Mûriers, caroubiers, cyprès, oliviers conservaient
leurs verts variés persistants. Les feuillages des
amandiers s'étaient déjà éclaircis.

Tout autour, aux limites de l'ample horizon circu-
laire, il y avait comme un voile de vent. Mais la chaleur était exténuante : le soleil fendait les pierres.
De temps à autre, de derrière les haies poussié-
reuses de figuiers de Barbarie, vous arrivait le cri
d'une calandre ou le rire d'une pie qui faisait
dresser les oreilles à la mule du docteur.

— Malheur de mule ! Malheur de mule ! se
lamentait-il alors.

Pour ne pas perdre ces oreilles de vue, il ne
s'apercevait même pas qu'il avait le soleil dans les
yeux et gardait appuyé sur l'épaule son parasol
déployé doublé de vert.

— Que Votre Seigneurie n'ait pas peur, nous
sommes là, l'exhortaient les frères Tortorici.

Peur, à vrai dire, il n'aurait pas dû avoir peur. Ce
qu'il en disait était pour ses enfants. Il se devait de
sauver sa peau pour ses sept petits malheureux.

Histoire de le distraire, les Tortorici se mirent à
lui parler des calamités de l'année : peu de froment,
peu d'orge, peu de fèves. Pour les amandiers, c'était
connu : pas toujours sûr : chargés de fruits une

---

1. Écobuer : brûler les chaumes et utiliser les cendres pour fer-
tiliser.

parlavano : la nebbia le aveva imbozzacchite sul
crescere ; né c'era da rifarsi con la vendemmia, ché
tutti i vigneti della contrada erano presi dal male.

— Bella consolazione ! — andava dicendo ogni
tanto il dottore, dimenando la testa.

In capo a due ore di cammino, tutti i discorsi furono
esauriti. Lo stradone correva diritto per un lungo
tratto, e su lo strato alto di polvere bianchiccia si
misero a conversare adesso i quattro zoccoli della mula
e gli scarponi imbullettati dei due contadini. Liolà, a
un certo punto, si diede a canticchiare, svogliato, a
mezza voce ; smise presto. Non s'incontrava anima
viva, poiché tutti i contadini, di domenica, erano su al
paese, chi per la messa, chi per le spese, chi per sollievo. Forse laggiù, a Montelusa, non era rimasto nessuno accanto a Giurlannu Zarù, che moriva solo, sep-
pure era vivo ancora.

Solo, difatti, lo trovarono, nella stallaccia intanfata,
steso sul murello come Saro e Neli Tortorici lo avevano lasciato : livido, enorme, irriconoscibile.

Rantolava.

Dalla finestra ferrata, presso la mangiatoja, entrava il
sole a percuotergli la faccia che non pareva più
umana : il naso, nel gonfiore, sparito ; le labbra, nere e
orribilmente tumefatte. E il rantolo usciva da quelle

année et l'autre non. Quant aux olives, n'en parlons pas : le brouillard les avait rendues toutes rabougries au cours du mûrissement ; et pas moyen de se refaire avec la vendange, car toutes les vignes de la contrée avaient la maladie.

— Belle consolation ! disait le docteur à intervalles en secouant la tête.

Au bout de deux heures de marche, tous les sujets furent épuisés. La route allait tout droit sur une longue distance et dans l'épaisse couche de poussière blanchâtre restèrent seulement à converser les quatre sabots de la mule et les souliers cloutés des deux paysans. À un certain moment, Liolà se mit à chantonner sans conviction, à mi-voix, et cessa très vite. On ne rencontrait âme qui vive parce que le dimanche tous les paysans étaient montés au village, les uns pour assister à la messe, les autres pour faire des achats, d'autres encore pour se délasser. Personne peut-être n'était demeuré là-bas, à Montelusa, auprès de Giurlannu Zarù en train de mourir tout seul, si encore il était vivant.

Seul en effet ils le trouvèrent dans l'infecte étable puante, étendu sur le petit mur, comme Saro et Neli Tortorici l'avaient laissé : livide, énorme, méconnaissable.

Il râlait.

Par la fenêtre grillagée, près de la mangeoire, le soleil entrait lui frapper le visage qui n'avait plus rien d'humain : le nez disparu dans l'enflure, les lèvres noires et horriblement tuméfiées. Et le râle sortait exaspéré de ces lèvres comme un gronde-

labbra, esasperato, come un ringhio. Tra i capelli ricci
da moro una festuca di paglia splendeva nel sole.

I tre si fermarono un tratto a guardarlo, sgomenti e
come trattenuti dall'orrore di quella vista. La mula
scalpitò, sbruffando, su l'acciottolato della stalla.
Allora Saro Tortorici s'accostò al moribondo e lo
chiamò amorosamente :

— Giurlà, Giurlà, c'è il dottore.

Neli andò a legar la mula alla mangiatoja, presso alla
quale, sul muro, era come l'ombra di un'altra bestia,
l'orma dell'asino che abitava in quella stalla e vi s'era
stampato a forza di stropicciarsi.

Giurlannu Zarù, a un nuovo richiamo, smise di
rantolare ; si provò ad aprir gli occhi insanguati, anne-
riti, pieni di paura ; aprì la bocca orrenda e gemette,
com'arso dentro :

— Muojo !

— No, no, — s'affrettò a dirgli Saro, angosciato. —
C'è qua il medico. L'abbiamo condotto noi ; lo vedi ?

— Portatemi al paese ! — pregò il Zarù, e con
affanno, senza potere accostar le labbra : — Oh
mamma mia !

— Si, ecco, c'è qua la mula ! — rispose subito Saro.

— Ma anche in braccio, Giurlà, ti ci porto io ! disse
Neli, accorrendo e chinandosi su lui. — Non
t'avvilire !

Giurlannu Zarù si voltò alla voce di Neli, lo guatò
con quegli occhi insanguati come se in prima non lo
riconoscesse, poi mosse un braccio e lo prese per la cintola.

ment. Dans ses cheveux frisés de noiraud, un fétu de paille resplendissait au soleil.

Immobiles, tous trois s'attardèrent un instant à le regarder, épouvantés et comme retenus par l'horreur de ce spectacle. La mule piaffa en s'ébrouant sur le pavé de l'étable. Alors Saro Tortorici s'approcha du moribond et l'appela affectueusement :

— Giurlà, Giurlà, le docteur est là.

Neli alla attacher la mule à la mangeoire près de laquelle, sur le mur, il y avait comme l'ombre d'une autre bête, l'empreinte de l'âne qui habitait cette étable et qui à force de se frotter y avait laissé sa trace.

Appelé une seconde fois, Giurlannu Zarù cessa de râler ; il essaya d'ouvrir ses yeux injectés de sang, pleins de nuit et de peur ; il ouvrit une bouche horrible et gémit comme brûlé de l'intérieur :

— Je meurs.

— Non, non, s'empressa de lui dire Saro, angoissé. Le docteur est là. C'est nous qui l'avons amené. Tu le vois ?

— Portez-moi au village, supplia Zarù, et haletant, sans pouvoir joindre les lèvres :

— Oh maman !

— Oui, voilà, la mule est là, répondit très vite Saro.

— Même dans mes bras, Giurlà, je te porterai, dit Neli accourant et se penchant sur lui. Ne perds pas courage.

Au son de cette voix, Giurlannu Zarù se retourna, le fixa, suspicieux, de ses yeux injectés comme si d'abord il ne le reconnaissait pas, puis il remua un bras et le prit par la taille.

— Tu, bello ? Tu ?

— Io, sì, coraggio ! Piangi ? Non piangere, Giurlà, non piangere. È nulla !

E gli posò una mano sul petto che sussultava dai singhiozzi che non potevano rompergli dalla gola. Soffocato, a un certo punto il Zarù scosse il capo rabbiosamente, poi alzò una mano, prese Neli per la nuca e l'attirò a sé :

— Insieme, noi, dovevamo sposare...

— E insieme sposeremo, non dubitare ! — disse Neli, levandogli la mano che gli s'era avvinghiata alla nuca.

Intanto il medico osservava il moribondo. Era chiaro : un caso di carbonchio.

— Dite un po', non ricordate di qualche insetto che v'abbia pinzato ?

— No, — fece col capo il Zarù.

— Insetto ? — domandò Saro.

Il medico spiegò, come poteva a quei due ignoranti, il male. Qualche bestia doveva esser morta in quei dintorni, di carbonchio. Su la carogna, buttata in fondo a qualche burrone, chi sa quanti insetti s'erano posati ; qualcuno poi, volando, aveva potuto inoculare il male al Zarù, in quella stalla.

Mentre il medico parlava così, il Zarù aveva voltato la faccia verso il muro.

Nessuno lo sapeva, e la morte intanto era lì, ancora ;

— Toi, mon joli ? Toi ?

— Oui, moi. Courage. Tu pleures ? Il ne faut pas pleurer, Giurlannu, non. Ce n'est rien !

Il lui posa la main sur la poitrine agitée de sanglots qui ne pouvaient s'échapper de sa gorge. Suffocant, à un certain moment, Zarù secoua rageusement la tête puis leva une main, saisit Neli par la nuque et l'attira à lui :

— Nous deux en même temps, nous devions nous marier...

— Et nous nous marierons, n'en doute pas, dit Neli, ôtant la main qui s'était accrochée à sa nuque.

Pendant ce temps, le médecin observait le moribond. C'était clair, un cas de charbon[1].

— Dites un peu, vous ne vous souvenez pas d'un insecte qui vous aurait piqué ?

— Non, fit Zarù de la tête.

— Un insecte ? demanda Saro.

Le médecin expliqua comme il pouvait la maladie à ces deux ignorants. Une bête devait être morte du charbon aux alentours. Qui sait combien d'insectes s'étaient posés sur sa charogne jetée au fond d'un ravin ; et ensuite l'un d'entre eux avait pu venir en volant inoculer le mal à Zarù dans cette étable.

Pendant que le médecin parlait, Zarù avait tourné son visage contre le mur.

Personne ne le savait et la mort cependant était là,

---

1. Charbon : maladie contagieuse qui atteint surtout les moutons, bovidés, etc., mais qui peut se transmettre aux hommes par la mouche. Pasteur a mis au point le vaccin.

così piccola, che si sarebbe appena potuta scorgere, se qualcuno ci avesse fatto caso.

C'era una mosca, lì sul muro, che pareva immobile ; ma, a guardarla bene, ora cacciava fuori la piccola proboscide e pompava, ora si nettava celermente le due esili zampine anteriori, stropicciandole fra loro, come soddisfatta.

Il Zarù la scorse e la fissò con gli occhi.

Una mosca.

Poteva essere stata quella o un'altra. Chi sa ? Perché, ora, sentendo parlare il medico, gli pareva di ricordarsi. Sì, il giorno avanti, quando s'era buttato lì a dormire, aspettando che i cugini finissero di smallare le mandorle del Lopes, una mosca gli aveva dato fastidio. Poteva esser questa ?

La vide a un tratto spiccare il volo e si voltò a seguirla con gli occhi.

Ecco era andata a posarsi sulla guancia di Neli. Dalla guancia, lieve lieve, essa ora scorreva, in due tratti, sul mento, fino alla scalfittura del rasojo, e s'attaccava lì, vorace.

Giurlannu Zarù stette a mirarla un pezzo, intento, assorto. Poi, tra l'affanno catarroso, domandò con una voce da caverna :

— Una mosca, puo essere ?

— Una mosca ? E perché no ? — rispose il medico.

Giurlannu Zarù non disse altro : si rimise a mirare

encore là ; si petite qu'à supposer que quelqu'un y prît garde, il eût été presque impossible de la découvrir.

Là sur le mur, il y avait une mouche. Immobile, semblait-il. Mais à y regarder de près, tantôt elle sortait sa petite trompe et pompait, tantôt rapide, elle nettoyait ses deux frêles pattes antérieures, les frottant l'une contre l'autre. On l'eût dite satisfaite.

Zarù l'aperçut et ne la quitta plus des yeux.

Une mouche.

Cela pouvait avoir été celle-là ou une autre, qui sait ? Car maintenant, à entendre parler le médecin, il lui semblait se souvenir. Oui la veille, quand il s'était jeté là pour dormir, attendant que ses cousins aient fini d'écaler les amandes de Lopez, une mouche l'avait importuné.

Cela pouvait-il être celle-là ?

Il la vit soudain s'envoler et se tourna pour la suivre des yeux.

Bon, elle était allée se poser sur la joue de Neli. De la joue tout doucement elle descendait maintenant en deux temps sur le menton jusqu'à l'égratignure du rasoir et se fixait là, vorace.

Giurlannu Zarù resta un moment à l'observer, attentif, absorbé. Puis entre deux halètements catarrheux, il demanda d'une voix caverneuse :

— Une mouche, par exemple ?

— Une mouche, pourquoi pas ? répondit le médecin.

Giurlannu Zarù n'ajouta rien : il se mit à observer

quella mosca che Neli, quasi imbalordito dalle parole
del medico, non cacciava via. Egli, il Zarù, non badava
più al discorso del medico, ma godeva che questi, par-
lando, assorbisse così l'attenzione del cugino da farlo
stare immobile come una statua, da non fargli avvertire
il fastidio di quella mosca lì sulla guancia. Oh fosse la
stessa ! Allora sì, davvero, avrebbero sposato insieme !
Una cupa invidia, una sorda gelosia feroce lo avevano
preso di quel giovane cugino così bello e florido, per
cui piena di promesse rimaneva la vita che a lui, ecco,
veniva improvvisamente a mancare.

A un tratto Neli, come se finalmente si sentisse pinzato, alzo una mano, caccio via la mosca e con le dita
cominciò a premersi il mento, sul taglietto. Si voltò al
Zarù che lo guardava e restò un po' sconcertato
vedendo che questi aveva aperto le labbra orrende, a
un sorriso mostruoso. Si guardarono un po' così. Poi il
Zarù disse, quasi senza volerlo :

— La mosca.

Neli non comprese e chinò l'orecchio :

— Che dici ?

— La mosca, — ripeté quello.

— Che mosca ? Dove ? — chiese Neli, costernato,
guardando il medico.

— Lì, dove ti gratti. Lo so sicuro ! — disse il Zarù.

Neli mostrò al dottore la feritina sul mento :

— Che ci ho ? Mi prude.

la mouche que Neli, à moitié éberlué par les paroles
du docteur, ne chassait pas. Zarù, lui, ne s'intéressait
plus aux propos du médecin, mais se félicitait que
celui-ci, en discourant, absorbe ainsi l'attention du
cousin au point de le faire tenir immobile comme
une statue et négliger le désagrément de cette
mouche, là, sur sa joue. Si seulement c'était la
même ! Alors oui, pour de vrai, ils se marieraient en
même temps ! Une sombre envie, une sourde
jalousie féroce l'avaient envahi à l'égard de ce jeune
cousin si beau et florissant pour qui la vie demeurait pleine de promesses, alors qu'à lui, elle venait
soudain à manquer.

Tout à coup Neli, comme s'il s'était finalement
senti piquer, leva une main, chassa la mouche et ses
doigts se mirent à presser le menton à l'endroit de
l'entaille. Il se tourna vers Zarù qui le regardait et
resta un instant déconcerté en voyant qu'il avait
écarté ses horribles lèvres en un sourire monstrueux. Ils se dévisagèrent ainsi un instant. Puis
Zarù dit, presque sans le vouloir :

— La mouche.

Neli ne comprit pas et tendit l'oreille :

— Qu'est-ce que tu dis ?

— La mouche, répéta-t-il.

— Quelle mouche ? où ? demanda Neli cons-
terné, regardant le médecin.

— Là où tu te grattes. J'en suis sûr, dit Zarù.

Neli montra au docteur l'égratignure sur son
menton :

— Qu'est-ce que j'ai ? Ça me démange.

Il medico lo guardò, accigliato ; poi, come se volesse osservarlo meglio, lo condusse fuori della stalla. Saro li seguì.

Che avvenne poi ? Giurlannu Zarù attese, attese a lungo, con un'ansia che gl'irritava dentro tutte le viscere. Udiva parlare, là fuori, confusamente. A un tratto, Saro rientrò di furia nella stalla, prese la mula e, senza neanche voltarsi a guardarlo, uscì, gemendo :

— Ah, Neluccio mio ! ah, Neluccio mio !

Dunque, era vero ? Ed ecco, lo abbandonavano lì, come un cane. Provò a rizzarsi su un gomito, chiamò due volte :

— Saro ! Saro !

Silenzio. Nessuno. Non si resse più sul gomito, ricadde a giacere e si mise per un pezzo come a grufare, per non sentire il silenzio della campagna, che lo atterriva. A un tratto gli nacque il dubbio che avesse sognato, che avesse fatto quel sogno cattivo, nella febbre ; ma, nel rivoltarsi verso il muro, rivide la mosca, lì di nuovo.

Eccola.

Ora cacciava fuori la piccola proboscide e pompava, ora si nettava celermente le due esili zampine anteriori, stropicciandole fra loro, come soddisfatta.

Le médecin le regarda, sourcils froncés. Puis comme pour l'observer mieux, il l'entraîna hors de l'étable. Saro les suivit.

Qu'arriva-t-il ensuite ? Giurlannu Zarù attendit, attendit longtemps, avec une anxiété qui là-dedans lui brûlait les entrailles. Il entendait parler là dehors, confusément. Soudain Saro, comme un fou, refit irruption dans l'étable, prit la mule et sans même se retourner sortit en gémissant :

— Ah mon petit Neli ! Mon petit Neli !

Donc c'était vrai ? Et voici qu'on l'abandonnait là, comme un chien. Il essaya de se redresser sur un coude, appela deux fois :

— Saro ! Saro !

Silence, personne. Il fléchit sur le coude, retomba et se mit pendant un moment à pousser comme des grognements de cochon[1] pour ne pas entendre le silence de la campagne qui le terrorisait... Soudain le doute lui vint que c'était un rêve, qu'il venait de faire ce mauvais rêve dû à la fièvre. Mais en se retournant contre le mur, il revit la mouche, là, de nouveau.

Elle était là.

Tantôt elle sortait sa petite trompe et pompait, tantôt, rapide, elle nettoyait ses deux frêles pattes antérieures, les frottant l'une contre l'autre. On l'eût dite satisfaite.

1. *Grufare* : littéralement fouiller du groin.

Monde de papier
Mondo di carta

Un gridare, un accorrere di gente in capo a Via Nazionale, attorno a due che s'erano presi : un ragazzaccio sui quindici anni, e un signore ispido, dalla faccia gialliccia, quasi tagliata in un popone, su la quale luccicavano gli occhialacci da miope, grossi come due fondi di bottiglia.

Sforzando la vocetta fessa, quest'ultimo voleva darsi ragione e agitava di continuo le mani che brandivano l'una un bastoncino d'ebano dal pomo d'avorio, l'altra un libraccio di stampa antica.

Il ragazzaccio strepitava pestando i piedi sui cocci d'una volgarissima statuetta di terracotta misti a quelli di gesso abbronzato della colonnina che la sorreggeva.

Tutti attorno, chi scoppiava in clamorose risate, chi faceva un viso lungo lungo e chi pietoso : e i monelli, attaccati ai lampioni, chi abbajava, chi fischiava, chi strombettava sul palmo della mano.

Des cris, une ruée de gens au début de la Via Nazionale autour de deux individus qui s'étaient pris de querelle : un chenapan d'une quinzaine d'années et un monsieur hirsute, au visage jaunâtre comme découpé dans un melon, sur lequel miroitaient des lunettes de myope grosses comme des fonds de bouteille.

Forçant sa petite voix fêlée, celui-ci cherchait à se justifier et ne cessait d'agiter des mains qui brandissaient l'une une canne d'ébène à pommeau d'ivoire et l'autre un bouquin à caractères anciens.

Le chenapan braillait en piétinant les débris d'une très vulgaire statuette de terre cuite mêlés à ceux de la colonnette en plâtre bronzé qui la soutenait.

De tous ceux qui les entouraient, l'un s'esclaffait bruyamment, l'autre faisait une tête longue comme ça ou apitoyée ; quant aux gamins grimpés sur les réverbères, les uns s'égosillaient, d'autres sifflaient et d'autres encore trompetaient dans la paume de leurs mains.

— È la terza ! è la terza ! — urlava il signore. — Mentre passo leggendo, mi para davanti le sue schifose statuette, e me le fa rovesciare. È la terza ! Mi dà la caccia ! Si mette alle poste ! Una volta al Corso Vittorio ; un'altra a Via Volturno ; adesso qua.

Tra molti giuramenti e proteste d'innocenza, il figurinajo cercava anch'esso di farsi ragione presso i più vicini :

— Ma che ! È lui ! Non è vero che legge ! Mi ci vien sopra ! O che non veda, o che vada stordito, o che o come, fatto si è...

— Ma tre ? Tre volte ? — gli domandavano quelli tra le risa.

Alla fine, due guardie di città, sudate, sbuffanti, riuscirono tra tutta quella calca a farsi largo ; e siccome l'uno e l'altro dei contendenti, alla loro presenza, riprendevano a gridare più forte ciascuno le proprie ragioni, pensarono bene, per togliere quello spettacolo, di condurli in vettura al più vicino posto di guardia.

Ma appena montato in vettura, quel signore occhialuto si drizzò lungo lungo sulla vita e si mise a voltare a scatti la testa, di qua, di là, in su, in giù ; infine s'accasciò, aprì il libraccio e vi tuffò la faccia fino a toccar col naso la pagina ; la sollevò, tutto sconvolto, si

— C'est la troisième ! C'est la troisième ! hurlait le monsieur. Je passe en lisant et lui me met sous le nez ses statuettes dégoûtantes et le résultat, je les casse. C'est la troisième ! Il me pourchasse, se met à l'affût ! Une fois Corso Vittorio, une autre fois Via Volturno, ici, à présent[1].

Avec force serments et protestations d'innocence, le marchand de statuettes cherchait lui aussi à se justifier auprès des badauds les plus proches :

— Pas du tout ! C'est lui ! Ce n'est pas vrai qu'il lit ! Il me vient dessus. Qu'il n'y voie pas ou qu'il ait la tête ailleurs, que ceci ou que cela, le fait est que...

— Mais trois ? Vraiment trois fois ? lui demandait-on entre deux éclats de rire.

À la fin, deux agents en sueur et soufflant[2] parvinrent à se frayer un passage au milieu de la cohue, et comme l'un et l'autre des antagonistes se remettaient en leur présence à défendre chacun plus fort sa cause, ils jugèrent bon, pour mettre fin à cette scène, de les emmener en voiture au commissariat le plus proche.

Mais à peine y était-il monté que le monsieur à lunettes se redressa de toute sa taille et commença à tourner la tête par saccades, de côté et d'autre, en haut, en bas ; enfin il retomba sur lui-même, ouvrit son bouquin, y plongea la tête jusqu'à toucher les

---

1. Rues de Rome où l'action se passe.
2. *Sbuffare :* d'un usage fréquent : souffler soit avec peine (haleter) soit d'ennui (soupirer) soit de colère. A rapprocher de l'onomatopée ouf ! c'est-à-dire rejeter l'air.

tirò sulla fronte gli occhialacci e rituffò la faccia nel
libro per provarsi a leggere con gli occhi soltanto ;
dopo tutta questa mimica cominciò a dare in smanie
furiose, a contrarre la faccia in smorfie orrende, di spavento, di disperazione :

— Oh Dio. Gli occhi. Non ci vedo più. Non ci vedo
più !

Il vetturino si fermò di botto. Le guardie, il figurinajo, sbalorditi, non sapevano neppure se colui facesse
sul serio o fosse impazzito ; perplessi nello sbalordimento, avevano quasi un sorriso d'incredulità sulle
bocche aperte.

C'era là una farmacia ; e, tra la gente ch'era corsa
dietro la vettura e l'altra che si fermò a curiosare, quel
signore, tutto scompigliato, cadaverico in faccia, sorretto per le ascelle, vi fu fatto entrare.

Mugolava. Posto a sedere su una seggiola, si diede a
dondolare la testa e a passarsi le mani sulle gambe che
gli ballavano, senza badare al farmacista che voleva
osservargli gli occhi, senza badare ai conforti, alle esortazioni, ai consigli che gli davano tutti : che si
calmasse ; che non era niente ; disturbo passeggero ; il
bollore della collera che gli aveva dato agli occhi.

A un tratto, cessò di dondolare il capo, levò le mani,
cominciò ad aprire e chiudere le dita.

— Il libro ! Il libro ! Dov'è il libro ?

Tutti si guardarono negli occhi, stupiti ; poi risero.
Ah, aveva un libro con sé ? Aveva il coraggio, con

pages du bout du nez, puis, bouleversé, il la releva, remonta ses grosses lunettes sur le front et replongea le nez dans le livre pour essayer de lire à l'œil nu ; après toute cette mimique, il commença à se démener furieusement, contractant son visage en d'horribles grimaces de peur, de désespoir.

— Mon Dieu, mes yeux ! Je n'y vois plus, je n'y vois plus.

Le cocher s'arrêta d'un coup. Les agents, le marchand de statuettes, ébahis, ne savaient même plus s'il était sérieux ou devenu fou. Perplexes, en plein ébahissement, ils esquissaient, quasi bouche bée, un sourire d'incrédulité.

Il y avait là une pharmacie et, au milieu de ceux qui avaient couru derrière la voiture et de ceux qui s'arrêtèrent par curiosité, on y fit entrer ce monsieur, hors de lui, cadavérique, soutenu par-dessous les bras.

Il gémissait. On le fit asseoir et il commença à dodeliner de la tête, à se frotter les jambes qui s'agitaient sans se soucier du pharmacien prêt à lui examiner les yeux, sans se soucier des encouragements, des exhortations, des conseils que tout le monde lui donnait : qu'il se calme d'abord ; ce n'était rien ; un malaise passager ; c'était le feu de la colère qui lui était retombé sur les yeux. Tout à coup il cessa de dodeliner de la tête, leva les mains, se mit à plier et déplier les doigts :

— Mon livre ! Mon livre ! Où est mon livre ?

Tout le monde se regarda dans les yeux, abasourdi, puis on se mit à rire. Ah, il avait un livre ? Il

quegli occhi, di andar leggendo per istrada ? Come, tre
statuette ? Ah sì ? e chi, chi, quello ? Ah sì ? Gliele
metteva davanti apposta ? oh bella ! oh bella !

— Lo denunzio ! — gridò allora il signore, balzando
in piedi, con le mani protese e strabuzzando gli occhi
con scontorcimenti di tutto il volto ridicoli e pietosi a
un tempo. — In presenza di tutti qua, lo denunzio !
Mi pagherà gli occhi ! Assassino ! Ci sono due guardie
qua ; prendano i nomi, subito, il mio e il suo. Testimoni tutti ! Guardia, scrivete : Balicci. Sì, Balicci ; è il
mio nome. Valeriano, sì, Via Nomentana 112, ultimo
piano. E il nome di questo manigoldo, dov'è ? è qua ?
lo tengano ! Tre volte, approfittando della mia debole
vista, della mia distrazione, sissignori, tre schifose statuette. Ah, bravo, grazie, il libro, sì, obbligatissimo !
Una vettura, per carità. A, casa, a casa, voglio andare a
casa ! Resta denunziato.

E si mosse per uscire, con le mani avanti ; barellò ;
fu sorretto, messo in vettura e accompagnato da due
pietosi fino a casa.

Fu l'epilogo buffo e clamoroso d'una quieta sciagura
che durava da lunghissimi anni. Infinite volte, per unica
ricetta del male che inevitabilmente lo avrebbe condotto
alla cecità, il medico oculista gli aveva dato di smettere la
lettura. Ma il Balicci aveva accolto ogni volta questa

avait l'aplomb de lire dans la rue, avec ces yeux-là ?
Comment, trois statuettes ? Ah oui ! Et qui, qui ? Ce
gamin-là. Eh oui ? Il les lui fourrait exprès sous le
nez ? Elle est bien bonne, elle est bien bonne !

— Je porte plainte contre lui, cria alors le monsieur en se levant d'un bond, les mains tendues, rou-
lant les yeux avec des contractions de tout le visage à
la fois ridicules et pitoyables. En présence de tous
ces gens, je porte plainte contre lui. Il me payera
mes yeux ! Assassin ! Il y a deux agents ici, qu'ils
prennent les noms tout de suite, le mien et le sien.
Vous êtes tous témoins. Agent, écrivez : Balicci. Oui,
Balicci, c'est mon nom. Valeriano, Via Nomentana
112, dernier étage. Et le nom de ce gredin, où est-il ?
Il est ici ? Qu'on le retienne ! Trois fois, en profitant
de ma vue basse, de ma distraction, oui messieurs,
trois statuettes dégoûtantes. Ah, très bien, merci ;
mon livre, oui, je vous en suis fort obligé ! Une voiture, je vous en prie. Chez moi, chez moi, je veux
rentrer chez moi. Mais je maintiens ma plainte.

Et il se disposa à sortir, les mains tendues en
avant ; il chancela ; deux bonnes âmes le soutinrent,
le mirent dans une voiture et l'accompagnèrent
jusque chez lui.

Tel fut l'épiloque bouffon et retentissant d'une
paisible infortune qui durait depuis de très longues
années. D'innombrables fois, l'oculiste lui avait
conseillé de cesser toute lecture, seule recette contre
le mal qui le conduirait inévitablement à la cécité.
Mais Balicci avait accueilli chaque fois cette recette

ricetta con quel sorriso vano con cui si risponde a una
celia troppo evidente. — No ? — gli aveva detto il
medico. — E allora seguiti a leggere, e poi mi lodi la
fine ! Lei ci perde la vista, glielo dico io. Non dica poi,
se me lo credevo ! Io la ho avvertita !

Bell'avvertimento ! Ma se vivere, per lui, voleva dir
leggere ! Non dovendo più leggere, tanto valeva che
morisse.

Fin da quando aveva imparato a compitare, era stato
preso da quella mania furiosa. Affidato da anni e anni
alle cure di una vecchia domestica che lo amava come
un figliuolo, avrebbe potuto campare sul suo più che
discretamente, se per l'acquisto dei tanti e tanti libri
che gl'ingombravano in gran disordine la casa, non si
fosse perfino indebitato. Non potendo più comprarne
di nuovi, s'era dato già due volte a rileggersi i vecchi, a
rimasticarseli a uno a uno tutti quanti dalla prima
all'ultima pagina. E come quegli animali che per difesa
naturale prendono colore e qualità dai luoghi, dalle
piante in cui vivono, così a poco a poco era divenuto
quasi di carta : nella faccia, nelle mani, nel colore della
barba e dei capelli. Discesa a grado a grado tutta la
scala della miopia, ormai da alcuni anni pareva che i
libri se li mangiasse davvero, anche materialmente,
tanto se li accostava alla faccia per leggerli.

Condannato dal medico, dopo quella tremenda cal-
dana, a stare per quaranta giorni al bujo, non s'illuse
più neanche lui che quel rimedio potesse giovare, e

avec le sourire vide qu'on oppose à une plaisanterie trop évidente.

— Non ? avait dit le médecin. Eh bien, continuez à lire et ensuite louez-moi le résultat. Vous y perdrez la vue, c'est moi qui vous le dis. Et ne venez pas me dire après : si je l'avais cru ! Je vous ai averti.

Bel avertissement ! Si vivre pour lui signifiait lire ! Si on le forçait à ne plus lire, autant mourir.

Dès qu'il avait appris à épeler ses lettres, il avait été saisi de cette manie furieuse. Confié depuis nombre d'années aux soins d'une vieille domestique qui l'aimait comme un fils, il aurait pu vivre plus que confortablement de ses biens, si du fait de l'achat d'une telle quantité de livres dont le désordre encombrait la maison, il n'était pas arrivé à s'endetter. Ne pouvant plus en acheter de nouveaux, il s'était mis à relire deux fois les anciens, à les remâcher un à un tous autant qu'ils étaient de la première à la dernière page. Et à la façon des animaux qui, en guise de défense naturelle prennent la couleur et la qualité des lieux, des plantes où ils vivent, peu à peu il était quasi devenu de papier : le visage, les mains, la couleur de la barbe et des cheveux. Après avoir descendu marche à marche tous les degrés de la myopie, on aurait dit depuis quelques années que ces livres il les dévorait au sens propre, même matériellement, tellement il se les collait sous le nez pour lire.

Condamné par le médecin après cette épouvantable bouffée de chaleur à rester quarante jours dans le noir, même lui se garda d'entretenir l'illu-

appena poté uscire di camera, si fece condurre allo
studio, presso il primo scaffale. Cercò a tasto un libro,
lo prese, lo aprì, vi affondò la faccia, prima con gli
occhiali, poi senza, come aveva fatto quel giorno in
vettura ; e si mise a piangere dentro quel libro, silenziosamente. Piano piano poi andò in giro per l'ampia
sala, tastando qua e là con le mani i palchetti degli scaffali. Eccolo lì, tutto il suo mondo ! E non poterci più
vivere ora, se non per quel tanto che lo avrebbe ajutato
la memoria !

La vita, non l'aveva vissuta : poteva dire di non aver
visto bene mai nulla : a tavola, a letto, per via, sui sedili
dei giardini pubblici, sempre e da per tutto, non aveva
fatto altro che leggere, leggere, leggere. Cieco ora per
la realtà viva che non aveva mai veduto ; cieco anche
per quella rappresentata nei libri che non poteva più
leggere.

La grande confusione in cui aveva sempre lasciato
tutti i suoi libri, sparsi o ammucchiati qua e là sulle
seggiole, per terra, sui tavolini, negli scaffali, lo fece
ora disperare. Tante volte s'era proposto di mettere un
po' d'ordine in quella babele, di disporre tutti quei
libri per materie, e non l'aveva mai fatto, per non
perder tempo. Se l'avesse fatto, ora, accostandosi
all'uno o all'altro degli scaffali, si sarebbe sentito meno
sperduto, con lo spirito meno confuso, meno sparpa-
gliato.

Fece mettere un avviso nei giornali, per avere qual-

sion que ce traitement pût réussir, et dès qu'il put sortir de sa chambre, il se fit conduire dans son bureau à côté de la première bibliothèque. Il chercha un livre à tâtons, le prit, l'ouvrit, y ensevelit son visage avec ses lunettes d'abord puis sans elles, comme il avait fait ce jour-là dans la voiture ; et silencieusement il se mit à pleurer dans ce livre. Puis à petits pas il se promena dans la vaste pièce en tâtant ça et là les rayons de bibliothèque. Le voici là, tout son monde ! Et ne plus pouvoir y vivre, sinon pour le peu dont l'aiderait sa mémoire !

La vie, il ne l'avait pas vécue ; il pouvait dire qu'il n'avait jamais bien vu quoi que ce soit : à table, au lit, dans la rue, sur les bancs des jardins publics, toujours et partout il n'avait fait que lire, lire, lire. Et maintenant, aveugle, en face de la réalité vivante qu'il n'avait jamais vue ; aveugle aussi en face de celle qui était représentée dans les livres qu'il ne pouvait plus lire.

La grande confusion dans laquelle il avait toujours laissé tous ses livres, disséminés ou entassés ça et là sur les chaises, par terre, sur les tables, dans les rayons, le fit d'abord désespérer. Combien de fois ne s'était-il pas proposé de mettre un peu d'ordre dans cette Babel, de classer tous ces livres par matières, et il ne l'avait jamais fait pour ne pas perdre de temps ! S'il l'avait fait, à cette heure, en s'approchant de l'une ou l'autre des bibliothèques, il se serait senti moins perdu, l'esprit moins confus, moins dispersé.

Il fit mettre une annonce dans les journaux pour

cuno pratico di biblioteche, che si incaricasse di quel
lavoro d'ordinamento. In capo a due giorni gli si presentò un giovinotto saccente, il quale rimase molto
meravigliato nel trovarsi davanti un cieco che voleva
riordinata la libreria e che pretendeva per giunta di
guidarlo. Ma non tardò a comprendere, quel giovanotto che — via — doveva essere uscito di cervello
quel pover uomo, se per ogni libro che gli nominava,
eccolo là, saltava di gioja, piangeva, se lo faceva dare,
e allora, palpeggiamenti carezzevoli alle pagine e
abbracci, come a un amico ritrovato.

— Professore, — sbuffava il giovanotto. — Ma così
badi che non la finiamo più !

— Sì, sì, ecco, ecco, — riconosceva subito il Balicci.
— Ma lo metta qua, questo : aspetti, mi faccia toccare
dove l'ha messo. Bene, bene qua, per sapermi racca-
pezzare.

Erano per la maggior parte libri di viaggi, d'usi e co-
stumi dei varii popoli, libri di scienze naturali e
d'amena letteratura, libri di storia e di filosofia.

Quando alla fine il lavoro fu compiuto, parve al
Balicci che il buio gli s'allargasse intorno in tenebre
meno torbide, quasi avesse tratto dal caos il suo
mondo. E per un pezzo rimase come rimbozzolito a
covarlo.

Con la fronte appoggiata sul dorso dei libri allineati
sui palchetti degli scaffali, passava ora le giornate quasi

avoir quelqu'un ayant la pratique des bibliothèques qui se chargerait de ce travail de classement. Au bout de deux jours se présenta un jeune savantasse fort étonné de se trouver en présence d'un aveugle qui voulait mettre de l'ordre dans sa bibliothèque et qui pour comble prétendait le guider. Mais le jeune homme ne tarda pas à comprendre que... allons... ce pauvre homme devait avoir la cervelle à l'envers puisque à chaque livre qu'il lui nommait, eh bien ! il sautait de joie, pleurait, se le faisait donner et c'étaient des attouchements, des caresses aux pages, des embrassements comme s'il s'agissait d'un ami retrouvé.

— Professeur, soupirait le jeune homme, mais de cette façon nous n'en finirons jamais.

— Si, si, voilà, voilà, reconnaissait aussitôt Balicci. Mais celui-ci, mettez-le ici ; attendez, faites-moi toucher où vous l'avez mis. Bien, bien, ici, pour que je puisse m'y retrouver.

C'étaient pour la plupart des livres de voyage, d'us et coutumes de peuples variés, des livres de sciences naturelles et de littérature d'agrément, des ouvrages d'histoire et de philosophie.

Quand finalement le travail fut terminé, Balicci eut l'impression que l'obscurité s'élargissait en ténèbres moins troubles, comme s'il avait extrait son monde du chaos. Et pendant un certain temps il se retira dans son cocon pour le couver.

À présent il passait ses journées comme à attendre, le front contre le dos des livres alignés sur

aspettando che, per via di quel contatto, la materia
stampata gli si travasasse dentro. Scene, episodii, brani
di descrizioni gli si rappresentavano alla mente con
minuta, spiccata evidenza ; rivedeva, rivedeva proprio
in quel suo mondo alcuni particolari che gli erano
rimasti più impressi, durante le sue riletture : quattro
fanali rossi accesi ancora, alla punta dell'alba, in un
porto di mare deserto, con una sola nave ormeggiata, la
cui alberatura con tutte le sartie si stagliava scheletrica
sullo squallore cinereo della prima luce ; in capo a un
erto viale, su lo sfondo di fiamma d'un crepuscolo
autunnale, due grossi cavalli neri con le sacche del
fieno alla testa.

Ma non poté reggere a lungo in quel silenzio angos-
cioso. Volle che il suo mondo riavesse voce, che si
facesse risentire da lui e gli dicesse com'era veramente
e non come lui in confuso se lo ricordava. Mise un
altro avviso nei giornali, per un lettore o una lettrice ; e
gli capitò una certa signorinetta tutta fremente in una
perpetua irrequietezza di perplessità. Aveva svolazzato
per mezzo mondo, senza requie, e anche per il modo di
parlare dava l'immagine d'una calandrella smarrita,
che spiccasse di qua, di là il volo, indecisa, e s'arres-
tasse d'un subito, con furioso sbattito d'ali, e saltel-
lasse, rigirandosi per ogni verso.

les rayons, qu'à travers ce contact la matière imprimée se transvase en lui. Des scènes, des épisodes, des passages descriptifs se présentaient à son esprit avec une minutieuse et frappante évidence ; il revoyait, revoyait vraiment dans ce monde qui était le sien certains détails, de ceux qui s'étaient le plus imprimés en lui au cours de ses relectures : quatre fanaux rouges encore allumés à la pointe de l'aube dans un port de mer désert, un seul navire amarré dont les mâts avec tous leurs haubans se découpaient, squelettiques sur la désolation cendreuse de la première lueur du jour ; au haut d'une avenue en pente raide, sur le fond de flamme d'un crépuscule d'automne deux gros chevaux noirs la tête dans leur sac de foin.

Mais à la longue il fut incapable de supporter ce silence angoissant. Il eut envie que son monde retrouve sa voix, se fasse réentendre et lui apprenne comment il était réellement et non comment il se le rappelait confusément. Il fit passer une autre annonce dans les journaux concernant un lecteur ou une lectrice et lui tomba dessus une certaine petite demoiselle, toute frétillante, en proie à une perpétuelle inquiétude perplexe. Elle avait voltigé dans la moitié du monde, sans trêve, et faisait songer jusque dans sa façon de parler à une petite calandre[1] égarée qui s'envolait ici et là, indécise, et s'arrêtait d'un coup, avec un furieux battement d'ailes, sautillait, se tournait de tout côté.

1. Genre d'alouette d'Europe du Sud.

Irruppe nello studio, gridando il suo nome :

— Tilde Paglioccini. Lei ? Ah già... me lo... sicuro, Balicci, c'era scritto sul giornale... anche su la porta... Oh Dio, per carità, no ! guardi, professore, non faccia così con gli occhi. Mi spavento. Niente, niente, scusi, me ne vado.

Questa fu la prima entrata. Non se n'andò. La vecchia domestica, con le lagrime a gli occhi, le dimostrò che quello era per lei un posticino proprio per la quale.

— Niente pericoli ?

Ma che pericoli ! Mai, che è mai ? Solo, un po' strano, per via di quei libri. Ah, per quei libracci maledetti, anche lei, povera vecchia, eccola là, non sapeva più se fosse donna o strofinaccio.

— Purché lei glieli legga bene.

La signorina Tilde Pagliocchini la guardò, e appuntandosi l'indice d'una mano sul petto :

— Io ?

Tirò fuori una voce, che neanche in paradiso.

Ma quando ne diede il primo saggio al Balicci con certe inflessioni e certe modulazioni, e volate e smorzamenti e arresti e scivoli, accompagnati da una mimica tanto impetuosa quanto superflua, il pover uomo si prese la testa tra le mani e si restrinse e si contorse come per schermirsi da tanti cani che volessero addentarlo.

Elle fit irruption dans son bureau en criant son nom :

— Tilde Pagliocchini. Et vous ?... Ah oui... je me le... bien sûr, Balicci, c'était dans le journal... sur la porte aussi... Mon Dieu, par pitié, non, attention, professeur, ne faites pas ça avec vos yeux. Ça me fait peur. Rien, rien, je vous demande pardon, je m'en vais.

Ce fut sa première entrée. Elle ne s'en alla pas. La vieille domestique, les larmes aux yeux, lui démontra que c'était là pour elle une bonne petite place, vraiment sur mesure...

— Il n'y a pas de dangers ?

— Des dangers ? Jamais, quoi jamais ? Seul, un peu étrange à cause de ses livres. Ah ! à cause de ses maudits bouquins, elle aussi, pauvre vieille — regardez-moi — elle ne savait plus si elle était femme ou torchon.

— Pourvu que vous les lui lisiez bien.

Mlle Tilde Pagliocchini la regarda. Puis un index sur sa poitrine :

— Moi ?

Elle émit un son de voix digne du paradis.

Mais quand elle en donna le premier échantillon à Balicci, en y mettant certaines inflexions et modulations, des envols et sons mourants, interruptions et roulades qu'accompagnait une mimique aussi impétueuse que superflue, le pauvre homme se prit la tête dans les mains, se fit tout petit, se contorsionna comme pour se protéger d'une meute de chiens prêts à mordre.

— No ! Così no ! Così no ! per carità ! — si mise a gridare.

E la signorina Pagliocchini, con l'aria più ingenua del mondo :

— Non leggo bene ?

— Ma no ! Per carità, a bassa voce ! Più bassa che può ! quasi senza voce ! Capirà, io leggevo con gli occhi soltanto, signorina !

— Malissimo, professore ! Leggere a voce alta fa bene. Meglio poi non leggere affatto ! Ma scusi, che se ne fa ? Senta *(picchiava con le nocche delle dita sul libro).* Non suona ! Sordo. Ponga il caso, professore, che io ora le dia un bacio.

Il Balicci s'interiva pallido :

— Le proibisco !

— Ma no, scusi ! Teme che glielo dia davvero ? Non glielo do ! Dicevo per farle avvertir subito la differenza. Ecco, mi provo a leggere quasi senza voce. Badi però che, leggendo così, io fischio l'*esse*, professore !

Alla nuova prova, il Balicci si contorse peggio di prima. Ma comprese che, su per giù, sarebbe stato lo stesso con qualunque altra lettrice, con qualunque altro lettore. Ogni voce, che non fosse la sua, gli avrebbe fatto parere un altro il suo mondo.

— Signorina, guardi, mi faccia il favore, provi con gli occhi soltanto, senza voce.

La signorina Tilde Pagliocchini si voltò a guardarlo, con tanto d'occhi.

— Non, pas comme ça ! Pas comme ça ! Je vous en prie ! se mit-il à crier.

Et Mlle Pagliocchini, de l'air le plus candide du monde :

— Je ne lis pas bien ?

— Mais non ! par pitié, à voix basse ! Le plus bas possible ! Presque sans voix ! Vous comprenez, je lisais des yeux, mademoiselle.

— Très mauvais, professeur ! Lire à haute voix, c'est bien. Autant alors ne pas lire du tout ! Excusez-moi, mais qu'y trouvez-vous ? Écoutez *(elle tapait de ses doigts repliés sur le livre)*. Il ne résonne pas. Il est sourd. Supposez, professeur, que je vous donne maintenant un baiser.

Balicci, tout pâle, se raidissait :

— Je vous l'interdis.

— Mais non, pardon ! Vous avez peur que je vous le donne pour de vrai ? Je ne vous le donne pas. Je vous disais cela pour tout de suite vous faire sentir la différence. Tenez, j'essaye de lire presque sans voix. Notez pourtant qu'en lisant ainsi, je siffle mes s, professeur.

Pendant ce nouvel essai, Balicci se contorsionna encore plus. Mais il comprit que plus ou moins il en serait de même avec n'importe quelle autre lectrice, n'importe quel autre lecteur. Toute autre voix que la sienne lui ferait apparaître son monde autrement.

— Mademoiselle, attention, faites-moi ce plaisir, essayez des yeux, uniquement, sans voix.

Mlle Tilde Pagliocchini se retourna, les yeux ronds.

— Come dice ? Senza voce ? E allora, come ? per
me ?

— Sì, ecco, per conto suo.

— Ma grazie tante ! — scattò, balzando in piedi, la
signorina. — Lei si burla di me ? Che vuole che me ne
faccia io, dei suoi libri, se lei non deve sentire ?

— Ecco, le spiego, — rispose il Balicci, quieto, con
un amarissimo sorriso. — Provo piacere che qualcuno
legga qua, in vece mia. Lei forse non riesce a inten-
derlo, questo piacere. Ma gliel'ho già detto : questo è il
mio mondo ; mi conforta il sapere che non è deserto,
che qualcuno ci vive dentro, ecco. Io le sentirò voltare
le pagine, ascolterò il suo silenzio intento, le doman-
derò di tanto in tanto che cosa legge, e lei mi dirà... oh,
basterà un cenno... e io la seguirò con la memoria. La
sua voce, signorina, mi guasta tutto !

— Ma io la prego di credere, professore, che la mia
voce è bellissima ! — protestò, sulle furie, la signorina.

— Lo credo, lo so — disse subito il Balicci. — Non
voglio farle offesa. Ma mi colora tutto diversamente,
capisce ? E io ho bisogno che nulla mi sia alterato ; che
ogni cosa mi rimanga tal quale. Legga, legga. Le dirò
io che cosa deve leggere. Ci sta ?

— Ebbene, ci sto, sì. Dia qua !

In punta di piedi, appena il Balicci le assegnava il
libro da leggere, la signorina Tilde Pagliocchini volava
via dallo studio e se n'andava a conversare di là con la

— Comment dites-vous ? Sans voix. Alors comment ? Pour moi ?

— Oui, c'est ça. Pour votre compte.

— Merci bien, lança-t-elle en se levant d'un bond. Vous vous moquez de moi ? Que voulez-vous que j'en fasse, moi, de vos livres, si vous ne devez pas entendre ?

— Voilà, je vous explique, répondit Balicci tranquillement avec un sourire gros d'amertume. J'éprouve du plaisir à ce que quelqu'un lise ici, à ma place. Peut-être n'arriverez-vous pas à le comprendre, ce plaisir. Je vous l'ai déjà dit : tout ceci est mon monde, c'est un réconfort pour moi que de savoir qu'il n'est pas désert, que quelqu'un vit dedans, voilà. Je vous entendrai tourner les pages, j'écouterai votre silence attentif, je vous demanderai de temps à autre ce que vous lisez, et vous me direz... Oh, le moindre mot suffira... ma mémoire vous suivra. Votre voix, mademoiselle, me gâche tout.

— Je vous prie de croire, professeur, que j'ai une très jolie voix, protesta la demoiselle, folle de colère.

— Je le crois, je le sais, s'empressa de répondre Ballici. Je ne veux pas vous froisser. Mais elle colore tout différemment, vous comprenez ? Et j'ai besoin que rien ne soit altéré, que tout me reste tel quel. Lisez, lisez. Je vais vous dire ce qu'il faut que vous lisiez. Vous y êtes ?

— Eh bien oui, j'y suis. Donnez !

À peine Balicci lui indiquait-il le livre à lire que Mlle Tilde Pagliocchini, sur la pointe des pieds, s'envolait du bureau et courait bavarder de l'autre

vecchia domestica. Il Balicci intanto viveva nel libro che le aveva assegnato e godeva del godimento che si figurava ella dovesse prenderne. E di tratto in tratto le domandava : — Bello, eh ? — oppure : — Ha voltato ? — Non sentendola nemmeno fiatare, s'immaginava che fosse sprofondata nella lettura e che non gli rispondesse per non distrarsene.

— Si, legga, legga... — la esortava allora, piano, quasi con voluttà.

Talvolta, rientrando nello studio, la signorina Pagliocchini trovava il Balicci coi gomiti su i bracciuoli della poltrona e la faccia nascosta tra le mani.

— Professore, a che pensa ?

— Vedo... — le rispondeva lui, con una voce che pareva arrivasse da lontano lontano. Poi, riscotendosi con un sospiro : — Eppure ricordo che erano di pepe !

— Che cosa, di pepe, professore ?

— Certi alberi, certi alberi in un viale... Là, veda, nella terza scansia, al secondo palchetto, forse il terz'ultimo libro.

— Lei vorrebbe che io le cercassi, ora, questi alberi di pepe ? — gli domandava la signorina, spaventata e sbuffante.

— Se volesse farmi questo piacere.

Cercando, la signorina maltrattava le pagine, s'irri-

côté avec la vieille domestique. Cependant Balicci vivait dans le livre qu'il lui avait indiqué et se faisait une joie de celle, se figurait-il, qu'elle devait y trouver. De temps à autre il lui demandait : « C'est beau, n'est-ce pas ? » ou bien : « Vous avez tourné la page ? » Comme il ne l'entendait même pas respirer, il s'imaginait qu'elle était plongée dans sa lecture et qu'elle ne lui répondait pas pour ne pas se laisser distraire.

— Oui... lisez... lisez, l'exhortait-il alors, à voix basse, presque avec volupté.

Quelquefois, revenant dans le bureau, Mlle pagliocchini trouvait Balicci les coudes sur les bras de son fauteuil, la tête dans les mains.

— Professeur, à quoi pensez-vous ?

— Je vois... lui répondait-il d'une voix qui semblait arriver de loin, de très loin. — Puis se secouant, dans un soupir : — Pourtant, je me rappelle qu'ils étaient à poivre.

— Quoi à poivre, professeur ?

— Certains arbres, certains arbres dans une allée... Là, regardez dans la troisième bibliothèque, sur le second rayon, peut-être le troisième livre avant la fin.

— Vous voudriez que je vous cherche ces arbres à poivre, lui demandait la jeune personne effrayée et soupirant d'impatience[1].

— Vous me feriez un grand plaisir.

En cherchant la jeune fille maltraitait les pages,

1. Voir la note sur *sbuffare*, p. 135.

tava alle raccomandazioni di far piano. Cominciava a essere stufa, ecco. Era abituata a volare, lei, a correre, a correre, in treno, in automobile, in ferrovia, in bicicletta, su i piroscafi. Correre, vivere! Già si sentiva soffocare in quel mondo di carta. E un giorno che il Balicci le assegnò da leggere certi ricordi di Norvegia, non seppe più tenersi. A una domanda di lui, se le piacesse il tratto che descriveva la cattedrale di Trondhjem, accanto alla quale, tra gli alberi, giace il cimitero, a cui ogni sabato sera i parenti superstiti recano le loro offerte di fiori freschi:

— Ma che! ma che! ma che! — proruppe su tutte le furie. — Io ci sono stata, sa? E le so dire che non è com'è detto qua!

Il Balicci si levò in piedi, tutto vibrante d'ira e convulso:

— Io le proibisco di dire che non è com'è detto là! — le grido, levando le braccia. — M'importa un corno che lei c'è stata! È com'è detto là, e basta! Dev'essere così, e basta! Lei mi vuole rovinare! Se ne vada! Se ne vada! Non può più stare qua! Mi lasci solo! Se ne vada!

Rimasto solo, Valeriano Balicci, dopo aver raccattato a tentoni il libro che la signorina aveva scagliato a terra, cadde a sedere su la poltrona; aprì il libro, carezzò con le mani tremolanti le pagine gualcite, poi v'immerse la faccia e resto lì a lungo, assorto nella

s'irritait des recommandations à y aller doucement.
Elle commençait à en avoir par-dessus la tête, voilà
tout. Elle était habituée à voler, elle, à courir, en
train, en automobile, en chemin de fer, à bicyclette,
en bateau. Courir, vivre ! Elle se sentait étouffer
dans ce monde de papier. Et un jour que Balicci lui
demandait de lire certains souvenirs de Norvège,
elle fut incapable de se retenir. À une de ses questions, si elle aimait le passage qui décrivait la cathédrale de Trondhjem près de laquelle, au milieu des
arbres, s'étend le cimetière où chaque samedi les
parents survivants apportent leurs offrandes de
fleurs fraîches :

— Mais quoi, mais quoi, mais quoi ? s'écria-t-elle,
fâchée tout rouge. J'y suis allée, vous savez ! Et je
puis vous dire que ce n'est pas comme on le raconte
là-dedans !

Balicci se leva, vibrant de colère, convulsé :

— Je vous interdis de dire que ce n'est pas
comme on le dit ici, lui cria-t-il en levant les bras. Je
me fiche que vous y ayez été ! C'est comme on le dit
là, un point c'est tout ! Cela doit être comme ça, c'est
tout ! Vous voulez ma ruine. Allez-vous-en, allez-
vous-en ! Je ne veux plus vous voir ici ! Laissez-moi
seul ! Allez-vous-en !

Resté seul, Valeriano Balicci, après avoir ramassé
à tâtons le livre que la jeune fille avait flanqué par
terre, tomba de tout son poids dans son fauteuil,
ouvrit le livre, caressa de ses mains tremblantes les
pages froissées, puis y plongea le visage et resta longuement absorbé dans la vision de Trondhjem avec

visione di Trondhjem con la sua cattedrale di marmo, col cimitero accanto, a cui i devoti ogni sabato sera recano offerte di fiori freschi — così, così com'era detto là. — Non si doveva toccare. Il freddo, la neve, quei fiori freschi, e l'ombra azzurra della cattedrale. — Niente lì si doveva toccare. Era così, e basta. Il suo mondo. Il suo mondo di carta. Tutto il suo mondo.

sa cathédrale de marbre, son cimetière à côté où les fidèles apportent chaque samedi des offrandes de fleurs fraîches — ainsi, oui ainsi qu'il était dit là. Il ne fallait pas y toucher. Le froid, la neige, ces fleurs fraîches et l'ombre azurée de la cathédrale. Il ne fallait toucher à rien. C'était comme cela, un point c'est tout. Son monde. Son monde de papier. Tout son monde.

Toutes les trois
Tutt'e tre

Ballarò venne su strabalzoni dal giardino agitando in aria, invece delle mani, le maniche ; perduto come era in un abito smesso del padrone.

— Maria Santissima ! Maria Santissima !

La gente si fermava per via.

— Ballarò, che è stato ?

Non si voltava nemmeno ; scansava quanti tentavano pararglisi di fronte, e via di corsa verso il palazzo del Barone, seguitando a ripetere quasi a ogni passo :

— Maria Santissima ! Maria Santissima !

Quella corsa in salita, alla fine, e l'enormità della notizia che recava alla signora Baronessa lo stordirono tanto che, subito com'entrò nel palazzo, ebbe un capogiro e piombò sulle natiche, tra attonito e smarrito. Trovò appena il fiato per annunziare :

— Il signor Barone... correte... gli è preso uno sturbo... giù nel giardino...

À grandes enjambées irrégulières, Ballarò remontait du jardin, agitant en l'air non ses mains mais ses manches, perdu qu'il était dans un ancien costume de son maître.

— Très sainte Vierge ! Très sainte Vierge !

Les gens s'arrêtaient sur son passage :

— Qu'est-il arrivé, Ballarò ?

Il ne se retournait même pas, écartait ceux qui tentaient de l'aborder de front et hop, au pas de course vers le palais du Baron, continuant à répéter presque à chaque pas :

— Très sainte Vierge ! Très sainte Vierge !

Cette course à la montée et l'énormité de la nouvelle qu'il apportait à madame la Baronne finirent par si bien l'étourdir qu'à peine entré au palais la tête lui tourna et il tomba sur le derrière aussi stupéfait qu'éperdu. C'est tout juste s'il eut assez de souffle pour annoncer :

— Monsieur le Baron... courez... un malaise l'a pris en bas, dans le jardin.

All'annunzio la Baronessa, donna Vittoria Vivona, restò in prima come basita. Con la bocca aperta, gli occhi sbarrati si portò piano le grosse mani ai capelli, e si mise a grattarsi la testa. Tutt'a un tratto, balzò in piedi, quant'era lunga, con un tal grido che per poco non ne tremarono i muri dell'antico palazzo baronale. Subito dopo però, si diede ad agitar furiosamente quelle mani davanti alla bocca, quasi volesse disperdere o ricacciare indietro il grido ; poi le protese in atto di parare, accennando che si chiudessero tutti gli usci ; e con voce soffocata :

— Per carità, per carità, non lo senta Nicolina ! Ha il bambino attaccato al petto ! Lo scialle... datemi lo scialle !

E sussultò tutta nel ventre, nelle enormi poppe, di nuovo cacciandosi le mani nei ruvidi capelli color di rame :

— È morto, Ballarò ? Oh Madre santa ! Oh San Francescuccio di Paola, santo mio protettore, non me lo fate morire !

Così dicendo, fece per cavarsi dal petto la medaglina del santo ; strappò il busto, non riuscendo a sganciarlo con le dita che le ballavano ; trasse la medaglina e si mise a baciarla, a baciarla, tra i singhiozzi irrompenti e le lagrime che le grondavano dagli occhi bovini sul fac-

1. Les invocations à Dieu et à ses saints ont un accent de tendresse exaltée et familière trop régional pour être rendu facilement en français.

À cette nouvelle, la baronne donna Vittoria Vivona resta d'abord comme sur le point de s'évanouir. La bouche ouverte, les yeux écarquillés, elle porta doucement ses grosses mains à ses cheveux et se mit à se gratter la tête. Soudain elle bondit sur ses pieds — longue comme elle était — avec un tel cri que pour un peu les murs de l'antique palais baronnial en auraient tremblé. Mais tout de suite après elle se mit à agiter furieusement ses mains devant la bouche comme pour disperser ou ravaler ce cri ; elle eut le geste de protéger en les tendant en avant, faisant signe de fermer toutes les portes. Et d'une voix étouffée :

— Par pitié, par pitié, que Nicolina n'entende pas ! Elle a son petit au sein. Mon châle, donnez-moi mon châle.

Elle tressautait de tout son ventre, de ses deux énormes mamelles, se fourrant de nouveau les mains dans ses rêches cheveux cuivrés :

— Il est mort, Ballarò ? O Sainte Mère ! O mon bon petit saint François de Paule, mon très saint protecteur, ne me le faites pas mourir[1] !

Tout en parlant elle voulut sortir d'entre ses mamelles la petite médaille du saint ; elle déchira le corsage, incapable de l'ouvrir de ses doigts agités ; elle en tira la médaille et se mit à la couvrir de baisers mêlés de sanglots irrépressibles et de larmes qui

---

Saint François de Paule, né à Paola (Calabre) en 1416, mort à Plessis-les-Tours en 1508, est le fondateur de l'ordre des *Minimes*.

cione giallastro, macchiato di grosse lentiggini ; finché
non sopravvennero le serve, una delle quali le buttò
addosso lo scialle.

Seguita da quelle e preceduta da Ballarò, col fagotto
delle molte sottane tirato su a mezza gamba, si lasciò
andare traballando patonfia per la scala del palazzo ; e
per un tratto, scordandosi di riabbassar quelle sottane,
attraversò le vie della città con gli sconci polpacci delle
gambe scoperti, le calze turchine di cotone grosso e le
scarpe con gli elastici sfiancati, il busto strappato e le
poppe sobbalzanti alla vista di tutti ; mentre, stringendo nel pugno la medaglina, seguitava a gemere col
vocione da maschio :

— San Francescuccio di Paola, santo padruccio mio
protettore, cento torce alla vostra chiesa ! fatemi la
grazia, non me lo fate morire !

Ballarò, battistrada, alleggerito ora dal peso della
notizia, quasi rideva, da quello scemo che era, per la
soddisfazione d'essere uno di casa, in una congiuntura
come quella, che attirava la curiosità della gente. Rispondeva a tutti :

— Sturbo, sturbo. Niente. Un piccolo sturbo al
signor Barone. — Dove ? Nel giardino di Filomena.

— Nel giardino di Filomena ?

coulaient de ses yeux bovins sur sa grosse face jaunâtre tavelée d'énormes taches de rousseur, jusqu'à
l'arrivée des servantes dont l'une lui jeta le châle sur
les épaules.

Suivie de celles-ci et précédée de Ballarò, le paquet
de ses nombreux jupons relevé à mi-jambes, elle se
laissa dégringoler, gros patapouf vacillant[1], au bas de
l'escalier, et ayant oublié pendant un bout de chemin
de baisser ses jupons, elle traversa les rues de la ville
en montrant les mollets obscènes de ses jambes
découvertes, ses épais bas bleus de coton et ses chaussures aux élastiques détendus, le corsage déchiré et
ses mamelles brimbalantes offertes à la vue de tous,
tandis que serrant dans son poing la médaille, elle
continuait à gémir de sa rauque voix d'homme :

— Mon bon petit saint François de Paule, mon
saint petit patron protecteur, cent cierges à votre
église ! Accordez-moi cette grâce, ne me le faites pas
mourir !

Allégé maintenant du poids de cette nouvelle et
marchant en avant-coureur, Ballarò en était presque
à rire, nigaud qu'il était, tant il avait de satisfaction à
faire partie de la maison en une telle conjoncture, si
bien faite pour éveiller la curiosité des gens. Il
répondait à tout le monde :

— Un malaise, un malaise. Rien du tout. Juste un
petit malaise à monsieur le Baron. Où ? Dans le
jardin de Filomena.

---

1. Déjà grasse de corps, la femme a retroussé ses jupons : elle a
l'air d'un ballon.

E tutti si davano a correre dietro alla Baronessa, senz'alcuna maraviglia che ella si recasse a vedere il marito là, nel giardino di quella Filomena, che per tanti anni era stata notoriamente « la femmina » del Barone, e dalla quale egli — ormai da vecchio amico — soleva passare ogni giorno due o tre ore del pomeriggio, amoroso dei fiori, dell'orto, degli alberetti di pesco e di melagrano di quel pezzo di terra regalato all'antica sua amante.

Circa dieci anni addietro, questo barone, Don Francesco di Paola Vivona, era salito a un borgo montano, a pochi chilometri dalla città, con la scorta di tutti i suoi nobili parenti a cavallo.

Re di quel borgo era un antico massaro, il quale aveva avuto la fortuna di trovare nelle alture d'una sua terra sterile, scabra d'affioramenti schistosi, una delle più ricche zolfare di Sicilia, accortamente fin da principio ceduta a ottime condizioni a un appaltatore belga, venuto nell'isola in cerca d'un buon investimento di capitali per conto d'una società industriale del suo paese.

Senza un mal di capo, quel massaro aveva accumulato così, in una ventina d'anni, una ricchezza sbardellata, di cui egli stesso non s'era mai saputo render conto con precisione, rimasto a vivere in campagna da contadino tra le sue bestie, coi cerchietti d'oro agli

— Dans le jardin de Filomena ?

Et chacun de se mettre à courir derrière la Baronne sans marquer la moindre surprise qu'elle se rendît là voir son mari, dans le jardin de cette Filomena qui, de notoriété publique, avait été durant tant d'années la « petite femme » du baron et chez laquelle — désormais en vieil ami — il avait l'habitude de passer tous les jours deux ou trois heures de l'après-midi, amoureux des fleurs, du jardin, des jeunes pêchers et grenadiers poussant sur ce lopin de terre offert à son ancienne maîtresse.

À peu près dix ans plus tôt, ce baron, don Francesco di Paola Vivona, était monté dans un bourg de la montagne, à quelques kilomètres de la ville, escorté par tous ses parents nobles à cheval.

Le roi de ce bourg était un ancien métayer qui avait eu la chance de trouver, dans les hauteurs d'une de ses terres stériles hérissées d'affleurements schisteux, une des plus riches soufrières de Sicile habilement cédée dès le début aux meilleures conditions à un adjudicataire belge venu dans l'île en quête d'un bon placement de capitaux pour le compte d'une société industrielle de son pays.

Sans la moindre migraine, ce métayer avait ainsi accumulé, en une vingtaine d'années, une fortune démesurée dont lui-même n'avait jamais réussi à se faire une idée précise, ayant continué à vivre à la campagne comme un paysan parmi ses bêtes, des anneaux d'or aux oreilles et vêtu de gros drap

orecchi e vestito d'albagio come prima. Solo che s'era
edificata una casa bella grande, accanto all'antica
masseria ; e in quella casa s'aggirava impacciato e come
sperduto, la sera, quando veniva a raggiungere, dopo i
lavori campestri, l'unica figliuola e una vecchia sorella
più zotiche di lui e così ignare o non curanti della loro
fortuna, che ancora seguitavano a vender le uova delle
innumerevoli galline, davanti al cancello, alle donnic-
ciuole che si recavano poi coi panieri a rivenderle in
città.

La figlia Vittoria — o *Bittò*, come il padre la
chiamava —, rossa di pelo, gigantesca come la madre
morta nel darla alla luce, fino a trent'anni non aveva
mai avuto un pensiero per sé, tutta intesa, col padre, ai
lavori della campagna, al governo della masseria, alla
vendita dei raccolti ammontati nei vasti magazzini pol-
verosi, di cui teneva appese alla cintola le chiavi, bru-
ciata dal sole e sudata, sempre con qualche festuca di
paglia tra i cerfugli arruffati.

Da quello stato la aveva tolta per condurla in città,
baronessa, don Francesco di Paola Vivona.

Gran signore spiantato e bellissimo uomo, costui,
degli ultimi resti della sua fortuna s'era servito per
comperarsi una magnifica coda di pavone ; il prestigio,
voglio dire, di una pomposa appariscenza, per cui era
da tutti ammirato e rispettato e in ogni occasione chia-
mato all'onore di rappresentar la cittadinanza, che più
volte lo aveva eletto sindaco.

comme avant. Sauf qu'il s'était bâti une belle grande maison à côté de l'ancienne métairie. Et mal à son aise, quasi perdu, il errait le soir dans cette maison où, après les travaux des champs, il venait rejoindre sa fille unique et une vieille sœur plus rustaudes que lui et si ignorantes ou peu préoccupées de leur fortune qu'elles continuaient encore à vendre les œufs de leurs innombrables poules devant le portail aux bonnes femmes qui se rendaient ensuite en ville les revendre dans leurs paniers.

Vittoria, la fille — ou *Bittò*, comme son père l'appelait — rouquine de poil et gigantesque comme sa mère morte en lui donnant le jour, n'avait jamais eu une pensée sur elle-même jusqu'à l'âge de trente ans, absorbée qu'elle était, de moitié avec son père, par les travaux des champs, l'administration de la métairie, la vente des récoltes amoncelées dans les vastes entrepôts poussiéreux dont elle avait les clefs pendues à la ceinture, suante et brûlée par le soleil, toujours avec un brin de paille fiché parmi ses mèches ébouriffées.

C'est de cette situation que don Francesco di Paola Vivona l'avait tirée pour, baronne, l'amener en ville.

Grand seigneur désargenté et très bel homme, il s'était servi des derniers restes de sa fortune pour s'acheter une magnifique queue de paon : le prestige, veux-je dire, d'une pompeuse apparence grâce à laquelle il était universellement admiré, respecté et à toute occasion appelé à l'honneur de représenter ses concitoyens qui l'avaient plusieurs fois élu maire.

Donna *Bittò* n'era rimasta abbagliata fin dal primo vederlo. Aveva subito compreso per qual ragione fosse stata chiesta in moglie, e anziché adontarsene, aveva stimato più che giusto, che una donna come lei pagasse con molti denari l'onore di diventare, anche di nome soltanto, Baronessa, e moglie d'un uomo come quello.

— Cicciuzzo è barone ! Cicciuzzo è uomo fino ! Non può dormire con me, Cicciuzzo ! — diceva alle serve che le domandavano perché, moglie, da dieci anni si acconciava a dormir divisa dal marito. — Dorme come un angelo Cicciuzzo il barone ; non si sente nemmeno fiatare ; io dormo invece con la bocca aperta e ronfo troppo forte ; ecco perché !

Convinta com'era di non poter bastare a lui, di non aver niente in sé per attirare, non già l'amore, ma neanche la considerazione di un uomo così bello, così grande, così fino, paga e orgogliosa della benignità di lui, non si dava pensiero dei tradimenti se non per il fatto che potevano nuocergli alla salute. Che tutte le donne desiderassero l'amore di lui, le solleticava anzi l'amor proprio ; era per lei quasi una soddisfazione, perché infine la moglie era lei, davanti a Dio e davanti agli uomini ; la Baronessa era lei ; lei aveva potuto comperarselo, questo onore, e le altre no. C'era poco da dire.

Una sola cosa, in quei dieci anni, la aveva ama-

Dès le premier coup d'œil, donna *Bittò* en était
restée éblouie. Elle avait tout de suite compris la
raison pour laquelle elle avait été demandée en
mariage et, loin de s'en offenser, elle avait estimé
très juste qu'une femme comme elle eût à payer de
beaucoup d'argent l'honneur de devenir — ne fût-
ce que de nom — Baronne, et épouse d'un tel
homme.

— Cicciuzzo est baron ! Cicciuzzo est un homme
distingué ! Dormir avec moi, Cicciuzzo ne le peut
pas ! disait-elle aux servantes qui lui demandaient
pourquoi, étant sa femme depuis dix ans, elle
s'accommodait d'avoir à dormir séparée de son
mari. Il dort comme un ange, le baron Cicciuzzo, on
ne l'entend même pas respirer ; moi au contraire je
dors bouche ouverte et je ronfle trop fort. Voilà
pourquoi !

Convaincue qu'elle était de ne pouvoir lui suffire,
de ne rien posséder en propre pour attirer, non
point l'amour mais ne serait-ce que la considération
d'un homme si beau, si grand, si distingué, satisfaite, tirant orgueil de sa bienveillance, elle ne se
souciait de ses trahisons que dans la mesure où elles
pouvaient nuire à sa santé. Que toutes les femmes
pussent éprouver le désir de son amour chatouillait
même son amour-propre : c'était presque pour elle
une satisfaction, car enfin, devant Dieu et devant les
hommes, l'épouse légitime c'était elle : la Baronne
c'était elle. Cet honneur, elle seule et nulle autre
n'avait pu se l'acheter. Il n'y avait pas à dire.

Une unique chose, au cours de ces dix ans, lui

reggiata : il non aver potuto dargli un figliuolo, a Cicciuzzo il barone. Ma saputo alla fine che egli era riuscito ad averlo da un'altra, da una certa Nicolina, figlia del giardiniere che aveva piantato e andava tre volte la settimana a curare i fiori nel giardino di Filomena, anche di questo s'era consolata. E tanto aveva detto e fatto, che da due mesi Nicolina era col bambino nel palazzo, ed ella la serviva amorosamente, non solo per riguardo di quell'angioletto ch'era tutto il ritratto di papà, ma anche per una viva tenerezza da cui subito s'era sentita prendere per quella buona figliuola timida timida e bellina, la quale certo per inesperienza s'era lasciata sedurre da quel gran birbante di Cicciuzzo il barone e dalle male arti di quella puttanaccia di Filomena. La voleva compensare della gioja che le aveva dato, mettendo al mondo quel bambinello tant'anni invano sospirato dal Barone. Poco le importava che gliel'avesse dato un'altra. L'importante era questo : che ormai c'era e che era figlio di Cicciuzzo il barone.

Anche la carità, intanto, quando è troppa, opprime ; e Nicolina se ne sentiva oppressa. Ma donna *Bittò*, indicandole il bimbo che le giaceva in grembo :

— Babba, non piangere ! Guarda piuttosto che hai saputo fare !

E, ridendo e battendo le mani :

— Com'è bello, amore santo mio ! com'è

avait procuré de l'amertume : de n'avoir pas pu
donner un fils à ce baron Cicciuzzo. Mais ayant finalement appris qu'il avait réussi à en avoir un d'une
autre, une certaine Nicolina, fille du jardinier qui
avait planté et allait trois fois par semaine soigner
les fleurs dans le jardin de Filomena, de cela aussi
elle s'était consolée. Et elle avait tant dit et tant fait
que Nicolina était depuis deux mois au palais avec
son bébé. Elle l'entourait d'amoureuses préve-
nances, non seulement à cause de cet angelot qui
était tout le portrait du papa, mais aussi sous
l'influence de la vive tendresse dont elle s'était tout
de suite sentie envahie pour cette bonne fille timide
et gracieuse qui, sûrement par manque d'expérience, s'était laissé séduire par ce grand chenapan
de baron Cicciuzzo et par les manœuvres déloyales
de cette immonde putain de Filomena. Elle voulait
la récompenser de la joie qu'elle lui avait procurée
en mettant au monde ce bébé si longtemps souhaité
en vain par le Baron. Peu importait qu'une autre le
lui eût donné. L'essentiel était ceci : que désormais
l'enfant était là et qu'il était le fils du baron
Cicciuzzo.

Même la charité cependant, lorsqu'elle est exces-
sive, accable, et Nicolina en était accablée. Mais
donna *Bittò* lui montrait l'enfant qu'elle tenait sur
ses genoux :

— Nigaude, ne pleure pas ! Regarde plutôt ce
que tu as su faire.

Et riant et battant des mains :

— Qu'il est beau, cet amour de petit saint à moi !

fino ! Figliuccio dell'anima mia, guarda come mi
ride !

Gran ressa di gente era davanti la porta del giardino
di Filomena. Scorgendola da lontano, la Baronessa e le
serve levarono al modo del paese le disperazioni.

Il Barone era morto, e stava disteso all'aperto su una
materassa, presso un chioschetto tutto parato di convolvoli. Forse la troppa luce, così supino, a pancia
all'insù, lo svisava. Pareva violaceo, e i peli biondicci
dei baffi e della barba, quasi gli si fossero drizzati sul
viso, sembravano appiccicati e radi radi, come quelli di
una maschera carnevalesca. I globi degli occhi, induriti
e stravolti sotto le palpebre livide ; la bocca, scontorta,
come in una smorfia di riso. E niente dava con più irritante ribrezzo il senso della morte in quel corpo là disteso, quanto le api e le mosche che gli volteggiavano
insistenti attorno al volto e alle mani.

Filomena, prostrata con la faccia per terra, urlava il
suo cordoglio e le lodi del morto tra una fitta siepe
d'astanti muti e immobili attorno alla materassa. Solo
qualcuno di tanto in tanto si chinava a cacciare una di
quelle mosche dalla faccia o dalle mani del cadavere ; e
una comare si voltava a far segni irosi a una bimbetta
sudicia, che strappava i convolvoli del chiosco, facen-
done muovere e frusciare nel silenzio tutto il fogliame.

Da una parte e dall'altra gli astanti si scostarono

Qu'il est distingué ! Mignon fils de mon âme, regarde comme il me sourit.

Il y avait grande foule devant la porte du jardin de Filomena. L'apercevant de loin, la Baronne et ses servantes entonnèrent à la manière du pays le chœur des lamentations.

Le Baron était mort, étendu dehors sur un matelas près d'un petit kiosque tout orné de liserons. Peut-être était-ce le trop de lumière qui le défigurait, ainsi couché le ventre en l'air. Il paraissait violacé et les poils blondasses de ses moustaches et de sa barbe, qu'on eût dit dressés sur son visage, semblaient collés et très rares, comme sur un masque de carnaval. Le globe des yeux était durci et révulsé sous les paupières livides ; la bouche tordue comme en un rire grimaçant. Et dans ce corps étendu là rien ne donnait l'impression de la mort avec une plus irritante horreur que les abeilles et les mouches qui tournaient d'un vol insistant autour du visage et des mains.

Prostrée face contre terre, Filomena hurlait sa douleur et les louanges du mort au milieu d'une haie épaisse d'assistants muets et immobiles autour du matelas. Seul de temps en temps quelqu'un se penchait pour chasser une de ces mouches du visage ou des mains du cadavre ; et une commère se retournait avec des signes de colère vers une fillette sale qui arrachait les liserons du kiosque en remuant et faisant bruire tout le feuillage dans le silence.

Les assistants s'écartèrent à droite et à gauche dès

appena irruppe, spaventosa nello scompiglio della disperazione, la Baronessa. Si buttò anche lei ginocchioni davanti la materassa di contro a Filomena, e strappandosi i capelli e stracciandosi la faccia cominciò a gridare quasi cantando :

— Figlio, Cicciuzzo mio, come t'ho perduto ! Fiato mio, cuore mio, come sono venuta a trovarti ! Cicciuzzo del mio cuore, fiamma dell'anima mia, come ti sei buttato a terra così, tu ch'eri antenna di bandiera ? Quest'occhiuzzi belli, che non li apri più ! Queste manucce belle, che non le stacchi più ! Questa boccuccia bella, che non sorride più !

E poco dopo, urlando anche lei, stracciandosi anche lei i capelli, a piè di quella materassa una terza donna venne a buttarsi ginocchioni : Nicolina, col bambino in braccio.

Nessuno, conoscendo la Baronessa, le prove date in dieci anni della sua incredibile tolleranza, non solo per l'amore sviscerato e la devozione al marito, ma anche per la coscienza ch'ella aveva, e dava agli altri, che fosse naturale quanto le era accaduto, data la sua rozzezza, la sua bruttezza e il suo gran cuore ; nessuno rimase offeso di quello spettacolo, e tutti si commossero, anzi, fino alle lagrime, quand'ella si voltò a scongiurare Nicolina d'allontanarsi e, prendendole il

que, effrayante dans son désespoir échevelé, la Baronne fit irruption. Elle aussi se jeta à genoux devant le matelas tout contre Filomena, et s'arrachant les cheveux, se déchirant la figure, elle commença à crier, presque comme un chant :

— Fils, mon Cicciuzzo, comment ai-je pu te perdre ! Souffle de mon souffle, mon cœur, comment me voici venue te retrouver ! Cicciuzzo de mon cœur, flamme de mon âme, comment as-tu pu t'écrouler ainsi, toi qui étais la hampe du drapeau ! Ces beaux yeux chéris que tu n'ouvres plus ! Ces mains que tu ne dénoues plus. Cet amour de bouche délicate qui ne sourit plus[1] !

Peu après, hurlant aussi, s'arrachant aussi les cheveux au pied de ce matelas, une troisième femme vint se jeter à genoux : Nicolina, avec son enfant dans les bras.

Personne, connaissant la Baronne, les preuves données durant dix ans de son incroyable tolérance, non seulement à cause de son amour viscéral et de sa dévotion à l'époux, mais également à cause de la conscience qu'elle avait et qu'elle donnait aux autres du caractère naturel de tout ce qui lui était arrivé vu sa grossièreté, sa laideur et son grand cœur, personne donc ne s'offusqua de ce spectacle et tout le monde s'émut jusqu'à même verser des larmes lorsqu'elle se tourna vers Nicolina pour la conjurer de s'éloigner et que, lui prenant l'enfant et

---

1. Ces lamentations funèbres de « pleureuse » défient elles aussi la traduction.

bimbo e mostrandolo al morto, gli giurò che lo avrebbe
tenuto come suo e lo avrebbe fatto crescere signore
come lui, dandogli tutte le sue ricchezze, come già gli
aveva dato tutto il suo cuore.

I parenti del Barone, accorsi poco dopo a precipizio,
dovettero stentar molto a staccare quelle tre donne,
prima dal cadavere e poi l'una dall'altra, abbracciate
come s'erano per aggruppare in un nodo indissolubile
la loro pena.

Dopo i funerali solennemente celebrati, la Baronessa
volle che anche Filomena venisse a convivere con lei
nel palazzo. Tutt'e tre insieme.

Vestite di nero, in quei grandi stanzoni bianchi, into-
nacati di calce, pieni di luce, ma anche di quel puzzo
speciale che esala dai mobili vecchi lavati e dai mattoni
rosi dei pavimenti avvallati, esse ora si confortavano a
vicenda, covando a gara quel bimbo roseo e biondo, in
cui agli occhi di ciascuna riviveva il defunto Barone.

A poco a poco, però, la Baronessa e Filomena cominciarono a far sentire a Nicolina, ch'essa, benché fosse la
mamma del piccino, non poteva, per la sua età, per la
sua inesperienza, esser pari a loro, sia nel dolore per la
sciagura comune, sia anche nelle cure del bimbo. Per
loro due la vita era ormai chiusa per sempre ; per lei
invece, così giovane e bellina, chi sa ! poteva riaprirsi,
oggi o domani. Cominciarono insomma a considerarla
come una loro figliuola che, in coscienza, non si

le montrant au mort, elle lui jura qu'elle le considé-
rerait comme le sien propre et l'élèverait en seigneur comme son père, lui offrant toutes ses
richesses de même que déjà elle lui avait offert tout
son cœur.

La famille du Baron, accourue peu après en toute
hâte, eut beaucoup de mal à détacher ces trois
femmes d'abord du cadavre, puis les unes des
autres, embrassées qu'elles se tenaient pour rassembler leur peine en un indissoluble nœud.

Après les funérailles solennellement célébrées, la
Baronne voulut que Filomena vînt aussi vivre avec
elle au palais. Toutes les trois ensemble.

Vêtues de noir dans ces grandes salles blanches
crépies à la chaux, pleines de lumière mais également de ce relent particulier qui s'exhale des vieux
meubles lavés et des carrelages roses qui s'affaissent,
elles se réconfortaient mutuellement, couvant à qui
mieux mieux cet enfant rose et blond en qui, aux
yeux de chacune, revivait le défunt Baron.

Peu à peu cependant la Baronne et Filomena
commencèrent à faire sentir à Nicolina que, bien
qu'elle fût la maman du petit, elle ne pouvait, vu son
âge et son inexpérience, être tenue pour leur égale
soit dans la douleur de leur commun malheur, soit
dans les soins à donner à l'enfant. Pour elles deux
désormais la vie était à jamais sans issue ; pour Nicolina au contraire, si jeune et gracieuse, elle pourrait,
qui sait, se rouvrir aujourd'hui ou demain. Bref,
elles commencèrent à la considérer comme leur

dovesse insieme con loro due sacrificare e votare a un lutto perpetuo.

(Forse, sotto sotto, parlava in esse, mascherata di carità, l'invidia ; per il fatto che colei era la mamma vera del piccino.)

Per diminuire questa superiorità che Nicolina aveva su loro incontestabile, appena svezzato il bambino, quasi la esclusero da ogni cura di esso. Tutt'e due però sentivano che questa esclusione non bastava. Perché il bambino restasse insieme con loro legato tutto alla memoria del morto, bisognava che Nicolina ne avesse un altro, qualche altro di suo ; bisognava insomma dar marito a Nicolina. La Baronessa avrebbe seguitato ad alloggiarla nel palazzo, in un quartierino a parte ; le avrebbe assegnato una buona dote, trovandole un buon giovine per marito, timorato e rispettoso, che fosse anche di presidio a lei, a Filomena e a tutta la casa.

Nicolina, interpellata, s'oppose dapprincipio recisamente ; protestò che non voleva esser da meno di Filomena, lei, nel lutto del Barone, ritenendo che anzi toccasse a lei di guardarlo di più, questo lutto, per via del bambino. Quelle non le dissero che proprio per questo desideravano che si maritasse ; ma si mostrarono così fredde con lei e così scontente del rifiuto, che alla fine, a poco a poco, la indussero a cedere.

Filomena, donna di mondo e tanto saggia che finanche il Barone, sant'anima, ne aveva seguito

fille qui n'avait pas, en conscience, à se sacrifier avec elles et à se vouer à un deuil éternel.

(Peut-être tout au fond, sous le masque de la charité, était-ce l'envie qui parlait en elles : par le fait que la vraie maman du petit était cette autre, Nicolina.)

Pour diminuer cette incontestable supériorité de Nicolina sur elles, dès que l'enfant fut sevré, elles lui interdirent de l'entourer de tous soins. Toutes les deux sentaient cependant que cette exclusion ne suffisait pas. Pour que l'enfant demeurât avec elles totalement lié à la mémoire du mort, il fallait que Nicolina en eût un autre, un quelconque autre, bien à elle ; il fallait lui procurer un mari. La Baronne continuerait à la loger au palais, dans un coin à part de la maison ; elle la doterait largement en lui trouvant un bon garçon comme mari, timoré et respectueux, qui veillerait également sur elle-même, sur Filomena et la maison entière.

Interrogée, Nicolina opposa d'abord un refus catégorique ; elle protesta qu'elle ne voulait pas avoir moins de part que Filomena au deuil du Baron, soutenant que ce deuil, à cause de l'enfant, c'était à elle qu'il revenait de le respecter le plus. Elles ne lui avouèrent pas que c'était justement pour cela qu'elles désiraient la marier, mais elles se montrèrent si froides avec elle et si mécontentes de son refus qu'à la fin et peu à peu elles l'amenèrent à céder.

Dame du monde et d'une telle sagesse que le Baron lui-même, ce cher disparu, avait toujours

sempre i consigli, aveva già bell'e pronto il marito : un certo don Nitto Trettarì, giovine di notajo, civiletto, di buona famiglia e di poche parole. Non brutto, no ! Che brutto ! Un po' magrolino... Ma via, con la buona vita, avrebbe fatto presto a rimettersi in carne. Bisognava dirgli soltanto che non si facesse cucire così stretti i calzoni perché le gambe le aveva sottili di suo e con quei calzoncini parevano due stecchi, e che poi si levasse il vizio di tener la punta della lingua attaccata al labbro superiore ; del resto, giovinotto d'oro !

Passato l'anno di lutto stretto, si stabilirono le nozze. La Baronessa assegnò a Nicolina venticinque mila lire di dote, un ricco corredo e alloggio e vitto nel palazzo ; le donò anche abiti e gioje.

— Pompa no, — diceva allo sposo, che si storceva tutto per ringraziare e si passava di tratto in tratto la mano su una falda del farsetto, come se qualche cane minacciasse d'addentargliela. — Pompa no, caro don Nitto, perché il cuore in verità non ce la consente a nessuna delle tre ; ma... (la lingua, don Nitto ! dentro, la lingua, benedetto figliuolo ! avete tanto ingegno e parete uno scemo) un po' di festa, dicevo, ve la faremo, non dubitate.

Nicolina piangeva, sentendo questi discorsi, e si teneva stretto il bambino al seno, come se, sposando, dovesse abbandonarlo per sempre. Don Nitto s'angustiava di quelle lagrime irrefrenabili, ma non diceva nulla, perché la Baronessa lo aveva pregato di lasciar

suivi ses conseils, Filomena tenait déjà le mari tout prêt : un certain don Nitto Trettarì, jeune clerc de notaire bien élevé, de bonne famille et peu bavard. Pas vilain, non, rien à voir ! Un peu maigrelet... Mais bah, avec la bonne vie il aurait tôt fait de se remplumer. Seule remarque à lui faire : ne pas porter des pantalons aussi étroits parce qu'il avait les jambes déjà bien assez minces et qu'avec ces pantalons on eût dit des échalas ; ensuite perdre l'habitude d'avoir toujours le bout de la langue collé à la lèvre supérieure. Au demeurant, un gars en or.

Une fois écoulée l'année du deuil strictement observé, on organisa la noce. La Baronne accorda à Nicolina une dot de vingt-cinq mille lires, un riche trousseau, logement et nourriture au palais ; plus des robes et des bijoux.

— En grandes pompes, non, disait-elle au futur mari qui se tortillait pour remercier et se passait de temps en temps la main sur un pan de son habit comme si un chien menaçait d'y mettre la dent. En grandes pompes, non, mon cher Nitto, car le cœur en vérité ne le permet à aucune de nous trois, mais... (votre langue, don Nitto, rentrez votre langue, mon cher garçon ! Avec tout votre esprit, vous avez l'air d'un idiot), un brin de fête, vous l'aurez, n'en doutez pas.

En entendant ces propos, Nicolina pleurait en serrant son enfant contre son sein, comme si elle avait dû, en se mariant, l'abandonner pour toujours. Don Nitto se tourmentait au sujet de ces larmes intarissables, mais ne disait mot, car la Baronne l'avait

piangere Nicolina, che ne aveva ragione. Tra breve, con l'ajuto di Dio, forse non avrebbe pianto più ; ma ora bisognava lasciarla piangere.

Non ci fu verso — venuto il giorno delle nozze — d'indurre Nicolina a levarsi l'abito di lutto : minacciò di mandare a monte il matrimonio, se la costringevano a indossarne uno di colore. O con quello, o niente. Don Nitto consultò i parenti, la madre, le due sorelle, i cognati, passandosi e ripassandosi la mano sulla falda del farsetto ; specialmente le due sorelle tenevano duro, perché erano venute con gli abiti di seta sgargianti del loro matrimonio e tutti gli ori e i « guardaspalle » di raso, a pizzo, con la frangia fino a terra. Ma alla fine dovettero tutti sottomettersi alla volontà della sposa.

E andarono in processione, prima in chiesa, poi allo stato civile ; lo sposo, tra le due sorelle, avanti ; poi Nicolina, tra la Baronessa e Filomena, tutt'e tre in fittissime gramaglie, come se andassero dietro a un mortorio ; infine la mamma dello sposo tra i due generi.

Ma la scena più commovente avvenne nella sala del municipio.

C'erano in quella sala, appesi in fila alle pareti, i ritratti a olio di tutti i sindaci passati : quello di don Francesco di Paola Vivona era, si può ben supporre, al

prié de laisser pleurer Nicolina, qui avait motif de le faire. D'ici peu, avec l'aide de Dieu, peut-être ne pleurerait-elle plus. Mais pour le moment, il fallait la laisser pleurer.

Il n'y eut pas moyen, une fois venu le jour de la noce, de décider Nicolina à ôter sa robe de deuil ; elle menaça d'envoyer le mariage en l'air si on l'obligeait à en revêtir une de couleur. Ou celle de deuil ou rien du tout ! Don Nitto consulta sa famille, sa mère, ses deux sœurs, ses beaux-frères, passant et repassant la main sur un pan de son habit. Les deux sœurs spécialement offraient une dure résistance, car elles étaient venues dans d'éclatantes toilettes de soie, celles de leur mariage, tous leurs ors et « cache-épaules[1] » en satin, en dentelle, avec une frange jusqu'à terre. Mais à la fin tout le monde dut se soumettre à la volonté de la mariée.

Et on s'en alla en procession d'abord à l'église puis à l'état civil : en tête le marié avec ses deux sœurs ; puis Nicolina entre la Baronne et Filomena, toutes les trois en grand deuil comme derrière un convoi funèbre ; enfin la mère du marié entre ses deux gendres.

Mais la scène la plus émouvante se déroula à la mairie.

Il y avait dans la salle, suspendus à la file contre les murs, les portraits à l'huile de tous les anciens maires : celui de don Francesco di Paola Vivona à la place d'honneur, comme on l'aura deviné, juste

---

1. Il s'agit naturellement d'un châle de cérémonie.

posto d'onore, proprio sopra la testa dell'assessore addetto allo stato civile.

La Baronessa fu la prima a scorgere quel ritratto, e prese a piangere prima con lo stomaco, sussultando. Non potendo parlare, mentre l'assessore leggeva gli articoli del codice, urtò col gomito Nicolina, che le stava accanto. Come questa si voltò a guardarla e, seguendo gli occhi di lei, scorse anch'ella il ritratto, gittò un grido acutissimo e proruppe in un pianto fragoroso. Allora anche la Baronessa e Filomena non poterono più contenersi, e tutt'e tre, con le mani nei capelli, davanti all'assessore sbalordito, levarono le grida, come il giorno della morte.

— Figlio, Cicciuzzo nostro, che ci guarda ! fiamma dell'anima nostra, quanto eri bello ! Come facciamo, Cicciuzzo nostro, senza di te ? Angelo d'oro, vita della vita nostra !

E bisognò aspettare che quel pianto finisse per passare alla firma del contratto nuziale.

au-dessus de la tête de l'assesseur affecté à l'état civil.

La Baronne fut la première à remarquer ce portrait et se mit à pleurer d'abord de l'estomac, toute tressautante. Comme elle ne pouvait parler tant que l'assesseur lisait les articles du code, elle donna un coup de coude à Nicolina, à côté d'elle. Celle-ci se tourna vers elle et, suivant son regard, découvrit à son tour le portrait : elle jeta un cri aigu et éclata en bruyants sanglots. Alors la Baronne et Filomena aussi furent incapables de se contenir et toutes les trois, les mains dans les cheveux, devant l'assesseur stupéfait, explosèrent en lamentations comme le jour de la mort.

— O fils, notre Cicciuzzo, voilà qu'il nous regarde ! Flamme de notre âme, que tu étais beau ! Comment faire, oh notre Cicciuzzo, sans toi ? Ange d'or, vie de notre vie !

Il fallut attendre que ces pleurs se tarissent pour passer à la signature du contrat de mariage.

Le frac étroit
Marsina stretta

Di solito il professor Gori aveva molta pazienza con
la vecchia domestica, che lo serviva da circa vent'anni.
Quel giorno però, per la prima volta in vita sua, gli toccava d'indossar la marsina, ed era fuori della grazia di
Dio.

Già il solo pensiero, che una cosa di così poco conto
potesse mettere in orgasmo un animo come il suo,
alieno da tutte le frivolezze e oppresso da tante gravi
cure intellettuali, bastava a irritarlo. L'irritazione poi
gli cresceva, considerando che con questo suo animo,
potesse prestarsi a indossar quell'abito prescritto da
una sciocca consuetudine per certe rappresentazioni di
gala con cui la vita s'illude d'offrire a se stessa una festa
o un divertimento.

E poi, Dio mio, con quel corpaccio d'ippopotamo, di
bestiaccia antidiluviana...

E sbuffava, il professore, e fulminava con gli occhi la

1 En mélangeant réalisme et fantastique, « Pirandello nous fait connaître son pays tel qu'il est, l'accusant tout en le plaignant ».

2

3

2 Luigi Pirandello (1867-1936).
Il écrivit 211 nouvelles, de 1884 à sa mort en
1936.

3, 4, 5 Pirandello à sa table de travail en 1910,
1924 et 1934.

6

Le chevreau noir

6 Pirandello avec Marta et Cele Abba devant le temple de Junon à Agrigente en 1927.

7, 8 Sur la colline aux ruines des temples d'Akragas s'éleva jadis l'antique cité exaltée par Pindare comme la plus belle d'entre les cités mortelles : Girgenti ou encore Agrigente.

7

8

9

10

11

Mal de lune

9, 10, 11 Photographies ti-
rées du film *Kaos* des frères
Taviani réalisé en 1984.

12

La vengeance du chien

12, 13   « Pendant la journée [...] le chien par
peur restait muet. Couché par terre, le museau
allongé sur ses deux pattes de devant. »

3

14

Le lever du soleil

14 « Vite ! Sortir au plus tôt de cette ville [...] Vite, vite, en marchant en terrain découvert il trouverait l'endroit le meilleur pour jouir du dernier spectacle, et bonsoir. »

15

16

17

Nos souvenirs

15   Pirandello dans la plaine de Caos, en novembre 1927.

16, 17   « En visitant après de très longues années le petit pays où j'étais né, où j'avais passé mon enfance et ma première jeunesse, je m'apercevais bien que, sans avoir pourtant changé en rien, il n'était vraiment pas tel qu'il était resté en moi, dans mes souvenirs. »

18

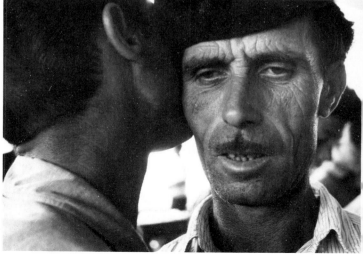

19

0

18, 19, 20 « Je demandai des nouvelles de beaucoup et, avec une surprise où se mêlaient l'angoisse et le dépit, je vis, selon les noms, certains visages se rembrunir, d'autres marquer de la stupeur, de la répulsion, de la compassion. »

21

21   1934. Luigi Pirandello
reçoit à Stockholm le prix
Nobel de littérature. A ses
côtés, la romancière sué-
doise Selma Lagerlöf.

22   Portrait de Luigi Pirandello (Bibliothèque commu-
nale, Palerme).

22

Crédits photographiques

Couverture, 2, 6, 15 : *In* Maria Luisa Aguirre d'Amico, *Album di famiglia di Luigi Pirandello*, Palerme, Sellerio editore, 1979. 1, 17 : Bruno Barbey-Magnum. 3, 4, 5 : *In* Manlio Lo Vecchio Musti, *Bibliografia di Pirandello*, Milan, A. Mondadori, 1937. 7, 8 : Kenneth Poulsen-Rapho. 9 : Collection Christophe L. 10, 11 : Collection Cahiers du cinéma. 12 : Georges Viollon-Rapho. 13, 14, 19 : Ferdinando Scianna-Magnum. 16, 18 : Sergio Larrain-Magnum. 20 : Thomas Höpker-Alpha-Magnum. 21 : Keystone. 22 : G. Dagli Orti.

D'habitude le professeur Gori montrait beaucoup de patience avec la vieille bonne à son service depuis près de vingt ans. Mais ce jour-là, pour la première fois de sa vie, il s'agissait d'endosser un frac et cela se passait hors de la grâce de Dieu.

La seule pensée déjà qu'une chose d'aussi peu d'importance pût mettre en transe un esprit comme le sien, étranger à toute frivolité et accablé de tant de préoccupations intellectuelles, suffisait à l'irriter. Ensuite cette irritation s'augmentait de la considération que dans un tel état d'esprit il pût consentir à endosser cet habit prescrit par une stupide coutume pour certaines représentations de gala dont la vie nourrit l'illusion de s'offrir à elle-même fêtes ou divertissements.

Et puis, mon Dieu, avec cet énorme corps d'hippopotame, d'affreuse bête antédiluvienne...

Et il gonflait les joues de colère[1], le professeur, il

1. Voir note à propos de *sbuffare* (Monde de papier, p.135).

domestica che, piccola e boffice come una balla, si
beava alla vista del grosso padrone in quell'insolito
abito di parata, senz'avvertire, la sciagurata, che mortificazione dovevano averne tutt'intorno i vecchi e onesti
mobili volgari e i poveri libri nella stanzetta quasi buja
e in disordine.

Quella marsina, s'intende, non l'aveva di suo, il professor Gori. La prendeva a nolo. Il commesso d'un
negozio vicino glien'aveva portate su in casa una brac-
ciata, per la scelta ; e ora, con l'aria d'un compitissimo
arbiter elegantiarum, tenendo gli occhi semichiusi e
sulle labbra un sorrisetto di compiacente superiorità, lo
esaminava, lo faceva voltare di qua e di là, — *Pardon !*
Pardon ! —, e quindi concludeva, scotendo il ciuffo :

— Non va.

Il professore sbuffava ancora una volta e s'asciugava
il sudore.

Ne aveva provate otto, nove, non sapeva più quante.
Una più stretta dell'altra. E quel colletto in cui si sentiva impiccato ! e quello sparato che gli strabuzzava,
già tutto sgualcito, dal panciotto ! e quella cravattina
bianca inamidata e pendente, a cui ancora doveva fare
il nodo, e non sapeva come !

Alla fine il commesso si compiacque di dire :

— Ecco, questa sì. Non potremmo trovar di meglio,
creda pure, signore.

Il professor Gori tornò prima a fulminar con uno
sguardo la serva, per impedire che ripetesse :

foudroyait la bonne du regard qui, petite et ron-
douillarde comme un ballot, se délectait à la vue de
son gros maître dans cet insolite habit de cérémonie
sans remarquer, la malheureuse, quelle mortification ce devait être alentour pour les vieux et honnêtes meubles communs et les pauvres livres dans la
chambrette presque sans lumière et en désordre.

Ce frac, bien entendu, n'appartenait pas au professeur Gori. Il le louait. Le commis d'un magasin
voisin en avait monté chez lui une pleine brassée à
l'essai ; et maintenant, avec l'air d'un *arbiter elegantiarum* accompli, les yeux mi-clos et un sourire en
coin de supériorité condescendante sur les lèvres, il
l'examinait, le faisait tourner de ce côté-ci, de ce
côté-là — *Pardon, pardon* — et ensuite il concluait
en secouant son toupet de cheveux :

— Ça ne va pas.

Le professeur gonflait encore une fois les joues et
s'épongeait, tout suant.

Huit ou neuf qu'il en avait essayé, il ne savait plus
combien. Tous plus étroits les uns que les autres. Et
ce col qui lui donnait l'air d'un pendu, et ce plastron qui lui roulait les yeux, déjà tout fripé hors du
gilet. Et cette cravate blanche amidonnée et pen-
dante dont il devait encore faire le nœud, et il ne
savait comment s'y prendre.

À la fin le commis eut le plaisir de lui dire :

— Bon, celui-là, oui. On ne pourrait trouver
mieux. Que monsieur me croie.

Le professeur Gori se remit d'abord à foudroyer
sa bonne pour l'empêcher de répéter : *C'est à*

— *Dipinta ! Dipinta !* — ; poi si guardò la marsina, in considerazione della quale, senza dubbio, quel commesso gli dava del signore : poi si rivolse al commesso :

— Non ne ha più altre con sé ?

— Ne ho portate su dodici, signore !

— Questa sarebbe la dodicesima ?

— La dodicesima, a servirla.

— E allora va benone !

Era più stretta delle altre. Quel giovanotto, un po' risentito, concesse :

— Strettina è, ma può andare. Se volesse aver la bontà di guardarsi allo specchio...

— Grazie tante ! — squittì il professore. — Basta lo spettacolo che sto offrendo a lei e alla mia signora serva.

Quegli, allora, pieno di dignità, inchinò appena il capo, e via, con le altre undici marsine.

— Ma è credibile ? — proruppe con un gemito rabbioso il professore, provandosi ad alzar le braccia.

Si recò a guardare un profumato biglietto d'invito sul cassettone, e sbuffò di nuovo. Il convegno era per le otto, in casa della sposa, in via Milano. Venti minuti di cammino ! Ed erano già le sette e un quarto.

Rientrò nella stanzetta la vecchia serva che aveva accompagnato fino alla porta il commesso.

— Zitta ! — le impose subito il professore. — Provate, se vi riesce, a finir di strozzarmi con questa cravatta.

— Piano piano... il colletto... — gli raccomandò la

peindre ! C'est à peindre ! Puis il regarda le frac en considération duquel sans doute le commis l'honorait de ce « monsieur ». Puis, se tournant vers ce dernier :

— Vous n'en avez plus d'autres ?

— J'en ai monté douze, monsieur.

— Celui-ci serait le douzième ?

— Le douzième, pour vous servir.

— Alors bon, ça me va comme un gant.

Ce frac était plus étroit que les autres. Le jeune homme, un peu contrarié, reconnut :

— Un peu étroit, mais ça peut aller. Auriez-vous la bonté de vous regarder dans le miroir...

— Merci bien ! glapit le professeur. Le spectacle suffit, que je suis en train de vous offrir ainsi qu'à madame ma bonne.

L'autre alors, plein de dignité, inclina à peine la tête et s'éclipsa avec les onze autres fracs.

— Est-ce croyable ? explosa le professeur avec un gémissement rageur en essayant de lever les bras.

Il alla jeter un coup d'œil au billet parfumé sur la commode et se remit à gonfler les joues. Le rendez-vous était pour huit heures au domicile de la mariée, rue de Milan. Vingt minutes de marche. Et il était déjà sept heures un quart.

La vieille bonne qui avait accompagné le commis jusqu'à la porte revint dans la chambre.

— Pas un mot ! ordonna aussitôt le professeur. Essayez, si vous y arrivez, d'achever de m'étrangler avec cette cravate.

— Doucement... doucement... le col... lui recom-

vecchia serva. E dopo essersi forbite ben bene con un fazzoletto le mani tremicchianti, s'accinse all'impresa.

Regnò per cinque minuti il silenzio : il professore e tutta la stanza intorno parvero sospesi, come in attesa del giudizio universale.

— Fatto ?

— Eh... — sospirò quella.

Il professor Gori scattò in piedi, urlando :

— Lasciate ! Mi proverò io ! Non ne posso più !

Ma, appena si presento allo specchio, diede in tali escandescenze, che quella poverina si spaventò. Si fece, prima di tutto, un goffo inchino ; ma, nell'inchinarsi, vedendo le due falde aprirsi e subito richiudersi, si rivoltò come un gatto che si senta qualcosa legata alla coda ; e, nel rivoltarsi, *trac* ! la marsina gli si spaccò sotto un'ascella.

Diventò furibondo.

— Scucita ! scucita soltanto ! — lo rassicurò subito, accorrendo, la vecchia serva. — Se la cavi, gliela ricucio !

— Ma se non ho più tempo ! — urlò, esasperato, il professore. — Andrò così, per castigo ! Così... Vuol dire che non porgerò la mano a nessuno. Lasciatemi andare.

S'annodò furiosamente la cravatta ; nascose sotto il pastrano la vergogna di quell'abito ; e via.

manda la vieille bonne. Et après s'être longuement essuyé les mains avec un mouchoir — des mains toutes tremblantes — elle fit mine de s'y mettre.

Le silence régna pendant cinq minutes. Le professeur et la pièce entière parurent en suspens, comme dans l'attente du Jugement dernier.

— Ça y est ?

— Beuh ! soupira-t-elle.

Le professeur Gori sauta sur ses pieds en hurlant :

— Laissez ! Je vais essayer moi-même. Je n'en puis plus !

Mais dès qu'il fut devant le miroir, il sortit à tel point de ses gonds que la pauvre bonne en fut effrayée. Avant tout il s'adressa une révérence grotesque. Mais voyant en s'inclinant les deux basques du frac s'écarter et se rejoindre, il se retourna comme un chat qui sent qu'il a quelque chose d'attaché à la queue, et crac, dans le mouvement de se retourner, le frac se déchira sous une aisselle.

Il devint furibond.

— Décousu, seulement décousu ! se hâta de le rassurer la vieille bonne en accourant. Otez-le, je vais vous le recoudre.

— Mais je n'ai plus le temps ! hurla le professeur exaspéré. J'irai comme ça, pour me punir ! Comme ça... ce qui veut dire que je ne tendrai la main à personne. Laissez-moi partir.

Il noua furieusement sa cravate, cacha sous son pardessus la honte de cet accoutrement, et au revoir.

Alla fin fine, però, doveva esser contento, che
diamine ! Si celebrava quella mattina il matrimonio
d'una sua antica allieva, a lui carissima : Cesara Reis,
la quale, per suo mezzo, con quelle nozze, otteneva il
premio di tanti sacrifizii durati negli interminabili anni
di scuola.

Il professor Gori, via facendo, si mise a pensare alla
strana combinazione per cui quel matrimonio s'effet-
tuava. Sì ; ma come si chiamava intanto lo sposo, quel
ricco signore vedovo che un giorno gli s'era presentato
all'Istituto di Magistero per avere indicata da lui una
istitutrice per le sue bambine ?

— Grimi ? Griti ? No, Mitri ! — Ah, ecco, sì :
Mitri, Mitri.

Così era nato quel matrimonio. La Reis, povera
figliuola, rimasta orfana a quindici anni, aveva eroica-
mente provveduto al mantenimento suo e della vecchia
madre, lavorando un po' da sarta, un po' dando lezioni
particolari : ed era riuscita a conseguire il diploma di
professoressa. Egli, ammirato di tanta costanza, di
tanta forza d'animo, pregando, brigando, aveva potuto
procacciarle un posto a Roma, nelle scuole comple-
mentari. Richiesto da quel signor Griti...

— Griti, Griti, ecco ! Si chiama Griti. Che Mitri !
— gli aveva indicato la Reis. Dopo alcuni giorni se l'era
veduto tornar davanti afflitto, imbarazzato. Cesara Reis
non aveva voluto accettare il posto d'istitutrice, in
considerazione della sua età, del suo stato, della vec-

Mais que diable, à la fin des fins, il aurait dû être content ! On célébrait ce matin-là le mariage d'une ancienne élève qu'il aimait particulièrement : Cesara Reis qui, grâce à lui, par ce mariage, récoltait le prix de tant de sacrifices endurés au cours d'interminables années d'enseignement.

Chemin faisant le professeur Gori se mit à penser à l'étrange hasard grâce auquel ce mariage avait lieu. Oui, mais en attendant, comment donc s'appelait le marié, ce riche veuf qui un jour s'était présenté à l'École normale dans l'intention de se faire recommander une institutrice pour ses fillettes ?

— Grimi ? Griti ? Non, Mitri ! Oui, c'est cela : Mitri, Mitri.

C'est de là qu'était né ce mariage. Cesara Reis, pauvre fille, restée orpheline à quinze ans, avait héroïquement pourvu à son propre entretien et à celui de sa mère en travaillant un peu dans la couture et un peu en donnant des leçons particulières : elle avait réussi à obtenir le diplôme de professeur. Plein d'admiration devant tant de constance, de force d'âme, le professeur était parvenu à coups de prières et d'intrigues à lui procurer un poste à Rome dans les écoles complémentaires. Sollicité de donner son avis par ce M. Griti...

— Griti, Griti, voilà ! Il s'appelait Griti. Pas Mitri du tout ! — il lui avait recommandé Cesara Reis. Quelques jours plus tard, il l'avait vu revenir triste et embarrassé. Cesara Reis n'avait pas voulu accepter le poste d'institutrice à cause de son âge, de sa situation, de sa vieille maman qu'elle ne pouvait pas

chia mamma che non poteva lasciar sola e, sopra tutto, del facile malignare della gente. E chi sa con qual voce, con quale espressione gli aveva dette queste cose, la birichina !

Bella figliuola, la Reis : e di quella bellezza che a lui piaceva maggiormente : d'una bellezza a cui i diuturni dolori (non per nulla il Gori era professore d'italiano : diceva proprio così « *i diuturni dolori* ») d'una bellezza a cui i diuturni dolori avevano dato la grazia d'una soavissima mestizia, una cara e dolce nobiltà.

Certo quel signor Grimi...

— Ho gran paura che si chiami proprio Grimi, ora che ci penso !

Certo quel signor Grimi, fin dal primo vederla, se n'era perdutamente innamorato. Cose che capitano, pare. E tre o quattro volte, quantunque senza speranza, era tornato a insistere, invano ; alla fine, aveva pregato lui, il professor Gori, lo aveva anzi scongiurato d'interporsi, perché la signorina Reis, così bella, così modesta, così virtuosa, se non l'istitutrice diventasse la seconda madre delle sue bambine. E perché no ? S'era interposto, felicissimo, il professor Gori, e la Reis aveva accettato : e ora il matrimonio si celebrava, a dispetto dei parenti del signor... Grimi o Griti o Mitri, che vi si erano opposti accanitamente :

— E che il diavolo se li porti via tutti quanti ! — conclude, sbuffando ancora una volta, il grosso professore.

laisser seule et surtout des faciles médisances des
gens. Et qui sait avec quelle voix, quelle expression
du visage elle lui avait dit ces choses-là, la coquine !

Une belle fille, cette Cesara : de ce genre de
beauté qui lui plaisait le plus, beauté à laquelle les
diurnes douleurs (Gori n'était pas professeur d'italien pour rien : c'est bien *diurnes* qu'il disait[1]),
beauté donc que les diurnes douleurs avaient parée
de la grâce d'une très suave mélancolie, une chère et
douce noblesse.

Certainement ce M. Grimi...

— J'ai grand-peur, maintenant que j'y pense,
qu'il ne s'appelle Grimi.

Certainement ce M. Grimi, dès le premier regard,
en était tombé éperdument amoureux. Choses qui
arrivent, à ce qu'il paraît. Et trois ou quatre fois,
bien que sans espoir, il était revenu insister en vain ;
pour finir, c'est lui-même, le professeur Gori qu'il
avait prié et même conjuré d'intervenir afin que
Mlle Reis si belle, si modeste, si vertueuse, devînt,
sinon l'institutrice, la seconde mère des fillettes.
Pourquoi pas ? Tout heureux, il était intervenu, lui,
le professeur Gori, et Cesara avait accepté : et voici
que le mariage se célébrait malgré les parents de ce
M... Grimi ou Griti ou Mitri, qui avaient opposé une
farouche résistance.

— Que le diable les emporte tous, conclut le gros
professeur, les joues une fois de plus gonflées de
colère.

---

1. *Diuturno :* mot rare, d'un classicisme quelque peu ridicule.

Conveniva intanto recare alla sposa un mazzolino di fiori. Ella lo aveva tanto pregato perché le facesse da testimonio ; ma il professore le aveva fatto notare che, in qualità di testimonio, avrebbe dovuto poi farle un regalo degno della cospicua condizione dello sposo, e non poteva : in coscienza non poteva. Bastava il sacrifizio della marsina. Ma un mazzolino, intanto, sì, ecco. E il professor Gori entrò con molta titubanza e impacciatissimo in un negozio di fiori, dove gli misero insieme un gran fascio di verdura con pochissimi fiori e molta spesa.

Pervenuto in via Milano, vide in fondo, davanti al portone in cui abitava la Reis, una frotta di curiosi. Suppose che fosse tardi ; che già nell'atrio ci fossero le carrozze per il corteo nuziale, e che tutta questa gente stesse lì per assistere alla sfilata. Avanzò il passo. Ma perché tutti quei curiosi lo guardavano a quel modo ? La marsina era nascosta dal soprabito. Forse... le falde ? Si guardò dietro. No : non si vedevano. E dunque ? Che era accaduto ? Perché il portone era socchiuso ?

Il portinajo, con aria compunta, gli domandò :

— Va su per il matrimonio, il signore ?

— Sì, signore. Invitato.

— Ma... sa, il matrimonio non si fa più.

Il convenait cependant d'apporter à la mariée un petit bouquet de fleurs. Elle l'avait tellement prié d'accepter d'être témoin ; mais le professeur lui avait fait remarquer qu'en qualité de témoin il serait tenu de lui faire un cadeau digne de la brillante situation du mari et il ne le pouvait pas : en conscience, il ne le pouvait pas. Le sacrifice du frac suffisait. Mais cependant un petit bouquet, oui, bien sûr. Et le professeur Gori entra avec beaucoup d'hésitation et on ne peut plus embarrassé dans un magasin de fleurs où on lui fourra ensemble une grande brassée de verdure avec un tout petit nombre de fleurs pour une appréciable dépense.

Arrivé rue de Milan, il vit au fond, devant la porte de la maison où Cesara Reis habitait, une foule de curieux. Il supposa qu'il était en retard, que se trouvaient déjà dans la cour les voitures du cortège nuptial et que tout ce monde était là pour y assister. Il pressa le pas. Mais pourquoi tous ces curieux le regardaient-ils de cette manière ? Le frac était caché par le pardessus. Peut-être les basques ? Il jeta un coup d'œil derrière lui. Non, on ne les voyait pas. Alors quoi ? Qu'était-il arrivé ? Pourquoi la porte était-elle à demi fermée[1] ?

L'air contrit, le concierge lui demanda :

— Monsieur, vous montez pour le mariage ?

— Oui monsieur, comme invité.

— Mais savez-vous, le mariage ne se fait plus.

---

1. La coutume veut qu'en cas de deuil la porte de la maison reste à demi ouverte.

— Come ?

— La povera signora... la madre...

— Morta ? — esclamò il Gori, stupefatto, guardando il portone.

— Questa notte, improvvisamente.

Il professore restò lì, come un ceppo.

— Possibile ! La madre ? La signora Reis ?

E volse in giro uno sguardo ai radunati, come per leggere ne' loro occhi la conferma dell'incredibile notizia. Il mazzo di fiori gli cadde di mano. Si chinò per raccattarlo, ma sentì la scucitura della marsina allargarsi sotto l'ascella, e rimase a metà. Oh Dio ! la marsina... già ! La marsina per le nozze, castigata così a comparire ora davanti alla morte. Che fare ? Andar su, parato a quel modo ? tornare indietro ? — Raccattò il mazzo, poi, imbalordito, lo porse al portinajo.

— Mi faccia il piacere, me lo tenga lei.

Ed entrò. Si provò a salire a balzi la scala ; vi riuscì per la prima branca soltanto. All'ultimo piano — maledetto pancione ! — non tirava più fiato.

Introdotto nel salottino, sorprese in coloro che vi stavano radunati un certo imbarazzo, una confusione subito repressa, come se qualcuno, al suo entrare, fosse scappato via ; o come se d'un tratto si fosse troncata un'intima e animatissima conversazione.

— Comment ?

— La pauvre dame... la mère...

— Morte ? s'exclama Gori stupéfait, regardant la porte.

— Cette nuit, subitement.

Le professeur resta planté là comme une bûche.

— Est-ce possible ? La mère ? Mme Reis ?

Il parcourut du regard le cercle des gens assemblés comme pour lire dans leurs yeux la confirmation de l'incroyable nouvelle. Le bouquet de fleurs lui échappa des mains. Il se pencha pour le ramasser mais sentit le frac se découdre davantage sous l'aisselle et il s'arrêta à mi-chemin. Ah, mon Dieu, ce frac... c'est vrai ! Le frac pour le mariage ainsi condamné à présent au châtiment de devoir comparaître devant la mort. Que faire ? Monter, accoutré de cette façon ? Revenir sur ses pas ? Il ramassa le bouquet puis, tout gêné, le tendit au concierge.

— S'il vous plaît, gardez-le-moi.

Il entra, essaya de monter l'escalier quatre à quatre, n'y parvint que jusque au premier palier. Au dernier étage — maudite panse ! — il n'avait plus de souffle.

Introduit au salon, il surprit chez ceux qui y étaient réunis un certain embarras, une confusion vite réprimée comme si quelqu'un, à son entrée, s'était enfui ou comme si tout d'un coup s'était interrompue une conversation privée et fort animée.

Già impacciato per conto suo, il professor Gori si fermò poco oltre l'entrata ; si guardò attorno perplesso ; si sentì sperduto, quasi in mezzo a un campo nemico. Eran tutti signoroni, quelli : parenti e amici dello sposo. Quella vecchia lì era forse la madre ; quelle altre due, che parevano zitellone, forse sorelle o cugine. S'inchinò goffamente. (Oh Dio, daccapo la marsina...) E, curvo, come tirato da dentro, volse un altro sguardo attorno, quasi per accertarsi se mai qualcuno avesse avvertito il crepito di quella maledettissima scucitura sotto l'ascella. Nessuno rispose al suo saluto, quasi che il lutto, la gravità del momento non consentissero neppure un lieve cenno del capo. Alcuni (forse intimi della famiglia) stavano costernati attorno a un signore, nel quale al Gori, guardando bene, parve di riconoscere lo sposo. Trasse un respiro di sollievo e gli s'appressò, premuroso.

— Signor Grimi...

— Migri, prego.

— Ah già, Migri... ci penso da un'ora, mi creda ! Dicevo Grimi, Mitri, Griti... e non m'è venuto in mente Migri ! Scusi... Io sono il professor Fabio Gori, si ricorderà... quantunque ora mi veda in...

— Piacere, ma... — fece quegli, osservandolo con

Déjà mal à l'aise pour son propre compte, le professeur Gori s'arrêta à quelques pas au-delà du seuil ; perplexe, il regarda autour de lui, se sentit perdu comme au milieu d'un camp ennemi. Ces gens-là étaient tous des messieurs importants : parents et amis du marié. Cette femme âgée était peut-être la mère ; ces deux autres avec leur allure de vieilles filles, peut-être des sœurs ou des cousines. Il s'inclina gauchement (Ah mon Dieu, de nouveau le frac !) Et courbé, quasi tiré de l'intérieur, il jeta un second regard autour de lui comme pour s'assurer si personne n'avait perçu le craquement de cette maudite déchirure sous l'aisselle. Personne ne répondit à son salut comme si le deuil, la gravité du moment n'autorisaient même pas un léger signe de tête. Quelques-uns (peut-être intimes de la famille) faisaient cercle, consternés, autour d'un monsieur en qui Gori, après l'avoir bien observé, crut reconnaître le marié. Il eut un soupir de soulagement et l'aborda avec empressement :

— Monsieur Grimi...

— Migri, je vous prie.

— Ah oui Migri, j'y pense depuis une heure, croyez-moi ! Je me disais Grimi, Mitri, Griti... et Migri ne m'est pas venu à l'esprit. Faites excuse. Je suis le professeur Fabio Gori, cela va vous revenir, bien que vous me voyiez maintenant[1]...

— Enchanté, mais... fit celui-ci, le dévisageant

1. Outre le frac, cette confusion des noms fait de Gori une figure de théâtre typique.

fredda alterigia ; poi, come sovvenendosi : — Ah,
Gori... già ! lei sarebbe quello... sì, dico, l'autore...
l'autore, se vogliamo, indiretto del matrimonio ! Mio
fratello m'ha raccontato...

— Come, come ? scusi, lei sarebbe il fratello ?

— Carlo Migri, a servirla.

— Favorirmi, grazie. Somigliantissimo, perbacco !
Mi scusi, signor Gri... Migri, già, ma... ma questo ful-
mine a ciel sereno... Già ! Io purtroppo... cioè, purtroppo no : non ho da recarmelo a colpa diciamo... —
ma, sì, indirettamente, per combinazione, diciamo, ho
contribuito...

Il Migri lo interruppe con un gesto della mano e si
alzò.

— Permetta che la presenti a mia madre.

— Onoratissimo, si figuri !

Fu condotto davanti alla vecchia signora, che ingom-
brava con la sua enorme pinguedine mezzo canapè,
vestita di nero, con una specie di cuffia pur nera su i
capelli lanosi che le contornavano la faccia piatta, gial-
lastra, quasi di cartapecora.

— Mamma, il professor Gori. Sai ? quello che aveva
combinato il matrimonio di Andrea.

La vecchia signora sollevò le palpebre gravi sonno-

avec une froide hauteur. Puis, comme s'il se souvenait : — Ah Gori, bien sûr ! Vous seriez celui qui... mais oui ! Disons l'auteur, oui l'auteur si l'on veut, indirect du mariage. Mon frère m'a raconté...

— Comment, comment ? Faites excuse, vous seriez le frère ?

— Carlo Migri, pour vous servir.

— Je vous en prie, merci. Le portrait de votre frère, ma parole ! Faites excuse, monsieur Gri... Migri, bien sûr, mais ce coup de tonnerre dans un ciel serein... Eh oui ! Moi malheureusement, c'est-à-dire non, pas de malheureusement : je n'ai pas, dirons-nous, à prendre la faute sur moi... mais tout de même, indirectement, par hasard, dirons-nous, j'ai contribué...

D'un geste de la main, Migri l'interrompit et se leva.

— Permettez que je vous présente à ma mère.

— Très honoré, vous pensez bien !

Il fut conduit devant la dame âgée qui encombrait de son énorme obésité la moitié du canapé. Elle était vêtue de noir avec une espèce de bonnet également noir sur ses cheveux laineux qui encadraient une face plate, jaunâtre qu'on eût dite de parchemin.

— Mama, le professeur Gori, celui, tu sais, qui avait combiné le mariage d'Andrea[1].

La vieille dame souleva ses lourdes paupières som-

---

1. Pirandello joue sur le double sens du mot *combinazione* : hasard pour le professeur Gori ; et du verbe *combinare* : arranger, combiner, pour la famille du marié.

lente, mostrando, uno più aperto e l'altro meno, gli occhi torbidi, ovati, quasi senza sguardo.

— In verità, — corresse il professore, inchinandosi questa volta con trepidante riguardo per la marsina scucita, — in verità, ecco... combinato no : non... non sarebbe la parola... Io, semplicemente...

— Voleva dare un'istitutrice alle mie nipotine, — compì la frase la vecchia signora, con voce cavernosa. — Benissimo ! Così difatti sarebbe stato giusto.

— Ecco, già... — fece il professor Gori. — Conoscendo i meriti, la modestia della signorina Reis.

— Ah, ottima figliuola, nessuno lo nega ! — riconobbe subito, riabbassando le palpebre, la vecchia signora. — E noi, creda, siamo oggi dolentissimi...

— Che sciagura ! Già ! Così di colpo ! — esclamò il Gori.

— Come se non ci fosse veramente la volontà di Dio, — concluse la vecchia signora.

Il Gori la guardò.

— Fatalità crudele...

Poi, guardando in giro per il salotto, domandò :

— E il signor Andrea ?

Gli rispose il fratello, simulando indifferenza :

— Ma... non so, era qui, poco fa. Sarà andato forse a prepararsi.

— Ah ! — esclamò allora il Gori, rallegrandosi improvvisamente. — Le nozze dunque si faranno lo stesso ?

— No ! che dice mai ! — scattò la vecchia signora,

nolentes, découvrant, l'un plus ouvert que l'autre, ses yeux troubles, globuleux, presque sans regard.

— À dire vrai, corrigea le professeur en s'inclinant cette fois avec de tremblants égards pour le frac décousu, à vrai dire, voilà... combiné, non. Non, ce ne serait pas le mot... Moi, tout simplement...

— Vous vouliez donner une institutrice à mes petites-filles, acheva la vieille dame d'une voix caverneuse. Très bien ! C'eût été parfait.

— Voilà, c'est cela... fit le professeur Gori. Connaissant les mérites, la modestie de Mlle Reis.

— Ah, une excellente fille, personne ne le nie, reconnut aussitôt la vieille dame en rebaissant les paupières. Et croyez-le, nous sommes aujourd'hui pleins de douleur...

— Quel malheur, oui. Comme ça, d'un coup ! s'exclama Gori.

— Comme si vraiment cela n'avait pas été la volonté de Dieu, conclut la vieille dame.

Gori la regarda.

— Une cruelle fatalité...

Puis promenant son regard dans le salon, il demanda :

— Et M. Andrea ?

Ce fut le frère qui lui répondit, simulant l'indifférence.

— Mais je ne sais pas... Il était ici tout à l'heure. Il sera peut-être allé se préparer.

— Ah, s'exclama alors Gori, tout à coup réjoui. Le mariage se fera donc tout de même ?

— Non, que dites-vous là ? s'emporta la vieille

stupita, offesa. — Oh Signore Iddio ! Con la morta in casa ? Ooh !

— Oooh ! — echeggiarono, miagolando, le due zitellone con orrore.

— Prepararsi per partire, — spiegò il Migri. — Doveva partire oggi stesso con la sposa per Torino. Abbiamo le nostre cartiere lassù, a Valsangone ; dove c'è tanto bisogno di lui.

— E... e partirà... così ? — domandò il Gori.

— Per forza. Se non oggi, domani. L'abbiamo persuaso noi, spinto anzi, poverino. Qui, capirà, non è più prudente, né conveniente che rimanga.

— Per la ragazza... sola, ormai... — aggiunse la madre con la voce cavernosa. — Le male lingue...

— Eh già, — riprese il fratello. — E poi gli affari... Era un matrimonio...

— Precipitato ! — proruppe una delle zitellone.

— Diciamo improvvisato, — cercò d'attenuare il Migri. — Ora questa grave sciagura sopravviene fatalmente, come... sì, per dar tempo, ecco. Un differimento s'impone... per il lutto... e... E così si potrà pensare, riflettere da una parte e dall'altra...

Il professor Gori rimase muto per un pezzo. L'impaccio irritante che gli cagionava quel discorso, così tutto sospeso in prudenti reticenze, era pur quello stesso che gli cagionava la sua marsina stretta e scucita sotto l'ascella. Scucito allo stesso modo gli sembrò quel

dame, surprise, offensée. Oh, Seigneur Dieu ! Avec la morte sous ce toit ? Oooh !

— Oooh ! miaulèrent en écho les deux vieilles filles avec horreur.

— Se préparer à partir, expliqua Migri. Il devait partir aujourd'hui même avec sa femme pour Turin. Nous avons nos fabriques de papier là-bas, à Valsangone, où on a tellement besoin de lui.

— Et... et il partira... comme ça ? demanda Gori.

— Par la force des choses. Sinon aujourd'hui, demain. C'est nous qui l'avons persuadé, poussé même, le pauvre garçon. Ici, vous le comprendrez, cela n'est plus ni prudent, ni convenable qu'il s'attarde.

— À cause de la jeune personne... restée seule désormais, ajouta la mère de sa voix caverneuse. Les mauvaises langues...

— Eh bien sûr, reprit le frère. Et puis les affaires... C'était un mariage...

— Précipité, intervint une des vieilles filles.

— Disons improvisé, dit Migri, s'efforçant d'atténuer. Maintenant survient la fatalité de ce grave malheur comme... oui, pour donner du temps, voilà ! Un ajournement s'impose... à cause du deuil... et... De cette manière on pourra penser, réfléchir de part et d'autre.

Le professeur Gori demeura longtemps silencieux. La gêne irritante que lui causaient ces propos ainsi tenus en suspens par de prudentes réticences était celle-là même que lui causait son frac étroit et décousu sous l'aisselle. Décousus de la même manière

discorso e da accogliere con lo stesso riguardo per la scucitura segreta, col quale era proferito. A sforzarlo un po', a non tenerlo così composto e sospeso, con tutti i debiti riguardi, c'era pericolo che, come la manica della marsina si sarebbe staccata, così anche si sarebbe aperta e denudata l'ipocrisia di tutti quei signori.

Sentì per un momento il bisogno d'astrarsi da quell'oppressione e anche dal fastidio che, nell'intontimento in cui era caduto, gli dava il merlettino bianco, che orlava il collo della casacca nera della vecchia signora. Ogni qual volta vedeva un merlettino bianco come quello, gli si riaffacciava alla memoria, chi sa perché, l'immagine d'un tal Pietro Cardella, merciajo del suo paesello lontano, afflitto da una cisti enorme alla nuca. Gli venne di sbuffare ; si trattenne a tempo, e sospirò, come uno stupido :

— Eh, già... Povera figliuola !

Gli rispose un coro di commiserazioni per la sposa. Il professor Gori se ne sentì all'improvviso come sferzare, e domandò, irritatissimo :

— Dov'è ? Potrei vederla ?

Il Migri gl'indicò un uscio nel salottino :

— Di là, si serva...

E il professor Gori vi si diresse furiosamente.

Sul lettino, bianco, rigidamente stirato, il cadavere della madre, con un'enorme cuffia in capo dalle tese inamidate.

lui parurent être ces propos, et à accueillir avec les
mêmes égards dont ils usaient que ceux qu'exigeait la
déchirure secrète. À quelque peu les forcer, à ne pas
les conserver ainsi affectés et en suspens avec tous
les égards dus, il y avait danger de voir se découvrir
et se dénuder, comme la manche qui se serait déta-
chée du frac, l'hypocrisie de tout ce beau monde.

Le besoin l'agita un moment de se soustraire à
cette atmosphère oppressante et aussi à l'ennui que,
dans l'état d'abrutissement où il avait sombré, lui
procurait la dentelle blanche ornant le col de la
casaque noire que la vieille dame portait. Chaque
fois qu'il voyait une semblable dentelle blanche, il
lui revenait, Dieu sait pourquoi, à la mémoire
l'image d'un certain Pietro Cardella, mercier de son
lointain village natal, affligé d'un énorme kyste à la
nuque. Il fut sur le point de souffler de colère, il se
retint à temps et soupira comme un sot :

— Eh oui, pauvre fille...

Un chœur lui fit écho, tout empreint de commisération pour l'épouse. Le professeur Gori en fut tout
à coup comme fouetté et demanda d'une voix
exaspérée :

— Où est-elle ? Puis-je la voir ?

Migri lui désigna une porte du salon :

— Par là, je vous prie...

Furieux, le professeur Gori se dirigea de ce côté.

Blanc, rigidement étiré, le cadavre de la mère sur
le petit lit, la tête coiffée d'un énorme bonnet aux
bords amidonnés.

Non vide altro, in prima, il professor Gori, entrando. In preda a quell'irritazione crescente, di cui, nello stordimento e nell'impaccio, non riusciva a rendersi esatto conto, con la testa che già gli fumava, anziché commuoversene, se ne sentì irritare, come per una cosa veramente assurda : stupida e crudele soperchieria della sorte che, no, perdio, non si doveva a nessun costo lasciar passare !

Tutta quella rigidità della morta gli parve di parata, come se quella povera vecchina si fosse stesa da sé, là, su quel letto, con quella enorme cuffia inamidata per prendersi lei, a tradimento, la festa preparata per la figliuola, e quasi quasi al professor Gori venne la tentazione di gridarle :

— Su via, si alzi, mia cara vecchia signora ! Non è il momento di fare scherzi di codesto genere !

Cesara Reis stava per terra, caduta sui ginocchi ; e tutta aggruppata, ora, presso il lettino su cui giaceva il cadavere della madre, non piangeva più, come sospesa in uno sbalordimento grave e vano. Tra i capelli neri, scarmigliati, aveva alcune ciocche ancora attorte dalla sera avanti in pezzetti di carta, per farsi i ricci.

Ebbene, anziché pietà, provò anche per lei quasi dispetto il professor Gori. Gli sorse prepotente il bisogno di tirarla su da terra, di scuoterla da quello sbalordimento. Non si doveva darla vinta al destino, che favo-

D'abord, en entrant, le professeur ne vit rien d'autre. En proie à cette irritation croissante dont il n'arrivait pas, dans son trouble et sa gêne, à se rendre exactement compte — la tête lui bouillait déjà de colère —, au lieu d'être ému de ce spectacle, il en fut irrité comme d'une chose vraiment absurde : stupide et cruel abus du destin que, par-dieu non, à aucun prix, il ne fallait laisser passer.

Toute cette rigidité de la morte lui parut être de parade comme si cette pauvre petite vieille s'était étendue là d'elle-même, sur ce lit, avec cet énorme bonnet amidonné pour s'adjuger, elle, traîtreuse-ment, la fête préparée pour sa fille, et il s'en fallut de très peu que le professeur Gori ne cédât à la ten-tation de lui crier :

— Allons debout, levez-vous, chère vieille dame ! Ce n'est pas le moment de nous faire de pareilles plaisanteries.

Cesara Reis était par terre, tombée à genoux, et toute recroquevillée maintenant contre le lit où gisait le cadavre de sa mère, elle ne pleurait plus, comme flottant en un état d'hébétude grave et vain. Parmi ses cheveux noirs en désordre, elle avait quelques mèches encore enroulées de la veille dans de petits morceaux de papier pour se faire des boucles.

Eh bien, plutôt que de la pitié, c'est presque de l'humeur que le professeur Gori éprouva aussi pour elle. Impératif, le besoin l'envahit de la relever, de la secouer pour la tirer de cette hébétude. Il ne fallait pas laisser triompher le destin qui favorisait d'une

riva così iniquamente l'ipocrisia di tutti quei signori radunati nell'altra stanza ! No, no : era tutto preparato, tutto pronto ; quei signori là erano venuti in marsina come lui per le nozze : ebbene, bastava un atto di volontà in qualcuno ; costringere quella povera fanciulla, caduta lì per terra, ad alzarsi ; condurla, trascinarla, anche così mezzo sbalordita, a concludere quelle nozze per salvarla dalla rovina.

Ma stentava a sorgere in lui quell'atto di volontà, che con tanta evidenza sarebbe stato contrario alla volontà di tutti quei parenti. Come Cesara, però, senza muovere il capo, senza batter ciglio, levò appena una mano ad accennar la sua mamma lì distesa, dicendogli :

— Vede, professore ? — il professore ebbe uno scatto, e :

— Sì, cara, sì ! — le rispose con una concitazione quasi astiosa, che stordì la sua antica allieva. — Ma tu alzati ! Non farmi calare, perché non posso calarmi ! Alzati da te ! Subito, via ! Su, su, fammi il piacere !

Senza volerlo, forzata da quella concitazione, la giovane si scosse dal suo abbattimento e guardò, quasi sgomenta, il professore :

— Perché ? — gli chiese.

— Perché, figliuola mia... ma alzati prima ! ti dico che non mi posso calare, santo Dio ! — le rispose il Gori.

Cesara si alzò. Rivedendo però sul lettino il cadavere della madre, si coprì il volto con le mani e scoppiò in violenti singhiozzi. Non s'aspettava di sentirsi afferrare per le braccia e scrollare e gridare dal professore, più che mai concitato :

manière si inique l'hypocrisie de tous ces gens ras-
semblés dans l'autre pièce. Non, non : tout était préparé, tout était prêt ; c'est en frac comme lui que ces
messieurs étaient venus pour la noce. Eh bien un acte
de volonté suffisait de la part de quelqu'un : obliger
cette pauvre enfant, là par terre, à se relever ; la
conduire, la traîner, même ainsi à demi hébétée, à la
célébration de ce mariage pour la sauver de la ruine.

Mais il tardait à l'envahir, cet acte de volonté qui
allait s'opposer avant tant d'évidence à la volonté de
toute cette parenté. Cependant comme Cesara, sans
remuer la tête, sans battre des paupières, levait à
peine une main pour montrer sa mère étendue là et
disait : « Regardez, professeur ! », il eut un sursaut :

— Oui, ma chère petite, oui ! répondit-il avec une
véhémence presque haineuse qui stupéfia son
ancienne élève. Mais relève-toi. Ne m'oblige pas à
me baisser, je ne peux pas. Relève-toi toute seule !
Allons, tout de suite. Debout, debout, je t'en prie.

Sans le vouloir, sous l'effet de cette véhémence, la
jeune femme secoua son abattement et, presque
effrayée, regarda le professeur :

— Pourquoi ? demanda-t-elle.

— Parce que, mon enfant... Mais relève-toi
d'abord. Je te dis que je ne peux pas me baisser,
juste Dieu ! lui répondit Gori.

Cesara se leva. Mais revoyant sur le lit le cadavre
de sa mère, elle se couvrit le visage des mains et
éclata en violents sanglots. Elle ne s'attendait pas à
se sentir saisir les bras, secouer et crier après par le
professeur plus que jamais véhément.

— No ! no ! no ! Non piangere, ora ! Abbi pazienza,
figliuola ! Da' ascolto a me !

Tornò a guardarlo, quasi atterrita questa volta, col
pianto arrestato negli occhi, e disse :

— Ma come vuole che non pianga ?

— Non devi piangere, perché non è ora di piangere,
questa, per te ! — tagliò corto il professore. Tu sei
rimasta sola, figliuola mia, e devi ajutarti da te ! Lo
capisci che devi ajutarti da te ? Ora, sì, ora ! Prendere
tutto il tuo coraggio a due mani : stringere i denti e far
quello che ti dico io !

— Che cosa, professore ?

— Niente. Toglierti, prima di tutto, codesti pezzetti
di carta dai capelli.

— Oh Dio, — gemette la fanciulla, sovvenendo-
sene, e portandosi subito le mani tremanti ai capelli.

— Brava, così ! — incalzò il professore. — Poi
andar di là a indossare il tuo abitino di scuola ; metterti
il cappellino, e venire con me !

— Dove ? che dice ?

— Al Municipio, figliuola mia !

— Professore, che dice ?

— Dico al Municipio, allo stato civile, e poi in
chiesa ! Perché codesto matrimonio s'ha da fare, s'ha
da fare ora stesso ; o tu sei rovinata ! Vedi come mi
sono conciato per te ? In marsina ! E uno dei testimoni
sarò io, come volevi tu ! Lascia di qua la tua povera
mamma ; non pensare più a lei per un momento, non ti
paja un sacrilegio ! Lei stessa, la tua mamma, lo

— Non, non, non ! Pas de larmes à présent ! Du calme, ma fille ! Écoute-moi !

Elle le regarda de nouveau, cette fois presque terrifiée, les larmes au bord des yeux et dit :

— Comment voulez-vous que je ne pleure pas ?

— Tu ne dois pas pleurer parce que pour toi, ce n'est pas le moment de pleurer ! coupa le professeur. Te voilà restée seule, ma fille, et c'est à toi de t'aider toi-même ! T'aider toi-même, tu saisis ? Maintenant, oui, maintenant. Prendre ton courage à deux mains, serrer les dents et faire ce que moi je te dis.

— Faire quoi, professeur ?

— Rien. Avant tout, t'ôter de la tête ces petits morceaux de papier.

— Mon Dieu, gémit la jeune fille, s'en souvenant tout à coup et portant aussitôt ses mains tremblantes à ses cheveux.

— Comme ça, très bien ! insista le professeur. Ensuite, aller passer ta petite robe d'école, mettre un chapeau et me suivre.

— Où ? Que dites-vous ?

— À la mairie, ma fille.

— Professeur, que dites-vous ?

— Je dis à la mairie, à l'état civil et ensuite à l'église ! Parce que ce mariage, il faut le faire, il faut le faire à l'instant même, ou c'est la ruine ! Regarde comme je me suis accoutré pour toi : en frac ! Et c'est moi qui serai un des témoins comme tu le voulais. Laisse de côté ta pauvre maman, ne pense plus à elle pour le moment et n'y vois pas un sacrilège.

vuole ! Da' ascolto a me : va' a vestirti ! Io dispongo
tutto di là per la cerimonia : ora stesso !

— No... no... come potrei ? — gridò Cesara, ripie-
gandosi sul letto della madre e affondando il capo tra le
braccia, disperatamente. — Impossibile, professore !
Per me è finita, lo so ! Egli se ne andrà, non tornerà
più, mi abbandonerà... ma io non posso... non posso...

Il Gori non cedette ; si chinò per sollevarla, per
strapparla da quel letto ; ma come stese le braccia,
pestò rabbiosamente un piede, gridando :

— Non me n'importa niente ! Farò magari da testimonio con una manica sola, ma questo matrimonio
oggi si farà ! Lo comprendi tu... — guardami negli
occhi ! — lo comprendi, è vero ? che se ti lasci scap-
pare questo momento, tu sei perduta ? Come resti,
senza più il posto, senza più nessuno ? Vuoi dar colpa
a tua madre della tua rovina ? Non sospirò tanto,
povera donna, questo tuo matrimonio ? E vuoi ora che,
per causa sua, vada a monte ? Che fai tu di male ?
Coraggio, Cesara ! Ci sono qua io : lascia a me la re-
sponsabilità di quello che fai ! Va', va' a vestirti, va' a
vestirti, figliuola mia, senza perder tempo...

E, così dicendo, condusse la fanciulla fino all'uscio
della sua cameretta, sorreggendola per le spalle. Poi
riattraversò la camera mortuaria, ne serrò l'uscio, e
rientrò come un guerriero nel salottino.

C'est elle-même, ta pauvre maman, qui le veut. Écoute-moi : va t'habiller ! Moi, j'arrange tout, là à côté pour la cérémonie. A l'instant même.

— Non, non... Comment pourrais-je ? cria Cesara s'affaissant sur le lit de sa mère et se cachant la tête entre les bras, désespérément. Impossible, professeur ! Pour moi c'est fini, je le sais. Lui s'en ira, ne reviendra plus, m'abandonnera... Mais je ne peux pas, je ne peux pas...

Gori ne céda pas. Il se pencha pour la soulever, pour l'arracher à ce lit. Mais comme il tendait les bras, il tapa du pied rageusement en criant :

— Ça m'est complètement égal ! Je serai témoin même avec une seule manche, mais ce mariage se fera aujourd'hui. Tu saisis, hein ?... Regarde-moi dans les yeux... tu saisis, n'est-ce pas, que si tu laisses échapper cet instant, tu es perdue ? Telle que tu restes, privée de ton poste, sans plus personne ? Veux-tu faire porter la faute de ta ruine à ta mère ? N'a-t-elle pas soupiré sans fin, la pauvre femme, après ce mariage ? Et tu veux maintenant qu'à cause d'elle, il s'en aille à vau-l'eau ? Que fais-tu de mal ? Courage, Cesara ! Je suis là, moi : laisse-moi la responsabilité de ce que tu fais. Va t'habiller, va t'habiller, ma fille, sans perdre de temps...

Et tout en parlant, il conduisit la jeune fille jusqu'à la porte de sa chambre, la soutenant par les épaules. Puis il retraversa la chambre mortuaire, en ferma la porte et comme un guerrier refit son entrée au salon.

— Non è ancora venuto lo sposo ?

I parenti, gl'invitati si voltarono a guardarlo, sorpresi dal tono imperioso della voce ; e il Migri domandò con simulata premura :

— Si sente male la signorina ?

— Si sente benone ! — gli rispose il professore guardandolo con tanto d'occhi. — Anzi ho il piacere d'annunziare a lor signori che ho avuto la fortuna di persuaderla a vincersi per un momento, e soffocare in sé il cordoglio. Siamo qua tutti ; tutto è pronto ; basterà — mi lascino dire ! — basterà che uno di loro... lei, per esempio, sarà tanto gentile — (aggiunse, rivolgendosi a uno degli invitati) — mi farà il piacere di correre con una vettura al Municipio e di prevenire l'ufficiale dello stato civile, che...

Un coro di vivaci proteste interruppe a questo punto il professore. Scandalo, stupore, orrore, indignazione !

— Mi lascino spiegare ! — gridò il professor Gori, che dominava tutti con la persona. — Perché questo matrimonio non si farebbe ? Per il lutto della sposa, è vero ? Ora, se la sposa stessa...

— Ma io non permetterò mai, — gridò più forte di lui, troncandogli la parola, la vecchia signora, — non permetterò mai che mio figlio...

— Faccia il suo dovere e una buona azione ?

— Le futur marié n'est pas encore arrivé ?

Les parents, les invités tournèrent leurs regards vers lui, surpris par le ton impérieux de sa voix ; et Migri demanda avec un empressement feint :

— Mademoiselle se sent mal ?

— Elle se porte comme un charme[1] ! répondit le professeur en le fusillant du regard. J'ai même le plaisir d'annoncer à ces messieurs que j'ai eu la chance de la persuader de se dominer pour un moment et d'étouffer sa douleur. Nous sommes tous là, tout est prêt : il suffira — laissez-moi parler ! — il suffira que l'un de ces messieurs, vous par exemple, ce serait si gentil (ajouta-t-il en se tournant vers l'un des invités) me fasse le plaisir de courir à la mairie en prenant une voiture et de prévenir l'officier d'état civil que...

Un concert de vives protestations interrompit le professeur. Scandale, stupeur, horreur, indignation !

— Laissez-moi expliquer ! cria le professeur Gori qui dominait tout le monde de sa haute taille. Pourquoi ce mariage ne se ferait-il pas ? À cause du deuil de la mariée, n'est-ce pas ? Or, si la mariée elle-même...

— Mais moi, jamais je ne le permettrai, cria plus fort la vieille dame en lui coupant la parole. Je ne permettrai jamais que mon fils...

— Fasse son devoir et une bonne action ?

---

1. *Bene* + suffixe *-one* augmentatif : très bien, le mieux du monde.

— domandò, pronto, il Gori, compiendo lui la frase questa volta.

— Ma lei non stia a immischiarsi ! — venne a dirgli, pallido e vibrante d'ira, il Migri in difesa della madre.

— Perdoni ! M'immischio, — rimbecco subito il Gori, — perché so che lei è un gentiluomo, caro signor Grimi...

— Migri, prego !

— Migri, Migri, e comprenderà che non è lecito né onesto sottrarsi all'estreme esigenze d'una situazione come questa. Bisogna esser più forti della sciagura che colpisce quella povera figliuola, e salvarla ! Può restar sola, così, senza ajuto e senz'alcuna posizione ormai ? Lo dica lei ! No : questo matrimonio si farà non ostante la sciagura, e non ostante... abbiano pazienza !

S'interruppe, infuriato e sbuffante : si cacciò una mano sotto la manica del soprabito ; afferrò la manica della marsina e con uno strappo violento se la tirò fuori e la lanciò per aria. Risero tutti, senza volerlo, a quel razzo inatteso, di nuovo genere, mentre il professore, con un gran sospiro di liberazione seguitava :

— E non ostante questa manica che mi ha tormentato finora !

— Lei scherza ! — riprese, ricomponendosi, il Migri.

— Nossignore : mi s'era scucita.

— Scherza ! Codeste sono violenze.

demanda Gori du tac au tac, complétant cette fois lui-même la phrase.

— Mais qu'avez-vous à vous en mêler ! vint lui jeter Migri pâle et vibrant de colère, pour défendre sa mère.

— Mille pardons ! Je m'en mêle, rétorqua Gori. Parce que je sais que vous êtes un gentilhomme, cher monsieur Grimi.

— Migri, s'il vous plaît.

— Migri, Migri, et vous comprendrez qu'il n'est ni licite ni honnête de se soustraire aux exigences extrêmes d'une situation comme celle-ci. Il faut être plus fort que le malheur qui frappe cette pauvre fille et la sauver. Peut-elle ainsi rester seule, sans appui et désormais sans position ? Dites-le, vous ! Non, ce mariage se fera malgré le malheur et malgré... Du calme, du calme !

Il s'interrompit, furieux, soufflant de colère, se fourra une main dans la manche du pardessus, attrapa la manche du frac et d'une violente secousse la tira dehors et la lança en l'air. Au vu de cette fusée inattendue, d'un nouveau genre, tout le monde éclata de rire sans le vouloir, tandis que le professeur, après un grand soupir de soulagement, poursuivait :

— Et malgré cette manche qui n'a cessé de me tourmenter !

— Vous plaisantez ! dit Migri qui avait repris son sérieux.

— Pas du tout : elle s'était décousue.

— Vous plaisantez ! Ce sont des actes de violence.

— Quelle che consiglia il caso.

— O l'interesse ! Le dico che non è possibile, in queste condizioni...

Sopravvenne per fortuna lo sposo.

— No ! No ! Andrea, no ! — gli gridarono subito parecchie voci, di qua, di là.

Ma il Gori le sopraffece, avanzandosi verso il Migri.

— Decida lei ! Mi lascino dire ! Si tratta di questo : ho indotto di là la signorina Reis a farsi forza ; a vincersi, considerando la gravità della situazione, in cui, caro signore, lei l'ha messa e la lascerebbe. Piacendo a lei, signor Migri, si potrebbe, senz'alcuno apparato, zitti zitti, in una vettura chiusa, correre al Municipio, celebrare subito il matrimonio... Lei non vorrà, spero, negarsi. Ma dica, dica lei...

Andrea Migri, così soprappreso, guardò prima il Gori, poi gli altri, e infine rispose esitante :

— Ma... per me, se Cesara vuole...

— Vuole ! vuole — gridò il Gori, dominando col suo vocione le disapprovazioni degli altri. — Ecco finalmente una parola che parte dal cuore ! Lei, dunque, venga, corra al Municipio, gentilissimo signore !

Prese per un braccio quell'invitato, a cui s'era rivolto la prima volta ; lo accompagnò fino alla porta. Nella saletta d'ingresso vide una gran quantità di magnifiche ceste di fiori, arrivate in dono per il matrimonio, e si

— Ceux que ce cas suggère.

— Ou l'intérêt ! Je vous dis qu'il est impossible que dans de telles conditions...

Par bonheur, le futur marié survint.

— Non, non, Andrea, non ! s'empressèrent de crier quelques voix ici et là.

Mais Gori les fit taire et, s'approchant de Migri :

— A vous de décider. Laissez-moi parler ! Voici de quoi il s'agit : j'ai engagé Mlle Reis à reprendre courage, à se dominer, étant donné la gravité de la situation dans laquelle, cher monsieur, vous l'avez mise et la laisseriez. Si vous le voulez bien, monsieur Migri, on pourrait sans aucun cérémonial, sans tambour ni trompette[1], dans une voiture fermée, courir à la mairie et vite y célébrer le mariage... Vous n'allez pas vous y opposer, j'espère. Allons dites, à vous de dire...

Ainsi pris de court, Andrea Migri regarda d'abord Gori puis les autres et enfin répondit, hésitant :

— Mais quant à moi... Si Cesara est d'accord...

— Elle l'est, elle l'est... cria Gori, écrasant de sa grosse voix les protestations des autres. Enfin un mot qui part du cœur ! Vous, très cher monsieur, venez donc, courez à la mairie...

Il prit par le bras l'invité à qui il s'était déjà adressé une première fois, l'accompagna jusqu'à la porte. Voyant dans le vestibule une quantité de magnifiques corbeilles de fleurs offertes pour le mariage, il se précipita à la porte du salon pour

1. *Zitti zitti* : de *zitto* : tout à fait en silence.

fece all'uscio del salotto per chiamare lo sposo e libe-
rarlo dai parenti inviperiti, che già l'attorniavano.

— Signor Migri, signor Migri, una preghiera!
Guardi...

Quegli accorse.

— Interpretiamo il sentimento di quella poverina.
Tutti questi fiori, alla morta... Mi ajuti!

Prese due ceste, e rientrò così nel salotto; reggen-
dole trionfalmente, diretto alla camera mortuaria. Lo
sposo lo seguiva, compunto, con altre due ceste. Fu
una subitanea conversione della festa. Più d'uno
accorse alla saletta, a prendere altre ceste, e a recarle in
processione.

— I fiori alla morta; benissimo; i fiori alla morta!

Poco dopo, Cesara entrò nel salotto, pallidissima, col
modesto abito nero della scuola, i capelli appena rav-
viati, tremante dello sforzo che faceva su se stessa per
contenersi. Subito lo sposo le corse incontro, la rac-
colse tra le braccia, pietosamente. Tutti tacevano. Il
professor Gori, con gli occhi lucenti di lagrime, pregò
tre di quei signori che seguissero con lui gli sposi, per
far da testimoni e s'avviarono in silenzio.

La madre, il fratello, le zitellone, gl'invitati rimasti
nel salotto, ripresero subito a dar sfogo alla loro indignazione frenata per un momento, all'apparire di
Cesara. Fortuna, che la povera vecchia mamma, di là,

appeler le futur marié et le soustraire à la fureur des
parents qui l'assaillaient déjà.

— Monsieur Migri ! monsieur Migri, je vous en
prie, regardez.

L'autre accourut.

— Faisons-nous les interprètes des sentiments de
cette pauvre enfant. Toutes ces fleurs pour la morte.
Aidez-moi !

Il prit deux corbeilles et rentra ainsi chargé dans
le salon, les portant en triomphe directement dans
la chambre mortuaire. Le futur marié suivait, tout
contrit, avec deux autres corbeilles. Il y eut comme
une subite mutation de la fête. Plusieurs accouru-
rent au vestibule pour y prendre d'autres corbeilles
et les porter en procession.

— Les fleurs pour la morte, très bien, les fleurs
pour la morte !

Peu après Cesara entra au salon, très pâle dans sa
modeste robe noire d'école, les cheveux à peine
remis en ordre, tremblante de l'effort qu'elle faisait
sur elle-même pour se contenir. Le futur marié
s'élança à sa rencontre et, plein de pitié, la prit dans
ses bras. Tout le monde se taisait. Les yeux brillants
de larmes, le professeur Gori pria trois messieurs de
se joindre à lui pour accompagner les époux et
servir de témoins, et le groupe s'en alla en silence.

La mère, le frère, les vieilles filles, les invités
restés au salon, se remirent aussitôt à donner libre
cours à leur indignation un moment freinée à
l'apparition de Cesara. Encore une chance que la
pauvre vieille maman là à côté au milieu de ses

in mezzo ai fiori, non poteva più ascoltare questa brava
gente che si diceva proprio indignata per tanta irrive-
renza verso la morte di lei.

Ma il professor Gori, durante il tragitto, pensando a
ciò che, in quel momento, certo si diceva di lui in quel
salotto, rimase come intronato, e giunse al Municipio,
che pareva ubriaco : tanto che, non pensando più alla
manica della marsina che s'era strappata, si tolse come
gli altri il soprabito.

— Professore !

— Ah già ! Perbacco ! — esclamò, e se lo ricacciò di
furia.

Finanche Cesara ne sorrise. Ma il Gori, che s'era in
certo qual modo confortato, dicendo a se stesso che, in
fin dei conti, non sarebbe più tornato lì tra quella
gente, non poté riderne : doveva tornarci per forza,
ora, per quella manica da restituire insieme con la marsina al negoziante da cui l'aveva presa a nolo. La
firma ? Che firma ? Ah già ! sì, doveva apporre la firma
come testimonio. Dove ?

Sbrigata in fretta l'altra funzione in chiesa, gli sposi e
i quattro testimonii rientrarono in casa.

Furono accolti con lo stesso silenzio glaciale.

Il Gori, cercando di farsi quanto più piccolo gli fosse
possibile, girò lo sguardo per il salotto e, rivolgendosi a
uno degli invitati, col dito su la bocca, pregò :

fleurs, ne pût plus entendre ces braves gens qui se disaient justement indignés de tant d'irrévérence à l'égard de sa mort à elle.

Mais songeant, durant le trajet, à ce qu'au salon on disait sûrement de lui en ce moment, le professeur Gori resta comme étourdi et, arrivé à la mairie, on l'eût dit en état d'ivresse : au point que ne pensant plus à la manche du frac arrachée, il ôta son pardessus comme les autres.

— Professeur !

— Ah oui, sapristi ! s'exclama-t-il et il le remit en hâte.

Jusqu'à Cesara qui en sourit. Mais Gori qui jusque-là s'était d'une certaine manière réconforté en se disant qu'en fin de compte il n'aurait pas à retourner parmi ces gens, fut incapable d'en rire : y retourner, il y était forcé à présent à cause de cette manche à restituer avec le frac au marchand qui le lui avait loué. La signature ? Quelle signature ? Ah oui, comme témoin, il fallait apposer sa signature. Où donc ?

L'autre cérémonie expédiée en vitesse à l'église, les époux et les quatre témoins revinrent à la maison.

Le même silence glacial les accueillit.

Gori, cherchant à se faire le plus petit possible, fureta du regard dans le salon et avisant un des invités lui demanda, un doigt sur la bouche :

— Chut, chut[1]... Pourriez-vous me dire de grâce

---

1. *Piano piano* : tout doucement.

— Piano piano... Mi saprebbe dire di grazia dove sia andata a finire quella tal manica della mia marsina, che buttai all'aria poc'anzi ?

E ravvolgendosela, poco dopo, entro un giornale e andandosene via quatto quatto, si mise a considerare che, dopo tutto, egli doveva soltanto alla manica di quella marsina stretta la bella vittoria riportata quel giorno sul destino, perché, se quella marsina, con la manica scucita sotto l'ascella, non gli avesse suscitato tanta irritazione, egli, nella consueta ampiezza dei suoi comodi e logori abiti giornalieri, di fronte alla sciagura di quella morte improvvisa, si sarebbe abbandonato senz'altro, come un imbecille, alla commozione, a un inerte compianto della sorte infelice di quella povera fanciulla. Fuori della grazia di Dio per quella marsina stretta, aveva invece trovato, nell'irritazione, l'animo e la forza di ribellarvisi e di trionfarne.

où a bien pu finir cette manche de mon frac que j'ai jetée en l'air tout à l'heure ?

L'emballant un peu plus tard dans un journal et s'en allant en catimini[1], il se mit à considérer qu'après tout ce n'était qu'à cette manche du frac étroit qu'il devait la belle victoire remportée ce jour-là sur le destin, car si ce frac avec sa manche décousue sous l'aisselle ne l'avait pas jeté dans un tel état d'irritation, certainement que dans l'habituelle ampleur de ses confortables et vieux habits de tous les jours, en présence de cette affreuse mort inattendue, il se serait laissé aller comme un imbécile à l'émotion, à une compassion résignée touchant le sort malheureux de cette pauvre fille. Hors de la grâce de Dieu à cause de ce frac étroit, il avait puisé au contraire dans son irritation le courage et la force de se rebeller et de triompher.

1. *Quatto quatto* : tout tranquillement, sans se faire remarquer.

Tu ris
Tu ridi

Scosso dalla moglie, con una strappata rabbiosa al braccio, springò dal sonno anche quella notte, il povero signor Anselmo.

— Tu ridi !

Stordito, e col naso ancora ingombro di sonno, e un po' fischiante per l'ansito del soprassalto, inghiottì ; si grattò il petto irsuto ; poi disse aggrondato :

— Anche... perdio... anche questa notte ?

— Ogni notte ! ogni notte ! — muggì la moglie, livida di dispetto.

Il signor Anselmo si sollevò su un gomito, e seguitando con l'altra mano a grattarsi il petto, domandò con stizza :

— Ma proprio sicura ne sei ? Farò qualche versaccio con le labbra, per smania di stomaco ; e ti pare che rida.

— No, ridi, ridi, ridi, — riaffermò quella tre volte.
— Vuoi sentir come ? così.

Secoué par sa femme d'une rageuse traction du bras, cette nuit-là encore le pauvre M. Anselmo fut arraché à son sommeil.

— Tu ris !

Hébété, le nez encombré de sommeil et le souffle légèrement sifflant d'avoir été réveillé en sursaut, il déglutit, gratta sa poitrine hirsute et dit, la mine sombre :

— Encore... Bon Dieu... Encore cette nuit ?

— Toutes les nuits ! Toutes les nuits ! mugit sa femme, livide de dépit.

M. Anselmo se souleva sur un coude et, continuant de l'autre main à se gratter la poitrine demanda avec agacement :

— Mais tu en es vraiment sûre ? Je dois faire un vilain bruit avec les lèvres qui me vient d'un mal d'estomac et il te semble que je ris.

— Non, tu ris, tu ris, tu ris, réaffirma-t-elle trois fois. Veux-tu entendre comment ? Comme ça.

E imitò la risata larga, gorgogliante, che il marito faceva nel sonno ogni notte.

Stupito, mortificato e quasi incredulo, il signor Anselmo torno a domandare :

— Così ?

— Così ! Così !

E la moglie, dopo lo sforzo di quella risata, riabbandonò, esausta, il capo sui guanciali e le braccia su le coperte, gemendo :

— Ah Dio, la mia testa...

Nella camera finiva di spegnersi, singhiozzando, un lumino da notte davanti a un'immagine della Madonna di Loreto, sul cassettone. A ogni singhiozzo del lumino, pareva sobbalzassero tutti i mobili.

Irritazione e mortificazione, ira e cruccio sobbalzavano allo stesso modo nell'animo stramazzato del signor Anselmo, per quelle sue incredibili risate d'ogni notte, nel sonno, le quali facevano sospettare alla moglie che egli, dormendo, guazzasse chi sa in quali beatitudini, mentr'ella, ecco, gli giaceva accanto, insonne, arrabbiata dal perpetuo mal di capo e con l'asma nervosa, la palpitazione di cuore, e insomma tutti i malanni possibili e immaginabili in una donna sentimentale presso alla cinquantina.

— Vuoi che accenda la candela ?

— Accendi, sì, accendi ! E dammi subito le gocce : venti, in un dito d'acqua.

Il signor Anselmo accese la candela e scese quanto più presto poté dal letto. Così in camicia e scalzo, pas-

Et elle imita le large rire gargouillant qu'émettait son mari toutes les nuits dans son sommeil.

Stupéfait, mortifié et quasi incrédule, M. Anselmo demanda une seconde fois :

— Comme ça ?

— Oui, comme ça !

Et l'épouse après l'effort de cet accès de rire laissa retomber, épuisée, la tête sur les oreillers et les bras sur les couvertures en gémissant :

— Ah mon Dieu, ma tête...

Dans la chambre une veilleuse achevait de s'éteindre comme secouée de sanglots devant une image de Notre-Dame de Lorette sur la commode. À chaque sanglot de la flamme on eût dit que tous les meubles sursautaient.

Irritation et mortification, colère et angoisse se livraient à d'identiques sursauts dans l'âme atterrée de M. Anselmo pour ses incroyables éclats de rire de chaque nuit dans son sommeil, rires qui faisaient soupçonner à sa femme qu'en dormant il nageait dans qui sait quelles jouissances, alors qu'elle gisait à son flanc insomniaque, rendue folle par un perpétuel mal de tête à quoi s'ajoutaient l'asthme nerveux, les palpitations, bref tous les malaises possibles et imaginables chez une femme sentimentale aux environs de la cinquantaine.

— Veux-tu que j'allume la bougie ?

— Allume, oui, allume ! Et donne-moi vite mes gouttes : vingt dans un doigt d'eau.

M. Anselmo alluma la bougie et sauta du lit le plus vite possible. Passant devant l'armoire en che-

sando davanti all'armadio per prendere dal cassettone
la boccetta dell'acqua antisterica e il contagocce, si vide
nello specchio, e istintivamente levò la mano a rasset-
tarsi sul capo la lunga ciocca di capelli, con cui s'illu-
deva di nascondere in qualche modo la calvizie. La
moglie dal letto se n'accorse.

— S'aggiusta i capelli! — sghignò. — Ha il
coraggio d'aggiustarsi i capelli, anche di notte tempo,
in camicia, mentr'io sto morendo!

Il signor Anselmo si voltò, come se una vipera lo
avesse morso a tradimento; appuntò l'indice d'una
mano contro la moglie e le gridò:

— Tu stai morendo?

— Vorrei, — si lamentò quella allora, — che il
Signore ti facesse provare, non dico molto, un poco di
quello che sto soffrendo in questo momento!

— Eh, cara mia, no, — brontolò il signor Anselmo.
— Se davvero ti sentissi male, non baderesti a rinfac-
ciarmi un gesto involontario. Ho alzato appena la
mano, ho alzato... Mannaggia! Quante ne avrò fatte
cadere?

E buttò per terra con uno scatto d'ira l'acqua del bic-
chiere, in cui, invece di venti, chi sa quante gocce di
quella mistura antisterica erano cadute. E gli toccò
andare in cucina, così scalzo e in camicia, a prendere
altra acqua.

« Io rido... ! Signori miei, io rido... » diceva tra sé,

mise et pieds nus pour aller chercher dans la
commode le flacon d'eau antihystérique et le
compte-gouttes, il se vit dans le miroir et leva instinctivement la main afin de remettre en place sur
sa tête la longue mèche de cheveux avec laquelle il
se donnait l'illusion de pouvoir cacher jusqu'à un
certain point sa calvitie. Du fond du lit sa femme
s'en aperçut :

— Il s'arrange les cheveux, ricana-t-elle. Il a le
courage de s'arranger les cheveux en chemise,
même en pleine nuit, alors que je suis en train de
mourir.

M. Anselmo se retourna, comme traîtreusement
mordu par une vipère. Il pointa un index vers sa
femme et lui cria :

— Tu es en train de mourir ?

— J'aimerais que le Seigneur, se lamenta-t-elle
alors, te fasse éprouver je ne dis pas beaucoup mais
ne serait-ce qu'un peu de ce que je souffre en ce
moment.

— Eh ma chère, non, grommela M. Anselmo. Si
vraiment tu te sentais mal, tu ne prendrais pas la
peine de me reprocher un geste involontaire. J'ai à
peine levé la main, j'ai levé... Malédiction ! Combien
en ai-je fait tomber ?

Dans un accès de colère, il jeta par terre l'eau du
verre où au lieu de vingt, qui sait combien de
gouttes de cette mixture antihystérique étaient tombées. Et ainsi pieds nus et en chemise, il lui fallut
aller reprendre de l'eau à la cuisine.

— Je ris, messieurs, je ris... se disait-il en parcou-

attraversando in punta di piedi, con la candela in mano, il lungo corridojo.

Un vocino d'ombra venne fuori da un uscio aperto su quel corridojo.

— Nonnino..

Era la voce d'una delle cinque nipotine, la voce di Susanna, la maggiore e la più cara al signor Anselmo, che la chiamava *Susì*.

Aveva accolto in casa da due anni quelle cinque nipotine, insieme con la nuora, alla morte dell'unico figliuolo. La nuora, trista donnaccia, che a diciotto anni gli aveva accalappiato quel suo povero figliuolo, per fortuna se n'era scappata di casa da alcuni mesi con un certo signore, amico intimo del defunto marito ; e così le cinque orfanelle (di cui la maggiore, Susì, aveva appena otto anni) erano rimaste sulle braccia del signor Anselmo, proprio sulle braccia di lui, poiché su quelle della nonna, afflitta da tutti quei malanni, è chiaro che non potevano restare. La nonna non aveva forza neanche di badare a se stessa.

Ma badava, sì, se il signor Anselmo involontariamente alzava una mano a raffilarsi sul cranio i venticinque capelli che gli erano rimasti. Perché, oltre tutti quei malanni, aveva il coraggio, la nonna, d'essere ancora ferocemente gelosa di lui, come se nella tenera età di cinquantasei anni, con la barba bianca, il cranio pelato, in mezzo a tutte le delizie che la sorte amica gli aveva prodigate ; e quelle cinque nipotine sulle braccia, alle quali col magro stipendio non sapeva

rant le long couloir sur la pointe des pieds, la bougie à la main.

Une petite voix, telle une ombre, sortit d'une porte ouverte sur ce couloir.

— Pépé...

C'était la voix d'une de ses cinq petites-filles, celle de Susanna, l'aînée et la préférée de M. Anselmo qui l'appelait *Susi*.

Deux ans auparavant, il avait recueilli sous son toit ces cinq petites-filles en même temps que sa bru à la mort de son unique fils. Cette belle-fille, une triste donzelle, qui à l'âge de dix-huit ans lui avait pris au piège ce pauvre fils, s'était par bonheur enfuie il y avait quelques mois avec un certain monsieur, ami intime du défunt mari, et c'est ainsi que les cinq orphelines (dont l'aînée, Susi, avait à peine huit ans) étaient restées sur les bras de M. Anselmo, je dis bien sur ses bras à lui, car sur ceux de la grand-mère affligée de tous ces malaises, il est clair qu'elles ne pouvaient rester. La grand-mère n'avait même pas la force de s'occuper d'elle-même.

Mais si involontairement M. Anselmo levait une main pour égaliser sur son crâne les vingt-cinq cheveux qui lui restaient, ça oui, elle s'en occupait. Car en plus de tous ses malaises, cette grand-mère avait le courage d'être encore férocement jalouse de lui comme si à l'âge tendre de cinquante-six ans, avec une barbe blanche, un crâne dégarni, au milieu de tous les délices qu'un destin amical lui avait prodigués — ces cinq petites-filles sur les bras qu'avec son maigre gagne-pain il ne savait comment entretenir

come provvedere ; col cuore che gli sanguinava ancora
per la morte di quel suo disgraziato figliuolo ; egli
potesse difatti attendere a fare all'amore con le belle
donnine !

Non rideva forse per questo ? Ma sì ! Ma sì ! Chi sa
quante donne se lo sbaciucchiavano in sogno, ogni
notte !

La furia con cui la moglie lo scrollava, la rabbia
livida con cui gli gridava : « *Tu ridi !* » non avevano
certo altra ragione, che la gelosia.

La quale... niente, via, che cos'era ? una piccola,
ridicola scheggina di pietra infernale, data da quella
sua sorte amica in mano alla moglie, perché si spas-
sasse a inciprignirgli le piaghe, tutte quelle piaghe, di
cui graziosamente aveva voluto cospargergli l'esistenza.

Il signor Anselmo posò a terra presso l'uscio la candela, per non svegliare col lume le altre nipotine, ed
entrò nella cameretta, al richiamo di Susì.

Per maggior consolazione del nonno, che le voleva
tanto bene, Susì cresceva male ; una spalluccia più alta
dell'altra e di traverso, e di giorno in giorno il collo le
diventava sempre più come uno stelo troppo gracile
per sorregger la testina troppo grossa. Ah, quella testina di Susì...

Il signor Anselmo si chinò sul letto, per farsi cingere
il collo dal magro braccino della nipote ; le disse :

— Sai, Susì ? Ho riso !

et ce cœur que la mort de son fils infortuné faisait encore saigner — il pouvait vraiment s'adonner à l'amour avec de jolies petites femmes !

N'était-ce pas peut-être pour cela qu'il riait ? Mais oui, mais oui ! Qui sait par combien de femmes il se faisait bécoter en rêve, toutes les nuits ?

La fureur avec laquelle sa femme le secouait, la rage livide avec laquelle elle lui criait : *Tu ris* ! n'avait sûrement pas d'autre raison que la jalousie.

Laquelle... rien, suffit, c'était quoi ? Un petit éclat ridicule de pierre infernale[1], que son amical destin avait mis dans la main de sa femme pour qu'elle s'amuse à lui irriter les plaies, toutes les plaies dont ce destin avait voulu si gracieusement parsemer son existence.

M. Anselmo posa la bougie par terre près de la porte pour que la lumière ne réveille pas les autres petites et entra dans la chambre à l'appel de Susi.

En supplément de consolation, cette Susi qu'il aimait tant grandissait mal : une frêle épaule plus haute que l'autre et de travers, et de jour en jour le cou devenait de plus en plus semblable à une tige trop grêle pour soutenir la tête trop grosse. Ah cette tête de Susi...

M. Anselmo se pencha au-dessus du lit pour que la petite lui passe son bras maigre autour du cou. Il lui dit :

— Tu sais, Susi, j'ai ri !

1. *Pietra infernale*. Médecine ancienne : azotate d'argent employé pour cautériser. Or ici l'effet est inverse.

Susì lo guardò in faccia con penosa meraviglia.

— Anche stanotte ?

— Sì, anche stanotte. Una risatoooòna... Basta, lasciami andare, cara, a prender l'acqua per la nonna... Dormi, dormi, e procura di ridere anche tu, sai ? Buona notte.

Baciò la nipotina sui capelli, le rincalzò ben bene le coperte, e andò in cucina a prender l'acqua.

Ajutato con tanto impegno dalla sorte, il signor Anselmo era riuscito (sempre per sua maggior consolazione) a sollevar lo spirito a considerazioni filosofiche, le quali, pur senza intaccargli affatto la fede nei sentimenti onesti profondamente radicati nel suo cuore, gli avevano tolto il conforto di sperare in quel Dio, che premia e compensa di là. E non potendo in Dio, non poteva per conseguenza neanche più credere, come gli sarebbe piaciuto, in qualche diavolaccio buffone che gli si fosse appiattato in corpo e si divertisse a ridere ogni notte, per far nascere i più tristi sospetti nell'animo della moglie gelosa.

Era sicuro, sicurissimo il signor Anselmo di non aver mai fatto alcun sogno, che potesse provocare quelle risate. Non sognava affatto ! Non sognava mai ! Cadeva ogni sera, all'ora solita, in un sonno di piombo, nero, duro e profondissimo, da cui gli costava tanto stento e tanta pena destarsi ! Le palpebre gli pesavano su gli occhi come due pietre di sepoltura.

Susi le dévisagea avec une surprise attristée.

— Encore cette nuit ?

— Oui, encore cette nuit. Un rire terriiible...
Bon, laisse-moi m'en aller, chérie, je vais chercher
de l'eau pour ta grand-mère... Dors, dors et, sais-tu ?
essaye de rire toi aussi. Bonne nuit.

Il déposa un baiser dans ses cheveux, la borda
avec soin et alla chercher de l'eau à la cuisine.

Aidé avec tant d'ardeur par le destin, M. Anselmo
(toujours en supplément de consolation) était parvenu à élever son esprit au niveau de considérations
philosophiques qui, sans entamer vraiment sa foi en
la valeur des sentiments honnêtes profondément
enracinés en son cœur, lui avaient ôté le réconfort
d'espérer en ce Dieu qui récompense et dédom-
mage dans l'Au-delà. Et ne pouvant croire en Dieu,
il ne pouvait par conséquent plus croire non plus,
comme cela lui aurait plu, en un quelconque dia-
blotin bouffon qui se serait blotti dans son corps
et amusé à rire chaque nuit pour faire naître les
plus tristes soupçons dans l'esprit de l'épouse
jalouse.

Il était sûr, M. Anselmo, on ne peut plus sûr de
n'avoir jamais fait aucun rêve qui pût provoquer ces
rires. En fait, il ne rêvait pas ! Il ne rêvait jamais !
Chaque soir à l'heure habituelle, il tombait dans un
sommeil de plomb, noir, dur et des plus profonds
dont il ne se tirait qu'au prix de mille peines et mille
efforts. Les paupières lui pesaient sur les yeux
comme deux pierres tombales.

E dunque, escluso il diavolo, esclusi i sogni, non restava altra spiegazione di quelle risate che qualche malattia di nuova specie ; forse una convulsione viscerale, che si manifestava in quel sonoro sussulto di risa.

Il giorno appresso, volle consultare il giovane medico specialista di malattie nervose, che un giorno sì e un giorno no veniva a visitar la moglie.

Oltre la dottrina, questo giovane medico specialista si faceva pagare dai clienti i capelli biondi, che per il troppo studio gli erano caduti precocemente e la vista che, per la stessa ragione, gli si era anche precocemente indebolita.

E aveva, oltre la sua scienza speciale delle malattie nervose, un'altra specialità, che offriva gratis però ai signori clienti : gli occhi, dietro gli occhiali, di colore diverso : uno giallo e uno verde. Chiudeva il giallo, ammiccava col verde, e spiegava tutto. Ah spiegava tutto lui, con una chiarezza maravigliosa, per dare ai signori clienti, anche nel caso che dovessero morire, intera soddisfazione.

— Dica dottore, può stare che uno rida nel sonno, senza sognare ? Forte, sa ? Certe risatooòne...

Il giovane medico prese a esporre al signor Anselmo le teorie più recenti e accontate sul sonno e sui sogni ; per circa mezz'ora parlò, infarcendo il discorso di tutta quella terminologia greca che fa così rispettabile la professione del medico, e alla fine concluse che —

Donc une fois le diable exclu, les rêves exclus, il ne restait pas d'autre explication à ces rires qu'une maladie d'un nouveau genre : peut-être une convulsion des viscères qui se manifestait par ce sonore sursaut de rire.

Le lendemain il voulut consulter le jeune médecin spécialiste des maladies nerveuses qui un jour oui et un jour non venait voir sa femme.

En plus de son savoir, ce jeune médecin spécialiste faisait payer à ses clients ses cheveux blancs que l'excès d'études avait fait tomber précocement et sa vue qui, pour la même raison, s'était tout aussi précocement affaiblie.

En dehors de ses connaissances spéciales en matière de maladies nerveuses, il avait une autre spécialité qu'il offrait, celle-ci gratis, à messieurs ses clients : des yeux de couleur différente derrière ses lunettes, l'un jaune et l'autre vert. Il fermait le jaune, clignait du vert et expliquait tout. Ah lui, vraiment, il expliquait tout avec une merveilleuse clarté afin de donner à messieurs les clients, même destinés à mourir, entière satisfaction.

— Dites-moi docteur, peut-il se faire que quelqu'un rie en dormant sans rêver ? Fort, vous savez ? Des rires terriiibles...

Le jeune médecin entreprit d'exposer à M. Anselmo les théories les plus récentes et les plus satisfaisantes sur le sommeil et les rêves ; il parla environ une demi-heure, farcissant son discours de toute cette terminologie grecque qui rend si respectable la profession de médecin, et conclut

no — non poteva stare. Senza sognare, non si poteva
ridere a quel modo nel sonno.

— Ma io le giuro, signor dottore, che proprio non
sogno, non sogno, non ho mai sognato! — esclamò
stizzito il signor Anselmo, notando il riso sardonico
con cui la moglie aveva accolto la conclusione del giovane medico.

— Eh no, creda! Così le pare, — soggiunse questi,
tornando a chiudere l'occhio giallo e ad ammiccare col
verde. — Così le pare... Ma lei sogna. È positivo. Soltanto, non serba il ricordo de' sogni, perché ha il sonno
profondo. Normalmente, gliel'ho spiegato, noi ci ricor-
diamo soltanto dei sogni che facciamo, quando i veli,
dirò così, del sonno si siano alquanto diradati.

— Dunque rido dei sogni che faccio?

— Senza dubbio. Sogna cose liete e ride.

— Che birbonata! — scappò detto allora al signor
Anselmo. — Dico esser lieto, almeno in sogno, signor
dottore, e non poterlo sapere! Perché io le giuro che
non ne so nulla! Mia moglie mi scrolla, mi grida:
« *Tu ridi!* » e io resto balordo a guardarla in bocca,
perché non so proprio né d'aver riso, né di che ho
riso.

pour finir que non, cela ne pouvait se produire. Sans rêver on ne pouvait pas rire de cette manière en dormant.

— Mais moi je vous jure, monsieur le docteur, que je ne rêve vraiment pas, je ne rêve pas, je n'ai jamais rêvé ! s'exclama M. Anselmo agacé, notant le rire sardonique dont sa femme avait accueilli la conclusion du jeune médecin.

— Eh non, croyez-moi ! Cela vous semble ainsi, ajouta ce dernier, recommençant à fermer l'œil jaune et à cligner de l'œil vert. Cela vous semble ainsi... Mais vous rêvez ! C'est positif. Seulement vous ne conservez pas le souvenir de vos rêves parce que vous avez le sommeil profond. Normalement, je vous l'ai expliqué, nous ne nous souvenons que des rêves que nous faisons quand les voiles du sommeil, disons ainsi, se sont quelque peu dissipés.

— Donc je ris des rêves que je fais ?

— Sans aucun doute. Vous rêvez de choses heureuses et vous riez.

— Quelle friponnerie ! laissa échapper alors M. Anselmo. Se dire heureux, du moins en rêve, monsieur le docteur, et ne pas pouvoir le savoir ! Car je jure que je n'en sais rien. Ma femme me secoue, me crie : *Tu ris* ! et moi je demeure stupide à ouvrir des yeux ronds[1] parce que je ne sais vraiment ni que j'ai ri ni de quoi j'ai ri.

---

1. *Guardare in bocca*, littéralement : regarder dans la bouche au point d'y tomber d'étonnement.

Ma ecco qua, ecco qua : c'era, alla fine ! Sì, sì. Doveva esser così. Provvidenzialmente la natura, di nascosto, nel sonno lo ajutava. Appena egli chiudeva gli occhi allo spettacolo delle sue miserie, la natura, ecco, gli spogliava lo spirito di tutte le gramaglie, e via se lo conduceva, leggero leggero, come una piuma, pei freschi viali dei sogni più giocondi. Gli negava, è vero, crudelmente, il ricordo di chi sa quali delizie esilaranti ; ma certo, a ogni modo, lo compensava, gli ristorava inconsapevolmente l'animo, perché il giorno dopo fosse in grado di sopportare gli affanni e le avversità della sorte.

E ora, ritornato dall'ufficio, il signor Anselmo si toglieva su le ginocchia Susì, che sapeva imitar così bene la risatona ch'egli faceva ogni notte, per averla sentita ripetere tante volte dalla nonna ; le accarezzava l'appassito visetto di vecchina, e le domandava :

— Sus, come rido ? Su, cara, fammela sentire, la mia bella risata.

E Susì, buttando indietro la testa e scoprendo il gracile colluccio di rachitica, prorompeva nell'allegra risatona, larga, piena, cordiale.

Il signor Anselmo, beato, la ascoltava, la assaporava, pur con le lacrime in pelle per la vista di quel colluccio della bimba ; e, tentennando il capo e guardando fuori della finestra, sospirava :

— Chi sa come sono felice, Susì ! Chi sa come sono felice, in sogno, quando rido così.

Mais voilà, voilà, finalement c'était ça ! Oui, oui, ça devait être ainsi. Providentiellement la nature pendant son sommeil l'aidait en secret. Dès qu'il avait fermé les yeux sur le spectacle de ses misères, voilà que la nature lui débarrassait l'esprit de tous ses voiles de deuil et l'entraînait tout léger comme une plume le long des fraîches allées de rêves plus agréables. Il est vrai que cruellement elle lui refusait le souvenir de Dieu sait quelles hilarantes ivresses ; mais certainement que de toute façon elle le dédommageait, lui réconfortait l'âme à son insu pour qu'il fût capable le lendemain de supporter les peines et les adversités du destin.

Et maintenant, revenu de son bureau, M. Anselmo prenait Susi sur ses genoux, qui savait si bien imiter son gros rire de chaque nuit pour l'avoir si souvent entendu répéter par la grand-mère. Il caressait son visage flétri de petite vieille et lui demandait :

— Susi, comment est-ce que je ris ? Allons, ma chérie, fais-le moi entendre ce si joli rire.

Et rejetant la tête en arrière, découvrant son cou grêle de rachitique, Susi éclatait d'un joyeux gros rire, large, plein, cordial.

Béat, M. Anselmo l'écoutait, se délectait, bien que la vue de ce cou maigre de fillette lui mît les larmes aux yeux ; et branlant du chef, regardant par la fenêtre, il soupirait :

— Qui sait combien je suis heureux, Susi ! Qui sait combien je suis heureux en rêve, quand je ris ainsi.

Purtroppo, però, anche questa illusione doveva perdere il signor Anselmo.

Gli avvenne una volta, per combinazione, di ricordarsi d'uno dei sogni, che lo facevano tanto ridere ogni notte.

Ecco : vedeva un'ampia scalinata, per la quale saliva con molto stento, appoggiato al bastone, un certo Torella, suo vecchio compagno d'ufficio, dalle gambe a roncolo. Dietro al Torella, saliva svelto il suo capo-ufficio, cavalier Ridotti, il quale si divertiva crudelmente a dar col bastone sul bastone di Torella che, per via di quelle sue gambe a roncolo, aveva bisogno, salendo, d'appoggiarsi solidamente al bastone. Alla fine, quel pover'uomo di Torella, non potendone più, si chinava, s'afferrava con ambo le mani a un gradino della scalinata e si metteva a sparar calci, come un mulo, contro il cavalier Ridotti. Questi sghignazzava e, scansando abilmente quei calci, cercava di cacciare la punta del suo crudele bastone nel deretano esposto del povero Torella, là, proprio nel mezzo, e alla fine ci riusciva.

A tal vista, il signor Anselmo, svegliandosi, col riso rassegato d'improvviso su le labbra, sentì cascarsi l'anima e il fiato. Oh Dio, per questo dunque rideva ? per siffatte scempiaggini ?

Contrasse la bocca, in una smorfia di profondo disgusto, e rimase a guardare innanzi a sé.

Per questo rideva ! Questa era tutta la felicità, che aveva creduto di godere nei sogni ! Oh ! Dio... Oh Dio...

Mais hélas, même cette dernière illusion, M. Anselmo était destiné à la perdre.

Par hasard il lui arriva une fois de se souvenir d'un des rêves qui le faisaient tant rire chaque nuit.

Donc il voyait un large escalier où montait à grand-peine, appuyé sur sa canne, un certain Torella, son vieux camarade de bureau aux jambes en tonneau. Derrière Torella montait lestement son chef de bureau, le chevalier Ridotti, qui trouvait un cruel plaisir à taper de sa canne sur la canne de Torella qui, à cause de ses jambes en tonneau, avait besoin pour s'élever de s'appuyer solidement sur sa canne. À la fin n'en pouvant plus, ce pauvre diable de Torella se penchait, s'agrippait des deux mains à une marche de l'escalier et se mettait à lancer des ruades comme une mule contre le chevalier Ridotti. Celui-ci ricanait et, évitant habilement les coups de pied, essayait d'enfoncer la pointe de sa cruelle canne dans le derrière bien exposé du pauvre Torella, là, juste au milieu et finalement il y parvenait.

À ce spectacle M. Anselmo, se réveillant le rire tout à coup figé sur les lèvres, sentit l'âme et le souffle lui manquer. Ah mon Dieu, c'était donc pour cela qu'il riait ? Pour de pareilles niaiseries ?

Il contracta la bouche en une grimace de profond dégoût et resta à regarder devant lui.

C'était pour cela qu'il riait ! C'était là tout le bonheur dont il avait cru jouir en rêve. Ah mon Dieu... mon Dieu...

Se non che, lo spirito filosofico, che già da parecchi anni gli discorreva dentro, anche questa volta gli venne in soccorso, e gli dimostrò che, via, era ben naturale che ridesse di stupidaggini. Di che voleva ridere? Nelle sue condizioni, bisognava pure che diventasse stupido, per ridere.

Come avrebbe potuto ridere altrimenti?

Cependant l'esprit philosophique qui, déjà depuis plusieurs années ne tarissait pas de discours en lui, vint à son aide cette fois encore et lui démontra qu'après tout, rire pour des stupidités était de sa part fort naturel. De quoi voulait-il rire ? Pour rire dans sa situation, il fallait devenir idiot.

Comment aurait-il pu rire d'autre façon ?

Mal de lune
Male di luna

Batà sedeva tutto aggruppato su un fascio di paglia, in mezzo all'aja.

Sidora, sua moglie, di tratto in tratto si voltava a guardarlo, in pensiero, dalla soglia su cui stava a sedere, col capo appoggiato allo stipite della porta, e gli occhi socchiusi. Poi, oppressa dalla gran calura, tornava ad allungare lo sguardo alla striscia azzurra di mare lontano, come in attesa che un soffio d'aria, essendo ormai prossimo il tramonto, si levasse di là e trascorresse lieve fino a lei, a traverso le terre nude, irte di stoppie bruciate.

Tanta era la calura, che su la paglia rimasta su l'aja dopo la trebbiatura, l'aria si vedeva tremolare com'alito di bragia.

Batà aveva tratto un filo dal fascio su cui stava seduto, e tentava di batterlo con mano svogliata su gli scarponi ferrati. Il gesto era vano. Il filo di paglia, appena mosso, si piegava. E Batà restava cupo e assorto, a guardare in terra.

Batà se tenait tout recroquevillé sur une botte de paille au milieu de l'aire.

Sidora, sa femme, se tournait de temps en temps, soucieuse, pour l'observer du seuil où elle était assise, la tête appuyée contre le montant de la porte et les yeux à demi fermés. Puis oppressée par la forte chaleur, elle allongeait son regard vers la ligne bleue de la mer, au loin, comme dans l'attente qu'un souffle d'air, maintenant que le crépuscule était proche, se lève là-bas et parvienne, léger, jusqu'à elle à travers les terres dénudées, hérissées de chaumes brûlés.

La chaleur était si intense que sur la paille laissée sur place après le battage, on voyait l'air trembler comme une haleine de braise.

De la botte sur laquelle il était assis, Batà avait tiré un fétu et essayait d'en frapper ses gros souliers ferrés d'une main molle. À peine l'agitait-il que le fétu de paille pliait et Batà restait sombre et absorbé à regarder par terre.

Era nel fulgore tetro e immoto dell'aria torrida un'oppressione così soffocante, che quel gesto vano del marito, ostinatamente ripetuto, dava a Sidora una smania insopportabile. In verità, ogni atto di quell'uomo, e anche la sola vista le davano quella smania, ogni volta a stento repressa.

Sposata a lui da appena venti giorni, Sidora si sentiva già disfatta, distrutta. Avvertiva dentro e intorno a sé una vacuità strana, pesante e atroce. E quasi non le pareva vero, che da sì poco tempo era stata condotta lì, in quella vecchia *roba* isolata, stalla e casa insieme, in mezzo al deserto di quelle stoppie, senz'un albero intorno, senza un filo d'ombra.

Lì, soffocando a stento il pianto e il ribrezzo, da venti giorni appena aveva fatto abbandono del proprio corpo a quell'uomo taciturno, che aveva circa vent'anni di più di lei e su cui pareva gravasse ora una tristezza più disperata della sua.

Ricordava ciò che le donne del vicinato avevano detto alla madre, quando questa aveva loro annunziato la richiesta di matrimonio.

— Batà ? Oh Dio, io per me non lo darei a una mia figliuola !

Il y avait dans la noire et immobile splendeur de l'air torride une oppression si suffocante que le geste inutile du mari obstinément répété remplissait Sidora d'une insupportable nervosité. En vérité chaque acte de cet homme et même sa seule vue provoquaient en elle cette nervosité, chaque fois réprimée à grand-peine.

Mariée à lui depuis vingt jours à peine, Sidora se sentait déjà démolie, détruite. Tant en elle qu'autour d'elle, elle percevait une étrange vacuité, pesante et atroce. Et c'est à peine s'il lui paraissait vrai d'avoir été amenée ici depuis si peu de temps dans cette vieille *bâtisse*[1] isolée, à la fois étable et maison d'habitation au milieu de ce désert de chaumes, sans un arbre, sans un brin d'ombre aux alentours.

Là, étouffant avec effort ses larmes et son dégoût depuis à peine vingt jours, elle avait abandonné son corps à cet homme taciturne qui avait environ vingt ans de plus qu'elle et sur qui semblait s'appesantir maintenant une tristesse plus désespérée que la sienne.

Elle se rappelait ce que les femmes du voisinage avaient dit à sa mère quand celle-ci leur avait annoncé la demande en mariage.

— Batà ? Ah mon Dieu, ce n'est pas moi qui le donnerais à une de mes filles !

---

1. *Roba.* D'une manière générale, tout ce qu'on possède, terres, objets, argent, etc. Ici la maison dont Batà est propriétaire à la campagne. Détail qui compte dans la nouvelle : aux yeux de la mère, un bon parti.

La madre aveva creduto lo dicessero per invidia, perché Batà per la sua condizione era agiato. E tanto più s'era ostinata a darglielo, quanto più quelle con aria afflitta s'erano mostrate restie a partecipare alla sua soddisfazione per la buona ventura che toccava alla figlia. No, in coscienza non si diceva nulla di male di Batà, ma neanche nulla di bene. Buttato sempre là, in quel suo pezzo di terra lontano, non si sapeva come vivesse ; stava sempre solo, come una bestia in compagnia delle sue bestie, due mule, un'asina e il cane di guardia ; e certo aveva un'aria strana, truce e a volte da insensato.

C'era stata veramente un'altra ragione e forse più forte, per cui la madre s'era ostinata a darle quell'uomo. Sidora ricordava anche quest'altra ragione che in quel momento le appariva lontana lontana, come d'un'altra vita, ma pure spiccata, precisa. Vedeva due fresche labbra argute e vermiglie come due foglie di garofano aprirsi a un sorriso che le faceva fremere e frizzare tutto il sangue nelle vene. Erano le labbra di Saro, suo cugino, che nell'amore di lei non aveva saputo trovar la forza di rinsavire, di liberarsi dalla compagnia dei tristi amici, per togliere alla madre ogni pretesto d'opporsi alle loro nozze.

Ah, certo, Saro sarebbe stato un pessimo marito ; ma che marito era questo, adesso ? Gli affanni, che senza dubbio le avrebbe dati quell'altro, non eran forse da

La mère avait cru qu'elles disaient cela par envie, car Batà au niveau de sa condition était à son aise. Et elle s'était d'autant plus obstinée à le lui donner qu'avec des airs affligés elles avaient montré peu d'entrain à partager sa satisfaction au sujet de la chance qui venait d'échoir à sa fille. Non, sincèrement, on ne disait rien de mal de Batà, mais rien de bien non plus. Toujours isolé là-bas sur ce morceau de terre éloigné, on ne savait comment il vivait ; il était toujours seul comme une bête en compagnie de ses bêtes, deux mules, une ânesse et le chien de garde. Et pour sûr qu'il avait un air étrange, farouche, et quelque chose de dément.

Il y avait à vrai dire une autre raison et peut-être plus forte pour que sa mère se soit obstinée à lui donner cet homme. Cette autre raison, Sidora s'en souvenait, qui en ce moment lui apparaissait très lointaine, comme en une autre vie, mais pourtant distincte, précise. Elle voyait deux fraîches lèvres fines et vermeilles comme deux pétales d'œillet s'ouvrir en un sourire qui faisait frémir et bouillir tout son sang dans les veines. C'étaient les lèvres de Saro, son cousin, qui dans son amour pour elle n'avait pas su puiser la force de s'assagir, de se libérer de la compagnie de ses tristes amis pour priver sa mère de tout prétexte de s'opposer à leur mariage.

Ah Saro, bien sûr, aurait été le plus mauvais des maris, mais cet homme à présent, quel mari était-ce là ? Les tourments que l'autre lui aurait sans doute réservés n'étaient-ils peut-être pas préférables à

preferire all'angoscia, al ribrezzo, alla paura, che le incuteva questo ?

Batà, alla fine, si sgruppò ; ma appena levato in piedi, quasi colto da vertigine, fece un mezzo giro su se stesso ; le gambe, come impastojate, gli si piegarono ; si sostenne a stento, con le braccia per aria. Un mugolo quasi di rabbia gli partì dalla gola.

Sidora accorse atterrita ; ma egli l'arrestò con un cenno delle braccia. Un fiotto di saliva, inesauribile, gl'impediva di parlare. Arrangolando, se lo ricacciava dentro ; lottava contro i singulti, con un gorgoglio orribile nella strozza. E aveva la faccia sbiancata, torbida, terrea ; gli occhi foschi e velati, in cui dietro la follia si scorgeva una paura quasi infantile, ancora cosciente, infinita. Con le mani seguitava a farle cenno di attendere e di non spaventarsi e di tenersi discosta. Alla fine, con voce che non era più la sua, disse :

— Dentro... chiuditi dentro... bene... Non ti spaventare... Se batto, se scuoto la porta e la graffio e grido... non ti spaventare... non aprire... Niente... va' ! va' !

— Ma che avete ? — gli gridò Sidora, raccapricciata.

Batà mugolò di nuovo, si scrollò tutto per un possente sussulto convulsivo, che parve gli moltiplicasse le membra ; poi, col guizzo d'un braccio indicò il cielo, e urlò :

— La luna !

l'angoisse, au dégoût, à la peur que celui-ci lui inspirait ?

À la fin Batà se dénoua. Mais à peine debout, comme saisi de vertige, il fit un demi-tour sur lui-même. Ses jambes comme entravées plièrent sous lui. Il se soutint avec effort, bras en l'air. Un gémissement qu'on eût dit de rage lui sortit de la gorge.

Effrayée, Sidora accourut, mais il l'arrêta d'un geste des bras. Un flot de salive intarissable l'empêchait de parler. Il la ravalait en se démenant, luttait contre les sanglots, avec un gargouillement horrible dans la gorge. Il avait le visage livide, défait, terreux, les yeux sombres et voilés où se découvrait derrière la folie une peur presque enfantine, encore consciente, infinie. Il continuait avec les mains de lui faire signe d'attendre, de ne pas s'épouvanter, de se tenir à l'écart. À la fin, d'une voix qui n'était plus la sienne, il dit :

— Dedans... Enferme-toi dedans... Bien... Ne t'épouvante pas... Si je frappe contre la porte, si je la secoue, si je la griffe et si je crie... ne t'épouvante pas... n'ouvre pas... Rien... va-t'en... Va-t'en...

— Mais qu'avez-vous ? cria Sidora, saisie d'horreur.

Batà eut un nouveau gémissement, un puissant sursaut convulsif le secoua, qui sembla multiplier ses membres. Puis comme l'éclair[1] son bras indiqua le ciel et il hurla :

— La lune !

1. Voir note p. 67 à propos de *guizzo*.

Sidora, nel voltarsi per correre alla *roba*, difatti intravide nello spavento la luna in quintadecima, affocata, violacea, enorme, appena sorta dalle livide alture della Crocca.

Asserragliata dentro, tenendosi stretta come a impedire che le membra le si staccassero dal tremore continuo, crescente, invincibile, mugolando anche lei, forsennata dal terrore, udì poco dopo gli ululi lunghi, ferini, del marito che si scontorceva fuori, là davanti la porta, in preda al male orrendo che gli veniva dalla luna, e contro la porta batteva il capo, i piedi, i ginocchi, le mani, e la graffiava, come se le unghie gli fossero diventate artigli, e sbuffava, quasi nell'esasperazione d'una bestiale fatica rabbiosa, quasi volesse sconficcarla, schiantarla, quella porta, e ora latrava, latrava, come se avesse un cane in corpo, e daccapo tornava a graffiare, sbruffando, ululando, e a battervi il capo, i ginocchi.

— Ajuto ! ajuto ! — gridava lei, pur sapendo che nessuno in quel deserto avrebbe udito le sue grida. — Ajuto ! ajuto ! — e reggeva la porta con le braccia, per paura che da un momento all'altro, non ostante i molti puntelli, cedesse alla violenza iterata, feroce, accanita, di quella cieca furia urlante.

Ah, se avesse potuto ucciderlo ! Perduta, si voltò, quasi a cercare un'arma nella stanza. Ma a traverso la grata d'una finestra, in alto, nella parete di faccia, di

En se retournant pour courir vers la maison, Sidora aperçut en effet au travers de son épouvante la lune à son plein, embrasée, violacée, énorme, à peine surgie des livides hauteurs de la Crocca.

Barricadée à l'intérieur, se tenant toute rétrécie comme pour empêcher que son tremblement continuel, croissant, invincible, lui détache les membres du corps, poussant aussi des gémissements, rendue folle de terreur, elle entendit bientôt les longs et sauvages hululements de son mari qui se contorsionnait dehors, devant la porte, en proie au mal terrifiant qui lui venait de la lune, et il tapait de la tête contre la porte, des pieds, des genoux, des mains, et il griffait comme si ses ongles étaient devenus des griffes, il haletait comme exaspéré par un bestial épuisement rageur, comme s'il avait voulu l'arracher, la réduire en miettes, cette porte, et voilà qu'il aboyait, oui aboyait comme s'il avait eu un chien dans le corps, puis il recommençait à griffer en écumant, en hurlant, et à taper dans la porte de la tête et des genoux.

— Au secours ! Au secours ! criait-elle, non sans savoir que personne n'entendrait ses cris dans ce désert. Au secours ! Au secours ! et elle soutenait la porte des deux bras dans la crainte que d'un moment à l'autre, malgré les nombreux étais, elle cède à la violence réitérée, féroce, acharnée de cette aveugle fureur hurlante.

Ah, si elle avait pu le tuer ! Éperdue, elle se retourna comme à la recherche d'une arme dans la pièce. Mais à travers le grillage d'une fenêtre en

nuovo scorse la luna, ora limpida, che saliva nel cielo, tutto inondato di placido albore. A quella vista, come assalita d'improvviso dal contagio del male, cacciò un gran grido e cadde riversa, priva di sensi.

Quando si riebbe, in prima, nello stordimento, non comprese perché fosse così buttata a terra. I puntelli della porta le richiamarono la memoria e subito s'atterrì del silenzio che ora regnava là fuori. Sorse in piedi ; s'accostò vacillante alla porta, e tese l'orecchio.

Nulla, più nulla.

Stette a lungo in ascolto, oppressa ora di sgomento per quell'enorme silenzio misterioso, di tutto il mondo. E alla fine le parve d'udire da presso un sospiro, un gran sospiro, come esalato da un'angoscia mortale.

Subito corse alla cassa sotto il letto ; la trasse avanti ; l'aprì ; ne cavò la mantellina di panno ; ritornò alla porta ; tese di nuovo a lungo l'orecchio, poi levò a uno a uno in fretta, silenziosamente, i puntelli, silenziosamente levò il paletto, la stanga ; schiuse appena un battente, guatò attraverso lo spiraglio per terra.

Batà era lì. Giaceva come una bestia morta, bocconi, tra la bava, nero, tumefatto, le braccia aperte. Il suo cane, acculato lì presso, gli faceva la guardia, sotto la luna.

Sidora venne fuori rattenendo il fiato ; riaccostò pian

haut, dans la paroi d'en face, elle découvrit une seconde fois la lune, maintenant limpide, qui montait dans le ciel inondé d'une paisible blancheur. À cette vue, comme soudain assaillie par la contagion du mal, elle jeta un grand cri et tomba à la renverse, privée de sens.

Quand elle revint à elle, d'abord encore étourdie, elle ne comprit pas pourquoi elle se trouvait ainsi étendue par terre. Les étais contre la porte lui rappelèrent ce qui s'était passé et du coup elle s'effraya du silence qui régnait dehors. Elle se mit debout, s'approcha en chancelant de la porte et tendit l'oreille.

Rien, plus rien.

Elle resta longtemps aux aguets, le souffle coupé d'épouvante par cet énorme et mystérieux silence de toutes choses. À la fin il lui sembla entendre un soupir tout proche, un grand soupir comme né d'une angoisse mortelle.

Tout à coup elle courut au coffre sous le lit, le tira à elle, l'ouvrit, en sortit sa pèlerine de drap, retourna à la porte, longtemps tendit de nouveau l'oreille, puis rapidement, en silence, enleva un à un les étais, en silence leva la barre, tira le verrou ; elle entrouvrit juste un battant, risqua un regard à terre par l'entrebâillement.

Batà était là. Il gisait comme une bête morte, à plat ventre dans sa bave, noir, tuméfié, bras ouverts. Assis près de lui sur le derrière, son chien le gardait sous la lune.

Sidora se glissa dehors en retenant son souffle,

piano la porta, fece al cane un cenno rabbioso di non muoversi di lì, e cauta, a passi di lupo, con la mantellina sotto il braccio, prese la fuga per la campagna, verso il paese, nella notte ancora alta, tutta soffusa dal chiarore della luna.

Arrivò al paese, in casa della madre, poco prima dell'alba. La madre s'era alzata da poco. La catapecchia, buja come un antro, in fondo a un vicolo angusto, era stenebrata appena da una lumierina a olio. Sidora parve la ingombrasse tutta, precipitandosi dentro, scompigliata, affannosa.

Nel veder la figliuola a quell'ora, in quello stato, la madre levò le grida e fece accorrere con le lumierine a olio in mano tutte le donne del vicinato.

Sidora si mise a piangere forte e, piangendo, si strappava i capelli, fingeva di non poter parlare per far meglio comprendere e misurare alla madre, alle vicine, l'enormità del caso che le era occorso, della paura che s'era presa.

— Il male di luna ! il male di luna !

Il terrore superstizioso di quel male oscuro invase tutte le donne, al racconto di Sidora.

Ah, povera figliuola ! Lo avevano detto esse alla madre, che quell'uomo non era *naturale,* che quell'uomo doveva nascondere in sé qualche grossa magagna ; che nessuna di loro lo avrebbe dato alla propria figliuola. Latrava eh ? ululava come un lupo ?

rapprocha tout doucement le battant de la porte,
d'un signe rageur interdit au chien de bouger, et
prudente, à pas de loup, sa pèlerine sous le bras, elle
prit la fuite vers le village à travers la campagne,
dans la nuit encore complète, tout envahie de clarté
lunaire.

Elle arriva au village chez sa mère peu avant
l'aube. Sa mère venait de se lever. La masure sombre
comme un antre au fond d'une ruelle étroite était
mal éclairée par une lampe à huile. Sidora parut
l'encombrer tout entière, en se précipitant à l'intérieur, échevelée et hors d'haleine.

En voyant sa fille à cette heure et dans cet état, la
mère poussa des cris et fit accourir toutes les
femmes du voisinage, leur lampe à huile à la main.

Sidora commença par pleurer sans retenue et,
tout en pleurant, elle s'arrachait les cheveux, faisait
semblant d'être incapable de parler pour faire
mieux comprendre et mesurer à sa mère, aux voisines, l'énormité de ce qui lui était arrivé, de la peur
qu'elle avait eue.

— Le mal de lune ! Le mal de lune !

Au récit de Sidora, la terreur superstitieuse
qu'inspirait ce mal obscur envahit toutes les
femmes.

Ah pauvre enfant ! Elles l'avaient bien dit à la
mère que cet homme n'était pas *naturel*, que cet
homme devait cacher au fond de lui une tare très
grave et qu'aucune d'entre elles ne l'aurait jamais
donné à sa propre fille. Il aboyait, hein ? Hurlait
comme un loup ? Griffait la porte ? Jésus, quelle

graffiava la porta ? Gesù, che spavento ! E come non
era morta, povera figliuola ?

La madre, accasciata su la seggiola, finita, con le
braccia e il capo ciondoloni, nicchiava in un canto :

— Ah figlia mia ! ah figlia mia ! ah povera figliuccia
mia rovinata !

Sul tramonto, si presentò nel vicolo, tirandosi dietro
per la cavezza le due mule bardate, Batà, ancora gonfio
e livido, avvilito, abbattuto, imbalordito.

Allo scalpiccio delle mule sui ciottoli di quel vicolo
che il sole d'agosto infocava come un forno, e che acce-
cava per gli sbarbagli della calce, tutte le donne, con
gesti e gridi soffocati di spavento, si ritrassero con le
seggiole in fretta nelle loro casupole, e sporsero il capo
dall'uscio a spiare e ad ammiccarsi tra loro.

La madre di Sidora sulla soglia si parò, fiera e tutta
tremante di rabbia, e cominciò a gridare :

— Andate via, malo cristiano ! Avete il coraggio di
ricomparirmi davanti ? Via di qua ! via di qua ! Assassino traditore, via di qua ! Mi avete rovinato una
figlia ! Via di qua !

E seguitò per un pezzo a sbraitare così, mentre
Sidora, rincantucciata dentro, piangeva, scongiurava la
madre di difenderla, di non dargli passo.

Batà ascoltò a capo chino minacce e vituperii. Gli
toccavano : era in colpa ; aveva nascosto il suo male.
Lo aveva nascosto, perché nessuna donna se lo sarebbe

horreur ! Pauvre enfant, comment n'était-elle pas morte ?

Affaissée sur sa chaise, anéantie, la tête et les bras ballants, la mère gémissait dans un coin :

— Ah ma fille ! Ah ma fille ! Ah chère pauvre malheureuse fille ruinée !

Au coucher du soleil, tirant derrière lui par le licou les deux mules bâtées, Batà fit son apparition dans la ruelle, encore gonflé et livide, honteux, abattu, hébété.

Au piétinement des mules sur les cailloux de la ruelle que le soleil d'août chauffait comme un four et que la réverbération de la chaux rendait aveuglante, toutes les femmes, avec des gestes et des cris étouffés d'épouvante, se hâtèrent de rentrer en emportant leurs chaises dans leurs bicoques et tendirent le cou hors de la porte pour épier et échanger des clins d'œil.

La mère de Sidora se présenta sur le seuil, fière, toute tremblante de rage et commença à hurler :

— Arrière, mauvais chrétien ! Vous avez le courage de reparaître devant moi ? Arrière, arrière ! Traître assassin, arrière de moi ! Vous êtes cause de la ruine de ma fille. Arrière !

Et pendant un moment elle continua à brailler ainsi tandis que Sidora, rencognée à l'intérieur, pleurait et suppliait sa mère de la défendre, de lui refuser l'entrée.

Batà écoutait tête basse menaces et insultes. Méritées : il était en faute, il avait dissimulé son mal. Parce qu'aucune femme ne l'aurait pris s'il l'avait

preso, se egli lo avesse confessato avanti. Era giusto
che ora della sua colpa pagasse la pena.

Teneva gli occhi chiusi e scrollava amaramente il
capo, senza muoversi d'un passo. Allora la suocera gli
batté la porta in faccia e ci mise dietro la stanga. Batà
rimase ancora un pezzo, a capo chino, davanti a quella
porta chiusa, poi si voltò e scorse su gli usci delle altre
casupole tanti occhi smarriti e sgomenti, che lo spia-
vano.

Videro quegli occhi le lagrime sul volto dell'uomo
avvilito, e allora lo sgomento si cangiò in pietà.

Una prima comare più coraggiosa gli porse una
sedia ; le altre, a due, a tre, vennero fuori, e gli si fecero
attorno. E Batà, dopo aver ringraziato con muti cenni
del capo, prese adagio adagio a narrar loro la sua
sciagura : che la madre da giovane, andata a spighe,
dormendo su un'aja al sereno, lo aveva tenuto bambino
tutta la notte esposto alla luna ; e tutta quella notte, lui
povero innocente, con la pancina all'aria, mentre gli
occhi gli vagellavano, ci aveva giocato, con la bella
luna, dimenando le gambette, i braccini. E la luna lo
aveva « incantato ». L'incanto però gli aveva dormito
dentro per anni e anni, e solo da poco tempo gli s'era
risvegliato. Ogni volta che la luna era in quintadecima,
il male lo riprendeva. Ma era un male soltanto per lui ;
bastava che gli altri se ne guardassero : e se ne potevano guardar bene, perché era a periodo fisso ed egli se
lo sentiva venire e lo preavvisava ; durava una notte
sola, e poi basta. Aveva sperato che la moglie fosse più

avoué de prime abord. Il était juste qu'à présent il paie le prix de sa faute.

Il tenait les yeux fermés et hochait amèrement la tête sans remuer d'un pas. Alors sa belle-mère lui claqua la porte au nez et mit le verrou. Batà resta encore un moment tête baissée devant cette porte close puis il se retourna et rencontra sur le seuil des autres bicoques mille regards effarés et troublés qui l'épiaient.

Ces yeux virent les larmes couler sur le visage de l'homme avili et l'effroi se changea alors en pitié.

Une première commère plus courageuse lui offrit une chaise ; les autres sortirent à deux ou trois et firent cercle autour de lui. Et Batà, après avoir remercié par des signes de tête muets, commença tout doucement à leur raconter son malheur, à savoir que sa mère, toute jeune, étant allée glaner et dormant à la belle étoile sur une aire, l'avait tenu, bébé, exposé à la lune toute la nuit ; et cette nuit-là, pauvre innocent qu'il était, avec son bedon à l'air, tandis que ses yeux erraient ici et là, il avait joué avec cette belle lune, gigotant des jambes et des bras. Et la lune l'avait « envoûté ». L'envoûtement cependant avait dormi en lui des années et des années et il venait seulement de se réveiller. Chaque fois que la lune était pleine, le mal le reprenait. Mais c'était un mal qui ne frappait que lui, il suffisait aux autres de s'en garder, ce qu'ils pouvaient très bien faire, puisque c'était à période fixe et qu'il sentait la chose venir, qu'il la prévoyait. Cela ne durait qu'une seule nuit et c'était tout. Il avait espéré que sa

coraggiosa ; ma, poiché non era, si poteva far così, che, o lei, a ogni fatta di luna, se ne venisse al paese, dalla madre ; o questa andasse giù alla *roba*, a tenerle compagnia.

— Chi ? mia madre ? — saltò a gridare a questo punto, avvampata d'ira, con occhi feroci, Sidora, spalancando la porta, dietro alla quale se ne era stata a origliare. — Voi siete pazzo ! Volete far morire di paura anche mia madre ?

Questa allora venne fuori anche lei, scostando con un gomito la figlia e imponendole di star zitta e quieta in casa. Si accostò al crocchio delle donne, ora divenute tutte pietose, e si mise a confabular con esse, poi con Batà da sola a solo.

Sidora dalla soglia, stizzita e costernata, seguiva i gesti della madre e del marito ; e, come le parve che questi facesse con molto calore qualche promessa che la madre accoglieva con evidente piacere, si mise a strillare :

— Gnornò ! Scordatevelo ! State ad accordarvi tra voi ? È inutile ! è inutile ! Debbo dirlo io !

Le donne del vicinato le fecero cenni pressanti di star zitta, d'aspettare che il colloquio terminasse. Alla fine Batà salutò la suocera, le lasciò in consegna una delle due mule, e, ringraziate le buone vicine, tirandosi dietro l'altra mula per la cavezza, se ne andò.

femme serait plus courageuse mais, puisqu'elle ne l'était pas, on pouvait s'arranger de telle sorte, ou bien qu'à chaque pleine lune elle revienne au village chez sa mère ; ou bien que ce soit sa mère qui vienne là-bas lui tenir compagnie.

— Qui ? Ma mère ? explosa à ce moment Sidora enflammée de colère, l'œil féroce, en ouvrant toute grande la porte derrière laquelle elle avait collé son oreille. Vous êtes fou ! Vous voulez la faire mourir aussi de peur ?

Alors la mère sortit à son tour, écartant sa fille du coude et lui ordonnant de rester tranquille sans piper mot à la maison. Elle se mêla au cercle des femmes, maintenant tout apitoyées, et se mit à chuchoter avec elles puis avec Batà en tête à tête.

Sidora sur le seuil, furieuse et consternée, observait les gestes de sa mère et de son mari et, comme il lui semblait que ce dernier faisait avec beaucoup de chaleur une promesse que la mère accueillait avec un plaisir évident, elle se mit à crier :

— Jamais de la vie[1] ! Otez-vous ça de l'esprit ! Vous êtes en train de vous mettre d'accord ? C'est inutile ! Inutile ! C'est à moi de dire.

Les femmes du voisinage, avec des signes pressants, l'engageaient à se taire, à attendre l'issue de la conversation. À la fin Batà salua sa belle-mère, lui laissa une des deux mules et, ayant remercié les bonnes voisines, tirant par le licou la seconde mule derrière lui, il s'en alla.

---

1. *Gnorno* pour *signor no* : non monsieur !

— Sta' zitta, sciocca ! — disse subito, piano, la madre a Sidora, rincasando. — Quando farà la luna, verrò giù lo, con Saro...

— Con Saro ? L'ha detto lui ?

— Gliel'ho detto io, sta' zitta ! Con Saro.

E, abbassando gli occhi per nascondere il sorriso, finse d'asciugarsi la bocca sdentata con una cocca del fazzoletto che teneva in capo, annodato sotto il mento, e aggiunse :

— Abbiamo forse, di uomini, altri che lui nel nostro parentado ? È l'unico che ci possa dare ajuto e conforto. Sta' zitta !

Così la mattina appresso, all'alba, Sidora ripartì per la campagna su quell'altra mula lasciata dal marito.

Non pensò ad altro più, per tutti i ventinove giorni che corsero fino alla nuova quintadecima. Vide quella luna d'agosto a mano a mano scemare e sorgere sempre più tardi, e col desiderio avrebbe voluto affrettarne le fasi declinanti ; poi per alcune sere non la vide più ; la rivide infine tenera, esile nel cielo ancora crepuscolare, e a mano a mano, di nuovo crescere sempre più.

— Non temere, — le diceva, triste, Batà, vedendola con gli occhi sempre fissi alla luna. — C'è tempo ancora, c'è tempo ! Il guajo sarà, quando non avrà più le corna...

— Silence, petite sotte ! coupa aussitôt la mère d'une voix étouffée en rentrant dans la maison. Quand la lune sera pleine, je viendrai avec Saro...

— Avec Saro ? C'est lui qui l'a dit ?

— Non, c'est moi. Tais-toi. Avec Saro.

Et baissant les yeux pour cacher son sourire, elle fit semblant d'essuyer sa bouche édentée avec un coin du foulard qu'elle avait sur la tête, noué sous le menton. Elle ajouta :

— Aurions-nous peut-être, que je sache, d'autres hommes que lui dans notre parenté ? Il est le seul qui puisse nous apporter aide et soulagement. Tais-toi.

C'est ainsi qu'à l'aube du lendemain Sidora repartit pour la campagne sur la seconde mule laissée par le mari.

Elle ne pensa qu'à cela pendant les vingt-neuf jours qui s'écoulèrent jusqu'à la nouvelle pleine lune. Elle vit cette lune d'août diminuer petit à petit et se lever toujours plus tard et de son désir elle aurait voulu hâter les phases du déclin. Puis pendant un ou deux soirs, elle ne la vit plus ; enfin elle la revit, tendre, mince dans le ciel encore crépusculaire et qui petit à petit se remettait à croître toujours davantage.

— N'aie pas peur, lui disait Batà tristement, lui voyant sans cesse les yeux fixés sur la lune. On a encore le temps, on a le temps ! Le malheur viendra quand elle n'aura plus ses cornes[1].

1. Ces cornes sont aussi celles du mari trompé. D'où le sourire ambigu.

Sidora, a quelle parole accompagnate da un ambiguo sorriso, si sentiva gelare e lo guardava sbigottita.

Giunse alla fine la sera tanto sospirata e insieme tanto temuta. La madre arrivò a cavallo col nipote Saro due ore prima che sorgesse la luna.

Batà se ne stava come l'altra volta aggruppato tutto sull'aja, e non levò neppure il capo a salutare.

Sidora, che fremeva tutta, fece segno al cugino e alla madre di non dirgli nulla e li condusse dentro la *roba*. La madre andò subito a ficcare il naso in un bugigattolino bujo, ov'erano ammucchiati vecchi arnesi da lavoro, zappe, falci, bardelle, ceste, bisacce, accanto alla stanza grande che dava ricetto anche alle bestie.

— Tu sei uomo, — disse a Saro, — e tu sai già com'è, — disse alla figlia ; — io sono vecchia, ho paura più di tutti, e me ne starò rintanata qua, zitta zitta e sola sola. Mi chiudo bene, e lui faccia pure il lupo fuori.

Riuscirono tutti e tre all'aperto, e si trattennero un lungo pezzo a conversare davanti alla *roba*. Sidora, a mano a mano che l'ombra inchinava su la campagna, lanciava sguardi vieppiù ardenti e aizzosi. Ma Saro, pur così vivace di solito, brioso e buontempone, si sentiva all'incontro a mano a mano smorire, rassegare il

À ces paroles accompagnées d'un sourire ambigu, Sidora sentait son sang se glacer et le regardait, effrayée.

Enfin arriva le soir à la fois si souhaité et si craint. La mère vint à cheval avec le neveu Saro deux heures avant le lever de la lune.

Comme l'autre fois Batà se tenait tout recroquevillé sur l'aire et ne leva même pas la tête pour saluer.

Sidora toute frémissante fit signe au cousin et à la mère de ne rien lui dire et les conduisit à l'intérieur. La mère alla tout de suite fourrer son nez dans un débarras sombre où étaient entassés de vieux outils de travail, pioches, faux, bardelles[1], paniers, besaces, à côté de la grande pièce qui servait aussi pour les bêtes.

— Tu es un homme, dit-elle à Saro. Et à sa fille : — Tu sais déjà comment ça se passe. Moi, je suis vieille, j'ai plus peur que tout le monde et je vais me réfugier ici toute seule et bouche cousue[2]. Tout bien clos et qu'il fasse le loup dehors.

Ils se réunirent tous les trois en plein air et bavardèrent un bon moment devant la maison. Sidora, à mesure que l'ombre tombait sur la campagne, lançait des regards de plus en plus ardents et aguicheurs. Mais Saro, pourtant d'habitude si vif, plein d'entrain et bon vivant, se sentait au contraire blêmir de plus en plus ; son sourire se figeait sur ses

---

1. *Bardella* : bardelle, selle faite de grosse toile et de bourre.
2. Voir note p. 231 à propos de *zitto* (Le frac étroit).

riso su le labbra, inaridir la lingua. Come se sul murello, su cui stava seduto, ci fossero spine, si dimenava di continuo e inghiottiva con stento. E di tratto in tratto allungava di traverso uno sguardo a quell'uomo lì in attesa dell'assalto del male ; allungava anche il collo per vedere se dietro le alture della Crocca non spuntasse la faccia spaventosa della luna.

— Ancora niente, — diceva alle due donne.

Sidora gli rispondeva con un gesto vivace di noncuranza e seguitava, ridendo, ad aizzarlo con gli occhi.

Di quegli occhi, ormai quasi impudenti, Saro cominciò a provare orrore e terrore, più che di quell'uomo là aggruppato, in attesa.

E fu il primo a spiccare un salto da montone dentro la *roba*, appena Batà cacciò il mugolo annunziatore e con la mano accennò ai tre di chiudersi subito dentro. Ah, con qual furia si diede a metter puntelli e puntelli e puntelli, mentre la vecchia si rintanava mogia mogia nello sgabuzzino, e Sidora, irritata, delusa, gli ripeteva, con tono ironico :

— Ma piano, piano... non ti far male... Vedrai che non è niente.

Non era niente ? Ah, non era niente ? Coi capelli drizzati su la fronte, ai primi ululi del marito, alle prime testate, alle prime pedate alla porta, ai primi

lèvres, sa langue se desséchait. Comme s'il y avait eu des épines sur le petit mur où il était assis, il ne cessait de s'agiter et avalait sa salive avec peine. Et de temps en temps il allongeait un regard en coin du côté de cet homme qui attendait l'assaut du mal ; il allongeait aussi le cou pour voir si derrière les hauteurs de la Crocca, la lune ne pointait pas sa face épouvantable.

— Encore rien, disait-il aux deux femmes.

Sidora lui répondait par un geste vif d'insouciance et continuait, en riant, à l'aguicher des yeux.

Des yeux désormais presque impudents pour lesquels Saro commença à éprouver horreur et terreur, plus que pour cet homme recroquevillé là, en attente.

Il fut le premier à se ruer d'un saut de cabri[1] à l'intérieur dès que Batà lança son gémissement annonciateur et fit signe de la main à tous les trois d'aller vite s'enfermer. Ah quelle précipitation à mettre les étais et encore les étais, tandis que la vieille se réfugiait toute penaude au fond du réduit et que Sidora irritée, déçue, répétait au garçon d'un ton ironique :

— Mais doucement... doucement... Ne te fais pas mal. Tu verras, ce n'est rien.

Ce n'était rien ? Ah vraiment rien ? Les cheveux dressés aux premiers hurlements du mari, aux premiers coups de tête, aux premiers coups de pied

1. *Salto da montone :* saut de mouton. Le français préfère : de cabri.

sbruffi e graffi, Saro, tutto bagnato di sudor freddo, con la schiena aperta dai brividi, gli occhi sbarrati, tremava a verga a verga. Non era niente ? Signore Iddio ! Signore Iddio ! Ma come ? Era pazza quella donna là ? Mentre il marito, fuori, faceva alla porta quella tempesta, eccola qua, rideva, seduta sul letto, dimenava le gambe, gli tendeva le braccia, lo chiamava :

— Saro ! Saro !

Ah sì ? Irato, sdegnato, Saro d'un balzo saltò nel bugigattolo della vecchia, la ghermì per un braccio, la trasse fuori, la butto a sedere sul letto accanto alla figlia.

— Qua, — urlò. — Quest'è matta !

E nel ritrarsi verso la porta, scorse anch'egli dalla grata della finestrella alta, nella parete di faccia, la luna che, se di là dava tanto male al marito, di qua pareva ridesse, beata e dispettosa, della mancata vendetta della moglie.

dans la porte, aux premières baves et griffures,
Saro, tout baigné de sueur froide, le dos écorché[1] de
frissons, les yeux hors des orbites, tremblait comme
une feuille. Ce n'était rien ? Seigneur Dieu ? Seigneur Dieu ! Mais quoi ? Elle était folle, cette
femme-là ? Pendant que son mari dehors déchaînait
cette tempête, voilà qu'elle riait, assise sur le lit,
qu'elle remuait les jambes, qu'elle lui tendait les
bras et l'appelait :

— Saro ! Saro !

Ah oui ? Plein de colère et d'indignation, Saro
sauta d'un bond dans le réduit de la vieille, l'attrapa
par un bras, la tira dehors, la jeta sur le lit à côté de
sa fille.

— Ici ! hurla-t-il. Cette fille est folle.

Et en s'éloignant vers la porte, il aperçut lui aussi
à travers le grillage de la fenêtre, là-haut dans la
paroi d'en face, la lune qui, si elle torturait tant le
mari de l'autre côté, de ce côté-ci semblait rire,
béate et taquine, de la vengeance manquée de
l'épouse.

---

1. *Aperto*, littéralement : ouvert.

Le chevreau noir
Il capretto nero

Senza dubbio il signor Charles Trockley ha ragione. Sono anzi disposto ad ammettere che il signor Charles Trockley non può aver torto mai, perché la ragione e lui sono una cosa sola. Ogni mossa, ogni sguardo, ogni parola del signor Charles Trockley sono così rigidi e precisi, così ponderati e sicuri, che chiunque, senz'altro, deve riconoscere che non è possibile che il signor Charles Trockley, in qual si voglia caso, per ogni questione che gli sia posta, o incidente che gli occorra, stia dalla parte del torto.

Io e lui, per portare un esempio, siamo nati lo stesso anno, lo stesso mese e quasi lo stesso giorno ; lui, in Inghilterra, io in Sicilia. Oggi, quindici di giugno, egli compie quarantotto anni ; quarantotto ne compirò io il giorno ventotto. Bene : quant'anni avremo, lui il quindici, e io il ventotto di giugno dell'anno venturo ? Il signor Trockley non si perde ; non esita un minuto ; con sicura fermezza sostiene che il quindici e il ven-

Aucun doute : M. Charles Trockley a raison. Je suis même disposé à admettre que M. Charles Trockley ne peut jamais avoir tort, car sa personne et la raison sont une seule et même chose. Chaque geste, chaque regard, chaque parole de M. Charles Trockley ont tant de rigueur et de précision, de pondération et d'assurance que quiconque doit reconnaître sans plus — quel que soit le cas envisagé, la question posée ou l'incident survenu — qu'il est impossible que M. Charles Trockley se trouve avoir tort.

Lui et moi, pour prendre un exemple, nous sommes nés la même année, le même mois et presque le même jour : lui en Angleterre, moi en Sicile. Aujourd'hui, 15 juin, il fête ses quarante-huit ans ; moi, je les fêterai le 28. Bon. Quel âge aurons-nous, lui le 15 et moi le 28 juin de l'année prochaine ? M. Trockley ne s'égare pas, n'hésite pas une minute ; avec une ferme assurance, il soutient que le 15 et le 28 juin de l'année prochaine, nous

totto di giugno dell'anno venturo lui e io avremo un anno di più, vale a dire quarantanove.

È possibile dar torto al signor Charles Trockley ?

Il tempo non passa ugualmente per tutti. Io potrei avere da un sol giorno, da un'ora sola più danno, che non lui da dieci anni passati nella rigorosa disciplina del suo benessere ; potrei vivere, per il deplorevole disordine del mio spirito, durante quest'anno, più d'una intera vita. Il mio corpo, più debole e assai men curato del suo, si è poi, in questi quarantotto anni, logorato quanto certamente non si logorerà in settanta quello del signor Trockley. Tanto vero ch'egli, pur coi capelli tutti bianchi d'argento, non ha ancora nel volto di gambero cotto la minima ruga, e può ancora tirare di scherma ogni mattina con giovanile agilità.

Ebbene, che importa ? Tutte queste considerazioni, ideali e di fatto, sono per il signor Charles Trockley oziose e lontanissime dalla ragione. La ragione dice al signor Charles Trockley che io e lui, a conti fatti, il quindici e il ventotto di giugno dell'anno venturo avremo un anno di più, vale a dire quarantanove.

Premesso questo, udite che cosa è accaduto di recente al signor Charles Trockley e provatevi, se vi riesce, a dargli torto.

aurons tous les deux une année de plus, à savoir quarante-neuf ans.

Comment donner tort à M. Charles Trockley ?

Le temps ne s'écoule pas de la même manière pour tous. Je pourrais en un seul jour, en une seule heure subir plus de dommages que lui en dix années passées sous la rigoureuse discipline de son bien-être ; par la faute du déplorable désordre de mon esprit, je pourrais vivre durant cette année plus d'une vie entière. Plus faible et beaucoup moins soigné que le sien, mon corps s'est ensuite, en ces quarante-huit ans, plus usé que celui de M. Trockley ne s'usera certainement en soixante-dix ans. Preuve en est que malgré ses cheveux d'argent, son visage aussi rouge qu'une écrevisse[1] ne porte pas la moindre ride et qu'il peut encore chaque matin faire de l'escrime avec une juvénile agilité.

Eh bien, quelle importance ? Toutes ces considérations intellectuelles et concrètes sont pour M. Charles Trockley oiseuses et très éloignées de la raison. La raison dit à M. Charles Trockley que lui et moi, tout compte fait, le 15 et le 28 juin de l'année prochaine, nous aurons une année de plus, à savoir quarante-neuf ans.

Si vous le voulez bien, écoutez ce qui est arrivé récemment à M. Charles Trockley et essayez, si vous le pouvez, de lui donner tort.

---

1. Le français ne précise pas que l'écrevisse est cuite.

Lo scorso aprile, seguendo il solito itinerario tracciato dal Baedeker per un viaggio in Italia, Miss Ethel Holloway, giovanissima e vivacissima figlia di Sir W. H. Holloway, ricchissimo e autorevolissimo Pari d'Inghilterra, capitò in Sicilia, a Girgenti, per visitarvi i maravigliosi avanzi dell'antica città dorica. Allettata dall'incantevole piaggia tutta in quel mese fiorita del bianco fiore dei mandorli al caldo soffio del mare africano, pensò di fermarsi più d'un giorno nel grande *Hôtel des Temples* che sorge fuori dell'erta e misera cittaduzza d'oggi, nell'aperta campagna, in luogo amenissimo.

Da ventidue anni il signor Charles Trockley è viceconsole d'Inghilterra a Girgenti, e da ventidue anni, ogni giorno, sul tramonto, si reca a piedi, col suo passo elastico e misurato, dalla città alta sul colle alle rovine dei Tempii akragantini, aerei e maestosi su l'aspro ciglione che arresta il declivio della collina accanto, la collina akrea, su cui sorse un tempo, fastosa di marmi, l'antica città da Pindaro esaltata come bellissima tra le città mortali.

Dicevano gli antichi che gli Akragantini mangiavano ogni giorno come se dovessero morire il giorno dopo, e costruivano le loro case come se non dovessero morir

1. Girgenti : nom qui date de l'occupation normande, remplacé sous le fascisme par le nom romain antérieur d'Agrigente.
2. Cette mer qui baigne la côte sud de la Sicile baigne aussi la côte nord de l'Afrique.

En avril dernier, selon l'itinéraire courant établi par le Baedeker pour un voyage en Italie, Miss Ethel Holloway, la très jeune et sémillante fille de Sir W. H. Holloway, très riche et très influent Pair d'Angleterre, arriva en Sicile, à Girgenti[1], pour y visiter les merveilleux vestiges archéologiques de l'antique cité dorique. Séduite par cette côte enchanteresse toute blanche en cette saison d'amandiers en fleurs sous le souffle chaud de la mer africaine[2], elle pensa s'arrêter plus d'un jour au *Grand Hôtel des Temples* qui s'élève en dehors de la misérable bourgade escarpée d'aujourd'hui, en pleine campagne, dans le lieu le plus agréable du monde.

Depuis vingt-deux ans M. Charles Trockley est vice-consul d'Angleterre à Girgenti et depuis vingt-deux ans, chaque jour au coucher du soleil, de son pas élastique et mesuré, il se rend à pied de la ville là-haut sur la colline aux ruines des temples d'Akragas, aériens et majestueux sur la rude arête qui coupe la pente de la colline à côté, la colline akréenne où s'éleva jadis, dans le faste de ses marbres, l'antique cité exaltée par Pindare comme la plus belle d'entre les cités mortelles[3].

Les Anciens disaient que les habitants d'Akragas mangeaient chaque jour comme s'ils devaient mourir le lendemain et construisaient leurs maisons

---

3. Akragas : ville grecque fondée en 580 av. J.-C. Il en reste ses temples aujourd'hui très visités. Cette ville fut colossalement riche selon Pindare ; 200 000 habitants, selon Diodore.

mai. Poco ora mangiano, perché grande è la miseria
nella città e nelle campagne, e delle case della città
antica, dopo tante guerre e sette incendii e altrettanti
saccheggi, non resta più traccia. Sorge al posto di esse
un bosco di mandorli e d'olivi saraceni, detto percio il
Bosco della Civiltà. E i chiomati olivi cinerulei s'avan-
zano in teoria fin sotto alle colonne dei Tempii maestosi e par che preghino pace per quei clivi abbando-
nati. Sotto il ciglione scorre, quando può, il fiume
Akragas che Pindaro glorificò come ricco di greggi.
Qualche greggiola di capre, attraversa tuttavia il letto
sassoso del fiume : s'inerpica sul ciglione roccioso e
viene a stendersi e a rugumare il magro pascolo
all'ombra solenne dell'antico tempio della Concordia,
integro ancora. Il caprajo, bestiale e sonnolento come
un arabo, si sdraja anche lui sui gradini del pronao
dirupati e trae qualche suono lamentoso dal suo zufolo
di canna.

Al signor Charles Trockley questa intrusione delle
capre nel tempio è sembrata sempre un'orribile
profanazione ; e innumerevoli volte ne ha fatto formale
denunzia ai custodi dei monumenti, senza ottener mai
altra risposta che un sorriso di filosofica indulgenza e

1. Olivier sarrasin, originaire du Proche-Orient. Arbre que
Pirandello mourant voulait faire figurer dans le décor des *Géants
de la montagne*, afin, selon son fils, de conclure par ce symbole le
drame mythique.
2. *Civiltà* : de *civitas* latin : cité.

comme s'ils ne devaient jamais mourir. Aujourd'hui ils mangent peu, car grande est la misère en ville et dans les campagnes, et des demeures de la cité antique, après tant de guerres, sept incendies et autant de mises à sac, il ne reste plus trace. À leur place s'élève un bois d'amandiers et d'oliviers sarrasins[1], qu'on appelle à cause de cela *bosco della città*[2]. Et les cendreux oliviers chevelus s'avancent en théorie jusqu'au-dessous des colonnes des temples majestueux et l'on dirait qu'ils prient pour la paix de ces pentes délaissées. En contrebas de l'arête, quand il le peut, coule le fleuve Akragas que Pindare a glorifié comme riche en troupeaux. Une ou deux chèvres traversent cependant le lit caillouteux du fleuve : elles grimpent sur la crête rocheuse et viennent s'étendre et mâchonner leur maigre pâture à l'ombre solennelle de l'antique temple de la Concorde, encore intact. Bestial et somnolent comme un Arabe[3], le chevrier se couche lui aussi sur les raides marches du pronaos[4], et tire quelques sons plaintifs de son pipeau de roseau.

Cette intrusion des chèvres dans le temple a toujours fait l'effet d'une horrible profanation à M. Charles Trockley et, à d'innombrables occasions, il l'a formellement dénoncée aux gardiens des monuments sans jamais obtenir d'autre réponse

3. Jusqu'à ces derniers temps, les Siciliens ne se glorifiaient guère de l'occupation arabe.
4. *Pronaos* : vestibule donnant accès au *naos*, salle centrale du temple.

un'alzata di spalle. Con veri fremiti d'indignazione il signor Charles Trockley di questi sorrisi e di queste alzate di spalle s'è lagnato con me che qualche volta lo accompagno in quella sua quotidiana passeggiata. Avviene spesso che, o nel tempio della Concordia, o in quello più su di Hera Lacinia, o nell'altro detto volgarmente dei Giganti, il signor Trockley s'imbatta in comitive di suoi compatriotti, venute a visitare le rovine. E a tutti egli fa notare, con quell'indignazione che il tempo e l'abitudine non hanno ancora per nulla placato o affievolito, la profanazione di quelle capre sdrajate e rugumanti all'ombra delle colonne. Ma non tutti gl'inglesi visitatori, per dir la verità, condividono l'indignazione del signor Trockley. A molti anzi sembra non privo d'una certa poesia il riposo di quelle capre nei Tempii, rimasti come sono ormai solitari in mezzo al grande e smemorato abbandono della campagna. Più d'uno, con molto scandalo del signor Trockley, di quella vista si mostra anzi lietissimo e ammirato.

Più di tutti lieta e ammirata se ne mostrò, lo scorso aprile, la giovanissima e vivacissima Miss Ethel Holloway. Anzi, mentre l'indignato vice-console stava a darle alcune preziose notizie archeologiche, di cui né il

qu'un sourire de philosophique indulgence et un haussement d'épaules. C'est avec de réels frémissements d'indignation que M. Charles Trockley s'est plaint à moi de ces sourires et de ces haussements d'épaules lorsque parfois je l'accompagne dans sa promenade quotidienne. Il se produit souvent que soit dans le temple de la Concorde, soit plus haut dans celui d'Hera Lacinia[1] ou dans un autre vulgairement appelé des Géants, M. Trockley tombe sur un groupe de compatriotes venus visiter les ruines. Et à tous il fait remarquer, avec une indignation que le temps et l'habitude n'ont encore en rien ni apaisée ni affaiblie, la profanation des lieux par ces chèvres couchées et mâchonnantes à l'ombre des colonnes. Mais à dire vrai, tous les visiteurs anglais ne partagent pas l'indignation de M. Trockley. À beaucoup même apparaît non privé d'une certaine poésie le repos de ces chèvres dans les temples, restés tels qu'ils sont aujourd'hui, solitaires au milieu de l'immense abandon sans mémoire de la campagne. Au grand scandale de M. Trockley, plus d'un se montrent au contraire très heureux et admiratifs devant ce spectacle.

La plus heureuse et admirative se trouva être, en avril dernier, la très jeune et sémillante Miss Ethel Holloway. Et même que, alors que le vice-consul indigné était en train de lui fournir quelques précieuses informations archéologiques que ni le

---

1. Hera lacinia : Junon lacinienne. Junon avait un temple sur le cap Lacinium (golfe de Tarente).

Baedeker né altra guida hanno ancor fatto tesoro, Miss
Ethel Holloway commise l'indelicatezza di voltargli le
spalle improvvisamente per correr dietro a un grazioso
capretto nero, nato da pochi giorni, che tra le capre
sdrajate springava qua e là come se per aria attorno gli
danzassero tanti moscerini di luce, e poi di quei suoi
salti arditi e scomposti pareva restasse lui stesso sbigottito, ché ancora ogni lieve rumore, ogni alito d'aria,
ogni piccola ombra, nello spettacolo per lui tuttora
incerto della vita, lo facevano rabbrividire e fremer
tutto di timidità.

Quel giorno, io ero col signor Trockley, e se molto
mi compiacqui della gioja di quella piccola Miss, così
di subito innamorata del capretto nero, da volerlo a
ogni costo comperare ; molto anche mi dolsi di quanto
toccò a soffrire al povero signor Charles Trockley.

— Comperare il capretto ?

— Sì, sì ! comperare subito ! subito !

E fremeva tutta anche lei, la piccola Miss, come
quella cara bestiolina nera ; forse non supponendo
neppur lontanamente che non avrebbe potuto fare un
dispetto maggiore al signor Trockley, che quelle bestie
odia da tanto tempo ferocemente.

Invano il signor Trockley si provò a sconsigliarla, a
farle considerare tutti gl'impicci che le sarebbero
venuti da quella compera : dovette cedere alla fine e,

Baedeker ni aucun autre guide n'a encore recueillies, Miss Ethel Holloway commit l'indélicatesse de
lui tourner soudain le dos pour courir derrière un
gracieux chevreau noir à peine né depuis quelques
jours, qui gambadait de-ci, de-là parmi les chèvres
couchées comme si, dans l'air, autant de mouche-
rons de lumière avaient dansé autour de lui ; puis il
semblait rester lui-même éberlué de ses sauts témé-
raires et désordonnés, car en plus le moindre bruit,
le moindre souffle d'air, la moindre ombre au sein
du spectacle de la vie encore pour lui incertain le
faisaient tressaillir et trembler tout entier de
timidité.

Ce jour-là j'accompagnais M. Trockley et si je pris
grand plaisir à la joie de la petite Miss, amoureuse
ainsi tout à coup du chevreau noir au point de vouloir l'acheter à tout prix, je m'attristai aussi beaucoup de ce qu'eut à souffrir ce pauvre M. Charles
Trockley.

— Acheter le chevreau ?
— Oui, oui, l'acheter. Tout de suite, tout de suite.

Et elle frémissait tout entière elle aussi, la petite
Miss, comme cette chère bestiole noire, peut-être
sans supposer même de loin qu'elle ne pouvait
jouer un plus vilain tour à M. Trockley, lequel
depuis si longtemps déteste férocement ces
bêtes.

En vain s'efforça-t-il de lui déconseiller la chose,
de lui faire considérer tous les embarras qui lui
viendraient de cet achat : finalement il dut céder et,
par respect pour le père de la jeune fille, s'appro-

per rispetto al padre di lei, accostarsi al selvaggio
caprajo per trattar l'acquisto del capretto nero.

Miss Ethel Holloway, sborsato il denaro della compera, disse al signor Trockley che avrebbe affidato il
suo capretto al direttore dell'*Hôtel des Temples*, e che
poi, appena ritornata a Londra, avrebbe telegrafato
perché la cara bestiolina, pagate tutte le spese, le fosse
al più presto recapitata ; e se ne tornò in carrozza all'albergo, col capretto belante e guizzante tra le braccia.

Vidi, incontro al sole che tramontava fra un mirabile
frastaglio di nuvole fantastiche, tutte accese sul mare
che ne splendeva sotto come uno smisurato specchio
d'oro, vidi nella carrozza nera quella bionda giovinetta
gracile e fervida allontanarsi infusa nel nembo di luce
sfolgorante ; e quasi mi parve un sogno. Poi compresi
che, avendo potuto, pur tanto lontana dalla sua patria,
dagli aspetti e dagli affetti consueti della sua vita, con-
cepir subito un desiderio così vivo, un così vivo affetto
per un piccolo capretto nero, ella non doveva avere
neppure un briciolo di quella solida ragione, che con
tanta gravità governa gli atti, i pensieri, i passi e le
parole del signor Charles Trockley.

E che cosa aveva allora al posto della ragione la piccola Miss Ethel Holloway ?

Nient'altro che la stupidaggine, sostiene il signor
Charles Trockley con un furore a stento contenuto,

cher du sauvage chevrier pour négocier l'acquisition du chevreau noir.

Miss Ethel Holloway, une fois déboursé l'argent de l'achat, dit à M. Trockley qu'elle allait confier son chevreau au directeur de l'*Hôtel des Temples* et qu'à peine revenue ensuite à Londres, elle donnerait l'ordre par télégramme de lui envoyer tous frais payés et au plus vite cette chère petite bête. Et elle s'en retourna en voiture à l'hôtel, le chevreau dans ses bras, bêlant et se débattant[1].

Je vis, contre le soleil qui se couchait au milieu d'une admirable découpure de fantastiques nuages tout allumés sur la mer qui en resplendissait au-dessous comme un miroir d'or démesuré, je vis dans la voiture noire cette blonde jeune fille délicate et passionnée s'éloigner, absorbée dans ce nimbe de fulgurante clarté : et cela me sembla presque un rêve. Puis je compris qu'ayant pu, quoique si loin de sa patrie, de l'aspect des choses, des sentiments qui lui étaient familiers, concevoir tout à coup un désir si vif, un si vif sentiment pour un petit chevreau noir, elle ne devait pas posséder ne fût-ce qu'une miette de cette solide raison qui règle avec tant de gravité les actes, les pensées, les pas et les paroles de M. Charles Trockley.

Qu'avait-elle alors à la place de la raison, cette petite Miss Ethel Holloway ?

Rien que de la stupidité, soutient M. Charles Trockley, contenant avec effort une fureur qui fait

1. Se tortiller. Voir note p. 67.

che quasi quasi fa pena, in un uomo come lui, sempre così compassato.

La ragione del furore è nei fatti che son seguiti alla compera di quel capretto nero.

Miss Ethel Holloway partì il giorno dopo da Girgenti. Dalla Sicilia doveva passare in Grecia, dalla Grecia, in Egitto ; dall'Egitto nelle Indie.

È miracolo che, arrivata sana e salva a Londra su la fine di novembre, dopo circa otto mesi e dopo tante avventure che certamente le saranno occorse in un così lungo viaggio, si sia ancora ricordata del capretto nero comperato un giorno lontano tra le rovine dei Tempii akragantini in Sicilia.

Appena arrivata, secondo il convenuto, scrisse per riaverlo al signor Charles Trockley.

L'*Hôtel des Temples* si chiude ogni anno alla metà di giugno per riaprirsi ai primi di novembre. Il direttore, a cui Miss Ethel Holloway aveva affidato il capretto, alla metà di giugno, partendo, lo aveva a sua volta affidato al custode dell'albergo, ma senz'alcuna raccomandazione, mostrandosi anzi seccato più d'un po' del fastidio che gli aveva dato e seguitava a dargli quella bestiola. Il custode aspettò di giorno in giorno che il vice-console signor Trockley, per come il direttore gli aveva detto, venisse a prendersi il capretto per spedirlo in Inghilterra, poi, non vedendo comparir nessuno, pensò bene, per liberarsene, di darlo in consegna a quello stesso caprajo che lo aveva venduto alla Miss, promettendoglielo in dono se questa, come pareva, non

quasi peine chez un homme comme lui, toujours si
compassé.

La raison de cette fureur est dans les faits qui ont
suivi l'achat de ce chevreau noir.

Miss Ethel Holloway quitta le lendemain Girgenti.
De Sicile, elle devait passer en Grèce, de Grèce en
Égypte, d'Égypte aux Indes.

Le miracle, c'est qu'arrivée à Londres saine et
sauve vers la fin novembre au bout d'environ six
mois et après le grand nombre d'aventures qu'elle
avait certainement connues au cours d'un si long
voyage, elle se soit encore souvenue de ce chevreau
noir acheté un jour lointain parmi les ruines des
temples akragantins, en Sicile.

À peine revenue au pays, elle écrivit comme
convenu à M. Charles Trockley pour le récupérer.

L'*Hôtel des Temples* ferme chaque année à mi-juin
pour rouvrir au début de novembre. Le directeur, à
qui Miss Ethel Holloway avait confié le chevreau,
l'avait à son tour confié en partant à mi-juin au
concierge de l'hôtel, mais sans aucune recommandation, montrant même pas mal d'agacement pour
les ennuis que cette bête lui avait apportés et continuait à lui apporter. Le concierge attendit jour
après jour que M. Trockley, le vice-consul, vînt
prendre le chevreau pour l'expédier en Angleterre,
selon ce que lui avait dit le directeur ; puis, ne
voyant paraître personne, il crut bien faire, pour
s'en débarrasser, en le donnant à garder au même
chevrier qui l'avait vendu à la Miss, avec la promesse

si fosse più curata di riaverlo, o un compenso per la
custodia e la pastura, nel caso che il vice-console fosse
venuto a chiederlo.

Quando, dopo circa otto mesi, arrivò da Londra la
lettera di Miss Ethel Holloway, tanto il direttore dell'
Hôtel des Temples, quanto il custode, quanto il caprajo
si trovarono in un mare di confusione ; il primo per
aver affidato il capretto al custode ; il custode per
averlo affidato al caprajo, e questi per averlo a sua volta
dato in consegna a un altro caprajo con le stesse promesse fatte a lui dal custode. Di questo secondo
caprajo non s'avevano più notizie. Le ricerche durarono più d'un mese. Alla fine, un bel giorno, il signor
Charles Trockley si vide presentare nella sede del vice-
consolato in Girgenti un orribile bestione cornuto,
fetido, dal vello stinto rossigno strappato e tutto incros-
tato di sterco e di mota, il quale, con rochi, profondi e
tremuli belati, a testa bassa, minacciosamente, pareva
domandasse che cosa si volesse da lui, ridotto per
necessità di cose in quello stato, in un luogo così strano
dalle sue consuetudini.

Ebbene, il signor Charles Trockley, secondo il solito
suo, non si sgomentò minimamente a una tale
apparizione ; non tentennò un momento : fece il
conto del tempo trascorso, dai primi d'aprile agli
ultimi di dicembre, e concluse che, ragionevolmente, il
grazioso capretto nero d'allora poteva esser benissimo

de lui en faire cadeau si, comme cela en avait l'air, cette dernière ne se souciait pas de le récupérer, ou de lui faire payer la garde et la pâture dans le cas où le vice-consul viendrait le réclamer.

Quand au bout d'environ huit mois, la lettre de Miss Ethel Holloway arriva de Londres, tant le directeur de l'*Hôtel des Temples* que le concierge et le chevrier se trouvèrent plongés dans une mer de confusion : le premier pour avoir confié le chevreau au concierge ; le concierge pour l'avoir confié au chevrier et celui-ci pour l'avoir à son tour donné en garde à un autre chevrier, avec les mêmes promesses que le concierge lui avait faites. De ce second chevrier on n'avait plus aucune nouvelle. Les recherches durèrent plus d'un mois. À la fin, M. Charles Trockley se vit présenter un beau jour au siège du vice-consulat de Girgenti un horrible gros animal cornu, puant, à la toison décolorée rougeâtre, arrachée par plaques et tout encroûtée de crottin et de boue, lequel, avec de rauques bêlements profonds et chevrotants, la tête basse, menaçant, semblait demander ce qu'on lui voulait, réduit à cet état par la force des choses dans un lieu si étranger à son genre de vie.

Eh bien, selon son habitude, M. Charles Trockley ne se démonta pas le moins du monde en face d'une telle apparition ; il ne balança pas un instant ; il fit le compte du temps écoulé des premiers jours d'avril aux derniers jours de décembre et conclut qu'en toute logique, le gracieux chevreau noir de naguère pouvait fort bien être devenu cet immonde

quest'immondo bestione d'adesso. E senza neppure
un'ombra d'esitazione rispose alla Miss, che subito
gliel'avrebbe mandato da Porto Empedocle col primo
vapore mercantile inglese di ritorno in Inghilterra.
Appese al collo di quell'orribile bestia un cartellino
con l'indirizzo di Miss Ethel Holloway e ordinò che
fosse trasportata alla marina. Qui, lui stesso, mettendo
a grave repentaglio la sua dignità, si tirò dietro con una
fune la bestia restia per la banchina del molo, seguito
da una frotta di monellacci ; la imbarcò sul vapore in
partenza, e se ne ritornò a Girgenti, sicurissimo d'aver
adempiuto scrupolosamente all'impegno che s'era
assunto, non tanto per la deplorevole leggerezza di
Miss Ethel Holloway, quanto per il rispetto dovuto al
padre di lei.

Jeri, il signor Charles Trockley è venuto a trovarmi
in casa in tali condizioni d'animo e di corpo, che
subito, costernatissimo, io mi son lanciato a sorreg-
gerlo, a farlo sedere, a fargli recare un bicchier
d'acqua.
— Per amor di Dio, signor Trockley, che vi è
accaduto ?
Non potendo ancora parlare, il signor Trockley ha
tratto di tasca una lettera e me l'ha porta.

gros animal d'à présent. Et sans l'ombre d'une hésitation, il répondit à la Miss qu'il allait le lui envoyer
sans retard de Port Empédocle[1] par le premier
bateau marchand anglais regagnant l'Angleterre. Il
suspendit au cou de cette horrible bête une éti-
quette avec l'adresse de Miss Ethel Holloway et
donna l'ordre de la transporter à la mer[2]. Là, au
risque d'un grave accroc à sa dignité, il tira lui-
même avec une corde la bête rétive le long du môle,
une bande de garnements à ses trousses ; il l'em-
barqua sur le bateau en partance et revint à Girgenti, tout à fait sûr de s'être scrupuleusement
acquitté de la tâche qu'il avait assumée, non pas tellement au service de la déplorable légèreté de Miss
Ethel Holloway que pour le respect qu'il devait à
son père.

Hier, M. Charles Trockley est venu me trouver
chez moi dans un tel état physique et mental
qu'envahi par la consternation, je me suis sur-le-
champ précipité pour le soutenir, le faire asseoir,
lui faire apporter un verre d'eau.

— Pour l'amour de Dieu, monsieur Trockley,
que vous est-il arrivé ?

Encore incapable de parler, M. Trockley a tiré
une lettre de sa poche et me l'a tendue.

1. Port Empédocle (du nom du philosophe grec né à Agrigente
(Ve siècle av. J-C) : port de la ville sur la côte sud de la Sicile.
2. *Marina* : le village retiré des terres possède d'habitude au
bord de la mer sa *marina* : pour gens de mer, bourg de pêcheurs,
station balnéaire, etc.

Era di Sir H. W. Holloway, Pari d'Inghilterra, e conteneva una filza di gagliarde insolenze al signor Trockley per l'affronto che questi aveva osato fare alla figliuola Miss Ethel, mandandole quella bestia immonda e spaventosa.

Questo, in ringraziamento di tutti i disturbi, che il povero signor Trockley s'è presi.

Ma che si aspettava dunque quella stupidissima Miss Ethel Holloway ? Si aspettava che, a circa undici mesi dalla compera, le arrivasse a Londra quello stesso capretto nero che springava piccolo e lucido, tutto fremente di timidezza tra le colonne dell'antico Tempio greco in Sicilia ? Possibile ? Il signor Charles Trockley non se ne può dar pace.

Nel vedermelo davanti in quello stato, io ho preso a confortarlo del mio meglio, riconoscendo con lui che veramente quella Miss Ethel Holloway dev'essere una creatura, non solo capricciosissima, ma oltre ogni dire irragionevole.

— Stupida ! stupida ! stupida !

— Diciamo meglio irragionevole, caro signor Trockley, amico mio. Ma vedete, — (mi son permesso d'aggiungere timidamente) — ella, andata via lo scorso aprile con negli occhi e nell'anima l'immagine graziosa di quel capretto nero, non poteva, siamo giusti, far buon viso (così irragionevole com'è evidentemente) alla ragione che voi, signor Trockley, le avete posta davanti all'improvviso con quel caprone mostruoso che le avete mandato.

Elle était de Sir W. H. Holloway, Pair d'Angleterre et contenait une kyrielle de vigoureuses injures à l'adresse de M. Trockley pour l'affront qu'il avait osé faire à sa fille Miss Ethel en lui envoyant cette bête immonde et effrayante.

Cela en manière de remerciements pour tous les embarras que le pauvre M. Trockley s'était mis sur le dos.

Mais qu'attendait-elle donc, cette petite sotte de Miss Ethel Holloway ? Presque onze mois après l'achat, s'attendait-elle à recevoir à Londres ce même chevreau noir qui gambadait, tout petit et lustré, tout frémissant de timidité entre les colonnes de l'antique temple grec en Sicile ? Est-ce possible ? M. Charles Trockley n'arrive pas à s'en remettre.

En le voyant dans cet état, je m'emploie à le réconforter de mon mieux, reconnaissant avec lui que vraiment cette Miss Ethel Holloway doit être une créature non seulement très capricieuse mais déraisonnable au-delà de toute expression.

— Une sotte ! Une sotte ! Une sotte !

— Disons plutôt déraisonnable, cher monsieur Trockley, mon ami. Mais voyez-vous (me suis-je permis d'ajouter timidement), partie en avril dernier les yeux et l'esprit pleins de la gracieuse image de ce chevreau noir, elle ne pouvait pas, soyons justes, faire bon visage (ainsi déraisonnable comme elle l'est de toute évidence) à la raison qu'à l'improviste vous, monsieur Trockley, vous lui avez fourrée sous le nez, avec le bouc monstrueux que vous lui avez envoyé.

— Ma dunque ? — mi ha domandato, rizzandosi e guardandomi con occhio nemico, il signor Trockley. — Che avrei dovuto fare, dunque, secondo voi ?

— Non vorrei, signor Trockley, — mi sono affrettato a rispondergli imbarazzato, — non vorrei sembrarvi anch'io irragionevole come la piccola Miss del vostro paese lontano, ma al posto vostro, signor Trockley, sapete che avrei fatto io ? O avrei risposto a Miss Ethel Holloway che il grazioso capretto nero era morto per il desiderio de' suoi baci e delle sue carezze ; o avrei comperato un altro capretto nero, piccolo piccolo e lucido, simile in tutto a quello da lei comperato lo scorso aprile e gliel'avrei mandato, sicurissimo che Miss Ethel Holloway non avrebbe affatto pensato che il suo capretto non poteva per undici mesi essersi conservato così tal quale. Seguito con ciò, come vedete, a riconoscere che Miss Ethel Holloway è la creatura più irragionevole di questo mondo e che la ragione sta intera e tutta dalla parte vostra, come sempre, caro signor Trockley, amico mio.

— Mais alors ? m'a demandé M. Trockley en se redressant et en me regardant d'un œil hostile. Qu'aurais-je donc dû faire à votre avis ?

— Je ne voudrais pas, monsieur Trockley (me suis-je empressé de répondre avec embarras), je ne voudrais pas à mon tour vous sembler aussi déraisonnable que la petite Miss de votre lointain pays, mais à votre place, monsieur Trockley, savez-vous ce que j'aurais fait ? Ou bien j'aurais répondu à Miss Ethel Holloway que le gracieux chevreau noir était mort d'avoir été privé de ses baisers et de ses caresses ; ou bien j'aurais acheté un autre chevreau noir, tout petit et lustré, pareil en tout à celui qu'elle avait acheté en avril dernier et je le lui aurais envoyé, tout à fait convaincu que l'idée ne l'effleurerait pas que son chevreau ne pouvait pas s'être conservé tel quel pendant onze mois. En quoi je continue à reconnaître, comme vous voyez, que Miss Ethel Holloway est la créature la plus déraisonnable qui soit au monde et que la raison demeure en sa totalité de votre côté, comme toujours, cher monsieur Trockley, mon ami.

La vengeance du chien
La vendetta del cane

Senza sapere né come né perché, Jaco Naca s'era trovato un bel giorno padrone di tutta la poggiata a solatio sotto la città, da cui si godeva la veduta magnifica dell'aperta campagna svariata di poggi e di valli e di piani, col mare in fondo, lontano, dopo tanto verde, azzurro nella linea dell'orizzonte.

Un signore forestiere, con una gamba di legno che gli cigolava a ogni passo, gli s'era presentato, tre anni addietro, tutto in sudore, in un podere nella vallatella di Sant'Anna infetta dalla malaria, ov'egli stava in qualità di garzone, ingiallito dalle febbri, coi brividi per le ossa e le orecchie ronzanti dal chinino; e gli aveva annunziato che da minuziose ricerche negli archivi era venuto a sapere che quella poggiata lì, creduta finora senza padrone, apparteneva a lui : se gliene voleva vendere una parte, per certi suoi disegni ancora in aria, gliel'avrebbe pagata secondo la stima d'un perito.

Sans savoir ni comment ni pourquoi, un beau jour Jaco Naca s'était trouvé propriétaire de toute la déclivité en plein midi au-dessous de la ville, d'où l'on jouissait d'une vue magnifique sur la campagne ouverte de hauteurs, plaines et vallons variés, avec au loin, après tout ce vert, la mer au fond, bleue sur la ligne d'horizon.

Trois ans auparavant, un monsieur étranger au pays avec une jambe de bois qui grinçait à chaque pas s'était présenté à lui, tout en sueur, dans un domaine du vallon de Sant'Anna infesté de malaria où Jaco Naca vivait en qualité de garçon de ferme, jaune de fièvre, les os parcourus de frissons et les oreilles bourdonnantes de quinine. Cet étranger lui avait annoncé qu'à la suite de minutieuses recherches dans les archives, il en était arrivé à savoir que cette déclivité, jusqu'ici sans propriétaire lui appartenait, et s'il voulait lui en vendre une partie, pour de certains projets encore en l'air, il la lui payerait selon l'estimation d'un expert.

Rocce erano, nient'altro ; con, qua e là, qualche
ciuffo d'erba, ma a cui neppure le pecore, passando,
avrebbero dato una strappata.

Intristito dal veleno lento del male che gli aveva dis-
fatto il fegato e consunto le carni, Jaco Naca quasi non
aveva provato né meraviglia né piacere per quella sua
ventura, e aveva ceduto a quello zoppo forestiere gran
parte di quelle rocce per una manciata di soldi. Ma
quando poi, in meno d'un anno, aveva veduto levarsi
lassù due villini, uno più grazioso dell'altro, con ter-
razze di marmo e verande coperte di vetri colorati,
come non s'erano mai viste da quelle parti : una vera
galanteria ! e ciascuno con un bel giardinetto fiorito e
adorno di chioschi e di vasche dalla parte che guardava
la città, e con orto e pergolato dalla parte che guardava
la campagna e il mare ; sentendo vantar da tutti, con
ammirazione e con invidia, l'accorgimento di quel
segnato lì, venuto chi sa da dove, che certo in pochi
anni col fitto dei dodici quartierini ammobigliati in un
luogo così ameno si sarebbe rifatto della spesa e costi-
tuito una bella rendita ; s'era sentito gabbato e
frodato : l'accidia cupa, di bestia malata, con cui per
tanto tempo aveva sopportato miseria e malanni, gli
s'era cangiata d'improvviso in un'acredine rabbiosa,
per cui tra smanie violente e lagrime d'esasperazione,
pestando i piedi, mordendosi le mani, strappandosi i

C'était de la roche, rien de plus ; avec, ici et là, une ou deux touffes d'herbe, mais auxquelles même les moutons n'auraient pas donné un coup de dent.

Rendu mélancolique par le poison lent du mal qui lui avait démoli le foie et dévoré la chair, Jaco Naca n'avait quasi éprouvé ni étonnement ni plaisir à la suite de ce coup de chance, et c'est pour une poignée de sous qu'il avait cédé une grande partie de ces cailloux à cet étranger boiteux. Mais quand plus tard, en moins d'une année, il avait vu se bâtir là-haut deux résidences aussi charmantes l'une que l'autre, avec terrasses de marbre et vérandas à petits carreaux multicolores comme on n'en avait jamais vu dans les parages : quelque chose de tout à fait chic ! et chacune avec un joli jardinet fleuri, orné de kiosques et de vasques du côté qui regardait la ville, plus un potager et une pergola du côté qui regardait la campagne et la mer ; et comme tout le monde vantait, avec admiration et envie, l'astuce de ce disgracié-là, venu on ne savait d'où, qui sûrement en peu d'années avec le loyer des douze appartements meublés en un lieu si agréable aurait couvert sa dépense et se serait constitué une rente coquette, il s'était senti berné et lésé : la sombre passivité de bête malade avec laquelle il avait supporté si long-temps sa misère et ses infirmités s'était soudain changée en une acrimonie rageuse. En vertu de quoi, mêlant violents accès de fureur et larmes d'exaspération, tapant du pied, se mordant les poings, s'arrachant les cheveux, il s'était mis à en

capelli, s'era messo a gridar giustizia e vendetta contro quel ladro gabbamondo.

Purtroppo è vero che, a voler scansare un male, tante volte, si rischia d'intoppare in un male peggiore. Quello zoppo forestiere, per non aver più la molestia di quelle scomposte recriminazioni, sconsigliatamente s'era indotto a porger sottomano a Jaco Naca qualche giunta al prezzo della vendita : poco ; ma Jaco Naca, naturalmente, aveva sospettato che quella giunta gli fosse porta così sottomano perché colui non si riteneva ben sicuro del suo diritto e volesse placarlo ; gli avvocati non ci sono per nulla ; era ricorso ai tribunali. E intanto che quei pochi quattrinucci della vendita se n'andavano in carta bollata tra rinvii e appelli, s'era dato con rabbioso accanimento a coltivare il residuo della sua proprietà, il fondo del valloncello sotto quelle rocce, ove le piogge, scorrendo in grossi rigagnoli su lo scabro e ripido declivio della poggiata, avevano depositato un po' di terra.

Lo avevano allora paragonato a un cane balordo che, dopo essersi lasciato strappar di bocca un bel cosciotto di montone, ora rabbiosamente si rompesse i denti su l'osso abbandonato da chi s'era goduta la polpa.

Un po' d'ortaglia stenta, una ventina di non meno stenti frutici di mandorlo che parevano ancora sterpi tra i sassi, erano sorti laggiù nel valloncello angusto come una fossa, in quei due anni d'accanito lavoro ;

appeler à la justice et à la vengeance contre cet
emberlificoteur d'escroc.

Mais il est vrai, hélas ! qu'à vouloir éviter un mal
on risque la plupart du temps de tomber dans un
mal plus grave. Pour n'avoir plus à subir ces tem-
pêtes de récriminations, notre boiteux d'étranger
s'était imprudemment laissé aller à remettre en
sous-main à Jaco Naca une petite rallonge au peu de
chose du montant de la vente. Mais Jaco Naca, naturellement, avait soupçonné que cette rallonge lui
était ainsi glissée en sous-main pour la raison que
son acheteur n'était pas très sûr de son droit et voulait l'apaiser. Ce n'est pas pour rien qu'il existe des
avocats : il eut recours aux tribunaux. Et pendant
que les maigres sous de la vente s'en allaient en
papier timbré de renvois en appels, il s'était mis
avec un acharnement rageur à cultiver le reste de sa
propriété, le fond du vallon au-dessous du terrain
rocheux où les pluies en ruisselant en grosses
rigoles sur la pente raide et raboteuse avaient
déposé un peu de terre.

On l'avait alors comparé à un chien stupide, qui
après s'être laissé arracher de la gueule un beau
gigot de mouton, se casse avec rage les dents sur l'os
abandonné par celui qui s'est envoyé la viande.

Quelques légumes chétifs, une vingtaine de non
moins chétifs amandiers à l'état d'arbrisseaux qui
avaient encore l'air de broussailles entre les cailloux
avaient poussé là en bas, dans ce bas-fond aussi
étroit qu'une fosse en ces deux ans de labeur
forcené ; tandis que là-haut en plein ciel, devant le

mentre lassù, aerei davanti allo spettacolo di tutta la
campagna e del mare, i due leggiadri villini splende-
vano al sole, abitati da gente ricca, che Jaco Naca naturalmente s'immaginava anche felice. Felice, non fos-
s'altro, del suo danno e della sua miseria.

E per far dispetto a questa gente e vendicarsi almeno
così del forestiere, quando non aveva potuto più altro,
aveva trascinato laggiù nella fossa un grosso cane da
guardia ; lo aveva legato a una corta catena confitta per
terra, lasciato lì, giorno e notte, morto di fame, di sete e
di freddo.

— Grida per me !

Di giorno, quand'egli stava attorno all'orto a zappet-
tare, divorato dal rancore, con gli occhi truci nel terreo
giallore della faccia, il cane per paura stava zitto. Steso
per terra, col muso allungato su le due zampe davanti,
al più, sollevava gli occhi e traeva qualche sospiro o un
lungo sbadiglio mugolante, fino a slogarsi le mascelle,
in attesa di qualche tozzo di pane ch'egli ogni tanto gli
tirava come un sasso, divertendosi anche talvolta a
vederlo smaniare, se il tozzo ruzzolava più là di quanto
teneva la catena. Ma la sera, appena rimasta sola
laggiù, e poi per tutta la nottata, la povera bestia si
dava a guaire, a uggiolare, a sguagnolare, così forte e
con tanta intensità di doglia e tali implorazioni d'ajuto
e di pietà, che tutti gl'inquilini delle due ville si sve-
gliavano e non potevano più riprender sonno.

panorama de toute la campagne et de la mer, les deux élégantes résidences resplendissaient au soleil, habitées par des gens riches que Jaco Naca naturellement s'imaginait en plus heureux. Heureux, à défaut de mieux, de son malheur et de sa misère.

Et pour faire enrager ces gens et se venger de l'étranger au moins de cette manière, quand il n'avait plus rien pu faire d'autre, il avait traîné là en bas dans cette fosse un gros chien de garde ; il l'avait attaché à une courte chaîne fixée en terre et laissé là, jour et nuit, mort de faim, de soif et de froid.

— Hurle à ma place !

Pendant la journée, quand Jaco Naca était autour de son jardin à biner, dévoré de rancune, l'œil torve dans le jaune terreux de sa face, le chien par peur restait muet. Couché par terre, le museau allongé sur ses deux pattes de devant, il levait tout au plus les yeux avec un soupir ou un long bâillement gémissant à s'en décrocher la mâchoire dans l'attente d'un quignon de pain que son maître de temps en temps lui lançait comme une pierre, s'amusant aussi parfois à le voir se démener, si le quignon roulait au-delà de la longueur de la chaîne. Mais le soir, dès qu'on l'avait laissée seule là en bas, et ensuite pendant la nuit, la pauvre bête se mettait à geindre, se lamenter, hurler si fort, avec une intensité si douloureuse, un appel si implorant à l'aide et à la pitié que tous les locataires des deux villas se réveillaient et ne pouvaient se rendormir.

Da un piano all'altro, dall'uno all'altro quartierino, nel silenzio della notte, si sentivano i borbottii, gli sbuffi, le imprecazioni, le smanie di tutta quella gente svegliata nel meglio del sonno ; i richiami e i pianti dei bimbi impauriti, il tonfo dei passi a piedi scalzi o lo strisciar delle ciabatte delle mamme accorrenti.

Era mai possibile seguitare così ? E da ogni parte eran piovuti reclami al proprietario, il quale, dopo aver tentato più volte e sempre invano, con le buone e con le cattive, d'ottenere da quel tristo che finisse d'infliggere il martirio alla povera bestia, aveva dato il consiglio di rivolgere al municipio un'istanza firmata da tutti gl'inquilini.

Ma anche quell'istanza non aveva approdato a nulla. Correva, dai villini al posto ove il cane stava incatenato, la distanza voluta dai regolamenti : se poi, per la bassura di quel valloncello e per l'altezza dei due villini, i guaiti pareva giungessero da sotto le finestre, Jaco Naca non ci aveva colpa : egli non poteva insegnare al cane ad abbajare in un modo più grazioso per gli orecchi di quei signori ; se il cane abbajava, faceva il suo mestiere ; non era vero ch'egli non gli desse da mangiare ; gliene dava quanto poteva ; di levarlo di catena non era neanche da parlarne, perché, sciolto, il

D'un étage à l'autre, d'un appartement à l'autre, dans le silence de la nuit, on entendait les ronchonnements, les soupirs, les imprécations, les accès de fureur de tous ces gens arrachés au meilleur de leur sommeil ; les appels, les pleurs des enfants effrayés, le clappement[1] des pieds nus, le glissement des savates quand les mamans accouraient.

Était-ce possible que cela continuât ainsi ? De toutes parts les réclamations avaient commencé de pleuvoir sur le propriétaire, lequel, après avoir plusieurs fois tenté et toujours vainement, tantôt par la douceur, tantôt par la manière forte, d'obtenir de ce triste sire qu'il cessât d'infliger le martyre à la pauvre bête, avait conseillé d'envoyer à la mairie une pétition signée de tous les locataires.

Mais cette pétition elle-même n'avait abouti à rien. La distance voulue par les règlements s'étendait des résidences à l'endroit où le chien se trouvait enchaîné ; si ensuite, à cause de la profondeur du vallon et de la position élevée où se dressaient les résidences, il semblait que les aboiements éclataient juste sous les fenêtres, Jaco Naca n'encourait aucune responsabilité : il ne pouvait enseigner au chien à hurler d'une manière plus gracieuse aux oreilles de ces messieurs dames ; si le chien aboyait, c'était son métier ; ce n'était pas vrai qu'il l'affamait : il lui donnait tout ce qu'il pouvait ; quant à le détacher, inutile également d'en parler, car libéré, le chien

---

1. *Tonfo* : désigne littéralement le bruit du plongeon dans l'eau. Pas d'équivalent exact.

cane se ne sarebbe tornato a casa, e lui lì aveva da guardarsi quei suoi beneficii che gli costavano sudori di sangue. Quattro sterpi ? Eh, non a tutti toccava la ventura d'arricchirsi in un batter d'occhio alle spalle d'un povero ignorante !

— Niente, dunque ? Non c'era da far niente ?

E una notte di quelle, che il cane s'era dato a mugolare alla gelida luna di gennaio più angosciosamente che mai, all'improvviso, una finestra s'era aperta con fracasso nel primo dei due villini, e due fucilate n'eran partite, con tremendo rimbombo, a breve intervallo. Tutto il silenzio della notte era come sobbalzato due volte con la campagna e il mare, sconvolgendo ogni cosa ; e in quel generale sconvolgimento, urla, gridi disperati ! Era il cane che aveva subito cangiata il mugolìo in un latrato furibondo, e tant'altri cani delle campagne vicine e lontane s'erano dati anch'essi a latrare a lungo, a lungo. Tra il frastuono, un'altra finestra s'era schiusa nel secondo villino, e una voce irata di donna e una vocetta squillante di bimba non meno irata, avevano gridato verso quell'altra finestra da cui erano partite le fucilate :

— Bella prodezza ! Contro la povera bestia incatenata !

— Brutto cattivo !

— Se ha coraggio, contro il padrone dovrebbe tirare !

— Brutto cattivo !

rentrerait à la maison alors qu'il avait ici à monter la garde autour de ces sources de profit qui lui coûtaient des sueurs de sang. De la broussaille ? Eh, tout le monde n'avait pas la veine de s'enrichir en un clin d'œil sur le dos d'un pauvre ignorant !

— Alors rien ? Il n'y avait rien à faire ?

Et une de ces nuits-là, comme le chien s'était mis à glapir à la lune glacée de janvier d'une manière plus angoissée que jamais, soudain, une fenêtre s'était ouverte avec fracas dans la première des villas et deux coups de fusil en étaient partis, à brefs intervalles, avec une terrible vibration de l'air : par deux fois l'entier silence de la nuit avait comme sursauté avec la campagne et la mer, mettant toutes choses sens dessus dessous, et dans ce sens dessus dessous général : hurlements, cris désespérés ! C'était le chien qui avait tout à coup changé son glapissement en aboiements furibonds, et tous les chiens des campagnes proches et lointaines de se mettre à leur tour à aboyer sans fin. Au milieu de ce charivari, une autre fenêtre s'était ouverte dans la seconde villa, et une voix de femme irritée, doublée d'une petite voix claironnante de fillette non moins irritée, avait crié du côté de cette autre fenêtre d'où étaient partis les coups de feu :

— Jolie prouesse ! Contre cette pauvre bête enchaînée !

— Vilain méchant !

— C'est contre son maître que vous devriez tirer, si vous en aviez le courage !

— Vilain méchant !

— Non le basta che stia lì quella povera bestia a soffrire il freddo, la fame, la sete ? Anche ammazzata ? Che prodezza ! Che cuore !

— Brutto cattivo !

E la finestra s'era richiusa con impeto d'indignazione.

Aperta era rimasta quell'altra, ove l'inquilino, che forse s'aspettava l'approvazione di tutti i vicini, ecco che, ancor vibrante della violenza commessa, si aveva in cambio la sferzata di quell'irosa e mordace protesta femminile. Ah sì ? ah sì ? E per più di mezz'ora, lì seminudo, al gelo della notte, come un pazzo, costui aveva imprecato non tanto alla maledettissima bestia che da un mese non lo lasciava dormire, quanto alla facile pietà di certe signore che, potendo a piacer loro dormire di giorno, possono perdere senza danno il sonno della notte, con la soddisfazione per giunta... eh già, con la soddisfazione di sperimentar la tenerezza del proprio cuore, compatendo le bestie che tolgono il riposo a chi si rompe l'anima a lavorare dalla mattina alla sera. E l'anima diceva, per non dire altra cosa.

I commenti, nei due villini, durarono a lungo quella notte ; s'accesero in tutte le famiglie vivacissime discussioni tra chi dava ragione all'inquilino che aveva sparato, e chi alla signora che aveva preso le difese del cane.

— Ça ne vous suffit pas que cette pauvre bête soit là à mourir de froid, de faim et de soif ? La massacrer, par-dessus le marché ? Quelle prouesse ! Quel bon cœur !

— Vilain méchant !

La fenêtre s'était refermée dans un grand mouvement d'indignation.

L'autre fenêtre était restée ouverte où voici qu'encore tout vibrant de la violence accomplie, le locataire qui peut-être s'attendait à l'approbation de tous les voisins, ne recevait en échange que l'affront de cette protestation féminine, irritée et mordante. Ah oui ? Ah oui ? Et pendant plus d'une demi-heure, exposé à moitié nu au froid glacial de la nuit, comme un fou il avait pesté non pas tellement contre cette maudite bête qui l'empêchait de dormir depuis un mois, que contre la pitié facile de certaines femmes qui, libres de dormir le jour à leur guise, peuvent sans dommage se passer de dormir la nuit, avec pour comble la satisfaction... exactement ! la satisfaction de mesurer la tendresse de leur propre cœur, en fondant de compassion pour les bêtes qui privent de repos ceux qui se ruinent l'âme à travailler du matin au soir. Et il disait l'âme, pour ne pas dire autre chose.

Cette nuit-là, les commentaires durèrent longtemps dans les deux résidences. De très vives discussions éclatèrent dans toutes les familles entre ceux qui donnaient raison au locataire qui avait tiré, et ceux qui approuvaient la femme qui avait pris la défense du chien.

Tutti erano d'accordo che quel cane era insopportabile ; ma anche d'accordo ch'esso meritava compassione per il modo crudele con cui era trattato dal padrone. Se non che, la crudeltà di costui non era soltanto contro la bestia, era anche contro tutti coloro a cui, per via di essa, toglieva il riposo della notte. Crudeltà voluta ; vendetta meditata e dichiarata. Ora, la compassione per la povera bestia faceva indubbiamente il giuoco di quel manigoldo ; il quale, tenendola così a catena e morta di fame e di sete e di freddo, pareva sfidasse tutti, dicendo :

— Se avete coraggio, per giunta, ammazzatela !

Ebbene, bisognava ammazzarla, bisognava vincere la compassione e ammazzarla, per non darla vinta a quel manigoldo !

Ammazzarla ? E non si sarebbe fatta allora scontare iniquamente alla povera bestia la colpa del padrone ? Bella giustizia ! Una crudeltà sopra la crudeltà, e doppiamente ingiusta, perché si riconosceva che la bestia non solo non aveva colpa ma anzi aveva ragione di lagnarsi così ! La doppia crudeltà di quel tristaccio si sarebbe rivolta tutta contro la bestia, se anche quelli che non potevano dormire si mettevano contro di essa e la uccidevano ! D'altra parte, però, se non c'era altro mezzo d'impedire che colui martoriasse tutti ?

— Piano, piano, signori, — era sopravvenuto ad ammonire il proprietario dei due villini, la mattina

Que le chien fût insupportable, tout le monde en tombait d'accord, mais il y avait aussi accord sur le fait qu'il méritait la pitié pour la façon cruelle dont son maître le traitait. A ceci près que cette cruauté n'était pas seulement dirigée contre la bête, mais également contre tous ceux que, par ce moyen, elle privait de repos nocturne. Cruauté voulue : vengeance méditée et proclamée. Si bien que la compassion à l'égard de la pauvre bête faisait indubitablement le jeu de ce gredin qui, en la tenant ainsi enchaînée, morte de faim, de soif et de froid, semblait les défier tous en disant :

— Tuez-la moi, par-dessus le marché, si vous en avez le courage !

Eh bien, il fallait la tuer, vaincre la compassion et la tuer pour ne pas laisser le dernier mot à ce gredin !

La tuer ? Cela ne serait-il pas alors faire iniquement expier la faute de son maître à la pauvre bête ? Belle justice que celle-là ! Cruauté sur cruauté et doublement injuste puisqu'on reconnaissait que la bête non seulement n'avait pas tort, mais au contraire avait raison de se plaindre de cette façon. La double cruauté de ce très triste sire se retournerait totalement contre la bête si ceux qui ne pouvaient dormir se mettaient aussi contre elle et lui réglaient son compte. Mais d'autre part, s'il n'existait pas d'autre moyen d'empêcher cet homme-là de martyriser tout le monde ?

— Du calme, du calme, messieurs, était venu leur conseiller le propriétaire des deux résidences le len-

dopo, con la sua gamba di legno cigolante. — Per amor
di Dio, piano, signori !

Ammazzare il cane a un contadino siciliano ? Ma si
guardassero bene dal rifar la prova ! Ammazzare il
cane a un contadino siciliano voleva dire farsi ammazzare senza remissione. Che aveva da perdere colui ?
Bastava guardarlo in faccia per capire che, con la
rabbia che aveva in corpo, non avrebbe esitato a com-
mettere un delitto.

Poco dopo, infatti, Jaco Naca, con la faccia più gialla
del solito e col fucile appeso alla spalla, s'era presentato davanti ai due villini e, rivolgendosi a tutte le
finestre dell'uno e dell'altro, poiché non gli avevano
saputo indicare da quale propriamente fossero partite
le fucilate, aveva masticato la sua minaccia, sfidando
che si facesse avanti chi aveva osato attentare al suo
cane.

Tutte le finestre eran rimaste chiuse ; soltanto quella
dell'inquilina che aveva preso le difese del cane e
ch'era la giovine vedova dell'intendente delle finanze,
signora Crinelli, s'era aperta, e la bambina dalla voce
squillante, la piccola Rorò, unica figlia della signora,
s'era lanciata alla ringhiera col visino in fiamme e gli
occhioni sfavillanti per gridare a colui il fatto suo, scotendo i folti ricci neri della tonda testolina ardita.

Jaco Naca, in prima, sentendo schiudere quella
finestra, s'era tratto di furia il fucile dalla spalla ; ma
poi, vedendo comparire una bambina, era rimasto con

demain matin avec sa grinçante jambe de bois. Pour
l'amour de Dieu, du calme, messieurs !

Tuer le chien d'un paysan sicilien ? Qu'on se
garde bien d'en faire l'essai ! Tuer le chien d'un
paysan sicilien voulait dire se faire tuer soi-même
sans rémission. Qu'avait-il à perdre, celui-là ? Il suffisait de voir sa tête pour comprendre qu'avec la
rage qu'il avait au cœur, il n'hésiterait pas à com-
mettre un crime.

Peu après, en effet, Jaco Naca, le visage plus jaune
que d'habitude et le fusil suspendu à l'épaule, s'était
présenté devant les deux résidences et se tournant
vers toutes les fenêtres de l'une et l'autre, car personne n'avait su lui indiquer exactement de laquelle
les coups de feu étaient partis, il avait baragouiné
ses menaces, mettant au défi de se montrer celui qui
avait attenté à la vie de son chien.

Toutes les fenêtres étaient restées fermées ; seule
s'était ouverte celle de la locataire qui avait pris la
défense du chien et qui était la jeune veuve d'un
intendant des finances, Mme Crinelli, et la fillette
à la voix claironnante, la petite Rorò, unique
enfant de la dame, s'était élancée contre la barre
d'appui, le visage enflammé et les yeux étincelants
pour lui clamer son fait, à celui-là, secouant les
épaisses boucles noires de sa ronde petite tête
hardie.

D'abord, au bruit de cette fenêtre qui s'ouvrait,
Jaco Naca, d'un geste rapide, s'était ôté le fusil de
l'épaule ; mais ensuite, voyant apparaître une
enfant, il était demeuré, un affreux ricanement aux

un laido ghigno sulle labbra ad ascoltarne la fiera invet-
tiva, e alla fine con acre mutria le aveva domandato :
— Chi ti manda, papà ? Digli che venga fuori lui :
tu sei piccina !

Da quel giorno, la violenza dei sentimenti in con-
trasto nell'animo di quella gente, da un canto arrabbiata per il sonno perduto, dall'altro indotta per la
misera condizione di quel povero cane a una pietà
subito respinta dall'irritazione fierissima verso quel
villanzone che se ne faceva un'arma contro di loro, non
solo turbò la delizia di abitare in quei due villini tanto
ammirati, ma inasprì talmente le relazioni degli inquilini tra loro che, di dispetto in dispetto, presto si venne
a una guerra dichiarata, specialmente tra quei due che
per i primi avevano manifestato gli opposti
sentimenti : la vedova Crinelli e l'ispettore scolastico
cavalier Barsi, che aveva sparato.

Si malignava sotto sotto, che la nimicizia tra i due
non era soltanto a causa del cane, e che il cavalier Barsi
ispettore scolastico sarebbe stato felicissimo di perdere
il sonno della notte, se la giovane vedova dell'intendente delle finanze avesse avuto per lui un pochino
pochino della compassione che aveva per il cane. Si
ricordava che il cavalier Barsi, nonostante la ripu-
gnanza che la giovane vedova aveva sempre dimostrato
per quella sua figura tozza e sguajata, per quei suoi
modi appiccicaticci come l'unto delle sue pomate, s'era

lèvres, à écouter la fière invective, demandant pour finir avec une aigre suffisance :

— C'est papa qui t'envoie ? Dis-lui de sortir lui-même : toi tu es petite.

À partir de ce jour-là, la violence des sentiments en lutte dans l'esprit de ces gens d'un côté furieux d'avoir perdu le sommeil et portés de l'autre, à cause du sort misérable de ce chien, à une pitié aussitôt refoulée par leur furieuse irritation à l'égard de ce goujat qui s'en faisait une arme contre eux, non seulement gâta le plaisir d'habiter ces deux résidences si admirées mais envenima à tel point les relations des locataires entre eux que, de vexation en vexation, on en vint rapidement à une guerre déclarée, spécialement entre ceux qui les premiers avaient manifesté des sentiments opposés : la veuve Crinelli et le chevalier Barsi, inspecteur de l'enseignement, qui avait tiré les coups de feu.

La médisance colportait sous le manteau qu'entre eux deux le chien n'était pas l'unique cause de leur hostilité et que le chevalier Barsi, inspecteur de l'enseignement, eût été au comble du bonheur de perdre le sommeil nocturne si la jeune veuve de l'intendant des finances avait éprouvé pour lui un tout petit peu de la compassion qu'elle avait pour le chien. On se souvenait que le chevalier Barsi, malgré la répugnance que la jeune veuve avait toujours affichée pour sa courtaude et vulgaire personne, ses manières aussi collantes que le gras de ses pommades, s'était obstiné à la courtiser, quoique

ostinato a corteggiarla, pur senza speranza, quasi per farle dispetto, quasi per il gusto di farsi mortificare e punzecchiare a sangue non solo dalla giovane vedova, ma anche dalla figlietta di lei, da quella piccola Rorò che guardava tutti con gli occhioni scontrosi, come se credesse di trovarsi in un mondo ordinato apposta per l'infelicità della sua bella mammina, la quale soffriva sempre di tutto e piangeva spesso, pareva di nulla, silenziosamente. Quanta invidia, quanta gelosia e quanto dispetto entravano nell'odio del cavalier Barsi ispettore scolastico per quel cane ?

Ora, ogni notte, sentendo i mugolii della povera bestia, mamma e figliuola, abbracciate strette strette nel letto come a resistere insieme allo strazio di quei lunghi lagni, stavano nell'aspettativa piena di terrore, che la finestra del villino accanto si schiudesse e che, con la complicità delle tenebre, altre fucilate ne partissero.

— Mamma, oh mamma, — gemeva la bimba tutta tremante, — ora gli spara ! Senti come grida ? Ora lo ammazza !

— Ma no, sta' tranquilla, — cercava di confortarla la mammina, — sta' tranquilla, cara, che non lo ammazzerà ! Ha tanta paura del villano ! Non hai visto che non ha osato d'affacciarsi alla finestra ? Se egli ammazza il cane, il villano ammazzerà lui. Sta' tranquilla !

Ma Rorò non riusciva a tranquillarsi. Già da un pezzo, della sofferenza di quella bestia pareva si fosse fatta una fissazione. Stava tutto il giorno a guardarla

sans espérance, quasi pour la faire enrager, quasi par goût d'être mortifié et piqué au vif non seulement par la jeune veuve mais par sa fillette, cette petite Rorò qui regardait tout le monde avec de grands yeux hargneux, comme si elle pensait se trouver au sein d'un univers tout exprès organisé pour le malheur de sa jolie petite maman ; laquelle souffrait toujours de tout et pleurait souvent, on eût dit à propos de rien, silencieusement. Quelle part d'envie, de jalousie, de dépit entrait-elle dans la haine du chevalier Barsi, inspecteur de l'enseignement, pour ce chien ?

Chaque nuit, à présent, en entendant les glapissements de la pauvre bête, mère et fille étroitement embrassées dans le lit comme pour résister ensemble à ce qu'avait de déchirant ces longues plaintes, se tenaient dans l'attente pleine de terreur que la fenêtre de la villa voisine s'entrouvrît et qu'avec la complicité des ténèbres en partent de nouveaux coups de fusil.

— Maman, oh maman, gémissait la petite toute tremblante. Il va tirer dessus. Tu entends comme elle crie ? Il va la tuer !

— Mais non, calme-toi, répondait la mère, cherchant à la rassurer. Calme-toi, chérie, il ne la tuera pas ! Il a trop peur du paysan ! N'as-tu pas vu qu'il n'a pas osé se mettre à la fenêtre ? S'il tue le chien, le paysan le tuera. Calme-toi !

Mais Rorò n'arrivait pas à se calmer. Depuis un certain temps déjà, les souffrances de cette bête semblaient être devenues une obsession pour elle. Elle

dalla finestra giù nel valloncello, e si struggeva di pietà
per essa. Avrebbe voluto scendere laggiù a confortarla,
a carezzarla, a recarle da mangiare e da bere ; e più
volte, nei giorni che il villano non c'era, lo aveva
chiesto in grazia alla mamma. Ma questa, per paura
che quel tristo sopravvenisse, o per timore che la piccina scivolasse giù per il declivio roccioso, non gliel'a-
veva mai concesso.

Glielo concesse alla fine, per far dispetto al Barsi,
dopo l'attentato di quella notte. Sul tramonto, quando
vide andar via con la zappa in collo Jaco Naca, pose in
mano a Rorò per le quattro cocche un tovagliolo pieno
di tozzi di pane e con gli avanzi del desinare, e le raccomandò di star bene attenta a non mettere in fallo i pie-
dini, scendendo per la poggiata. Ella si sarebbe affacciata alla finestra a sorvegliarla.

S'affacciarono con lei tanti e tant'altri inquilini ad
ammirare la coraggiosa Rorò che scendeva in quel
triste fossato a soccorrere la bestia. S'affacciò anche il
Barsi alla sua, e seguì con gli occhi la bimba, crollando
il capo e stropicciandosi le gote raschiose con una
mano sulla bocca. Non era un'aperta sfida a lui tutta
quella carità ostentata ? Ebbene : egli la avrebbe rac-
colta, quella sfida. Aveva comperato la mattina una
certa pasta avvelenata da buttare al cane, una di quelle
notti, per liberarsene zitto zitto. Gliel'avrebbe buttata
quella notte stessa. Intanto rimase lì a godersi fino
all'ultimo lo spettacolo di quella carità e tutte le amo-

restait la journée entière à la regarder de la fenêtre au fond du vallon, et la pitié la torturait. Elle aurait voulu descendre là en bas pour la réconforter, la caresser, lui porter à manger et à boire, et plusieurs fois, les jours où le paysan n'était pas là, elle l'avait demandé en grâce à sa mère. Mais celle-ci, craignant que le triste sire ne survienne ou de peur que la petite ne glisse sur la roche en pente, ne le lui avait jamais permis.

Finalement elle le lui permit, pour faire enrager Barsi, après l'attentat de cette fameuse nuit. Au cré-puscule, quand elle vit Jaco Naca s'en aller la houe sur l'épaule, elle confia à Rorò une serviette tenue aux quatre coins pleine de croûtons de pain et aussi les restes du repas, et elle lui recommanda de bien poser les pieds là où il fallait en descendant le versant. Elle allait se mettre à la fenêtre pour la surveiller.

En même temps qu'elle, d'autres locataires en foule se penchèrent aux fenêtres, admirant cette courageuse Rorò qui descendait dans cette triste dépression pour secourir la bête. Barsi également de sa fenêtre suivit des yeux la fillette, hochant la tête et frottant ses joues mal rasées, une main sur la bouche. Tout ce déballage de charité n'était-il pas un défi patent à sa personne ? Eh bien, il le relève-rait, ce défi ! Il venait d'acheter dans la matinée une certaine boulette empoisonnée à jeter au chien, une de ces nuits, pour s'en débarrasser discrètement. Il la lui lancerait cette nuit même. En attendant, il resta là à jouir jusqu'au bout du spectacle de cette charité et des douces exhortations de la petite

rose esortazioni di quella mammina che gridava dalla
finestra alla sua piccola di non accostarsi troppo alla
bestia, che poteva morderla, non conoscendola.

Il cane abbajava, difatti, vedendo appressarsi la
bimba e, trattenuto dalla catena, balzava in qua e in là,
minacciosamente. Ma Rorò, col tovagliolo stretto per
le quattro cocche nel pugno, andava innanzi sicura e
fiduciosa che quello, or ora, certamente, avrebbe compreso la sua carità. Ecco, già al primo richiamo scodin-
zolava, pur seguitando ad abbajare ; e ora, al primo
tozzo di pane, non abbajava più. Oh poverino, poverino, con che voracità ingojava i tozzi uno dopo
l'altro ! Ma ora, ora veniva il meglio... E Rorò, senza la
minima apprensione, stese con le due manine la carta
coi resti del desinare sotto il muso del cane che, dopo
aver mangiato e leccato a lungo la carta, guardò la
bimba, dapprima quasi meravigliato, poi con affet-
tuosa riconoscenza. Quante carezze non gli fece allora
Rorò, a mano a mano sempre più rinfrancata e felice
della sua confidenza corrisposta : quante parole di
pietà non gli disse ; arrivò finanche a baciarlo sul capo,
provandosi ad abbracciarlo mentre di lassù la mamma,
sorridendo e con le lagrime agli occhi, le gridava che
tornasse su. Ma il cane ora avrebbe voluto ruzzare con
la bimba : s'acquattava, poi springava smorfiosamente,
senza badare agli strattoni della catena, e si storcignava
tutto, guaendo, ma di gioja.

maman qui de la fenêtre criait à l'enfant de ne pas s'approcher trop de la bête qui pouvait la mordre, ne la connaissant pas.

Le chien aboyait, en effet, en voyant la fillette s'approcher et, retenu par la chaîne, il bondissait de-ci de-là, menaçant. Mais Ròro, les quatre coins de la serviette bien serrés dans son poing, avançait avec assurance et la conviction que l'animal allait certainement se rendre compte de ses intentions charitables. Tiens, au premier mot déjà, il remuait la queue mais en continuant d'aboyer ; et maintenant, au premier croûton de pain, il n'aboyait plus. Ah le pauvre, le pauvre, avec quelle voracité il engloutissait l'un après l'autre les croûtons ! À présent venait le plus beau... Sans la moindre appréhension, Ròro, de ses deux petites mains, mettait le papier avec les restes du repas sous le museau du chien qui, après avoir mangé et léché le papier à n'en plus finir, regarda l'enfant d'abord comme étonné, puis avec une affectueuse gratitude. Que de caresses alors de la part d'une Ròro, de plus en plus sûre d'elle et heureuse de voir sa confiance partagée : que de paroles compatissantes. Elle arriva même à lui déposer un baiser sur la tête, s'efforçant de le prendre dans ses bras, tandis que là-haut sa maman, le sourire aux lèvres et les larmes aux yeux, lui criait de remonter. Mais le chien aurait maintenant voulu batifoler avec la petite : il s'aplatissait au sol, puis sautait avec mille gentillesses, sans prendre garde aux coups d'arrêt de la chaîne, et il se contorsionnait en geignant, mais de joie.

Non doveva pensare Rorò, quella notte, che il cane se ne stesse tranquillo perché lei gli aveva recato da mangiare e lo aveva confortato con le sue carezze ? Una sola volta, per poco, a una cert'ora, s'intesero i suoi latrati ; poi, più nulla. Certo il cane, sazio e contento, dormiva. Dormiva, e lasciava dormire.

— Mamma, — disse Rorò, felice del rimedio finalmente trovato. — Domattina, di nuovo, mamma, è vero ?

— Sì, sì, — le rispose la mamma, non comprendendo bene, nel sonno.

E la mattina dopo, il primo pensiero di Rorò fu d'affacciarsi a vedere il cane che non s'era inteso tutta la notte.

Eccolo là : steso di fianco per terra, con le quattro zampe diritte, stirate, come dormiva bene ! E nel valloncello non c'era nessuno : pareva ci fosse soltanto il gran silenzio che, per la prima volta, quella notte, non era stato turbato.

Insieme con Rorò e con la mammina, gli altri inquilini guardavano anch'essi stupiti quel silenzio di laggiù e quel cane che dormiva ancora, lì disteso, a quel modo. Era dunque vero che il pane, le carezze della bimba avevano fatto il miracolo di lasciar dormire tutti e anche la povera bestia ?

Solo la finestra del Barsi restava chiusa.

E poiché il villano ancora non si vedeva laggiù, e forse per quel giorno, come spesso avveniva, non si sarebbe veduto, parecchi degli inquilini persuasero la

N'était-elle pas en droit de penser, notre Rorò, que si le chien, cette nuit-là, resta tranquille, c'était qu'elle lui avait apporté à manger et l'avait réconforté de ses caresses ? Une seule fois, juste un peu à une certaine heure, on entendit ses hurlements, puis plus rien. Pour sûr, repu et content, le chien dormait. Il dormait et laissait dormir.

— Maman, dit Rorò tout heureuse d'avoir enfin trouvé le remède. De nouveau demain matin, maman, n'est-ce pas ?

— Oui, oui, répondit la maman, comprenant mal dans son sommeil.

Le lendemain matin, la première idée de Rorò fut de se précipiter à la fenêtre pour voir le chien qui de toute la nuit ne s'était pas fait entendre.

Il est là, étendu sur le flanc par terre, les quatre pattes tendues et raidies : comme il dormait bien ! Et personne dans le vallon : seulement, semblait-il, le grand silence qui, pour la première fois cette nuit, n'avait pas été troublé.

En même temps que Rorò et sa mère, les autres locataires contemplaient eux aussi stupéfaits ce silence là en bas et ce chien qui, étendu là, dormait encore de cette façon. Il était donc vrai que le pain, les caresses de l'enfant avaient accompli le miracle de laisser tout le monde dormir et cette pauvre bête par-dessus le marché ?

Seule la fenêtre de Barsi restait close.

Et comme on ne voyait pas encore le paysan là en bas, que peut-être ce jour-là on ne le verrait pas, ainsi que cela se produisait souvent, plusieurs loca-

signora Crinelli ad arrendersi al desiderio di Rorò di
recare al cane — com'ella diceva — la colazione.

— Ma bada, piano, — la ammonì la mamma. — E
poi su, senza indugiarti, eh ?

Seguitò a dirglielo dalla finestra, mentre la bimba
scendeva con passetti lesti, ma cauti, tenendo la testina
bassa e sorridendo tra sé per la festa che s'aspettava dal
suo grosso amico che dormiva ancora.

Giù, sotto la roccia, tutto raggruppato come una
belva in agguato, era intanto Jaco Naca, col fucile. La
bimba, svoltando, se lo trovò di faccia, all'improvviso,
vicinissimo ; ebbe appena il tempo di guardarlo con gli
occhi spaventati : rintronò la fucilata, e la bimba cadde
riversa, tra gli urli della madre e degli altri inquilini,
che videro con raccapriccio rotolare il corpicciuolo giù
per il pendio, fin presso al cane rimasto là, inerte, con
le quattro zampe stirate.

taires persuadèrent Mme Crinelli d'accéder au désir de Rorò qui, disait-elle, voulait porter au chien son petit déjeuner.

— Mais doucement, fais attention, recommanda la maman. Et puis tu remontes tout de suite, sans t'attarder, hein ?

Elle continua à le lui dire de la fenêtre, pendant que l'enfant descendait d'un pas léger mais prudent, tête baissée et se souriant à elle-même de la fête qu'elle attendait de son gros ami encore endormi.

En bas, au pied de la pente rocheuse, tapi comme un fauve aux aguets, se tenait Jaco Naca, avec son fusil. En se tournant, l'enfant l'eut soudain en face d'elle, tout près ; elle eut à peine le temps de le regarder de ses yeux épouvantés : le coup de feu retentit et l'enfant tomba à la renverse au milieu des hurlements de la mère et des autres locataires qui virent avec horreur le petit corps rouler sur la pente jusque près du chien demeuré là, inerte, les quatre pattes raidies.

Le lever du soleil
La levata del sole

Insomma, il lumetto, lì sul piano della scrivania, non ne poteva più. Riparato da un mantino verde, singhiozzava disperatamente ; a ogni singhiozzo faceva sobbalzar l'ombra di tutti gli oggetti della camera, come per mandarli al diavolo ; e meglio di così non lo poteva dire.

Poteva anche parere uno spavento. Perché, nel profondo silenzio della notte, al Bombichi che passeggiava per quella stanza inghiottito dall'ombra e subito rivomitato alla luce da quel singulto del lumetto, giungeva pure di tanto in tanto dalle stanze inferiori della casa la voce rauca, raschiosa della moglie, che lo chiamava come da sottoterra :

— Gosto ! Gosto !

Se non che egli, invariabilmente, fermandosi, rispondeva piano a quella voce, con due inchini :

— Crepa ! Crepa !

E intanto, così bianco di cera, così tutto parato di gala, in marsina, con quello sparato lucido, e così tutto

Finalement, sur le dessus du bureau, cette petite lampe n'en pouvait plus. À l'abri d'un écran vert, elle sanglotait désespérément et à chaque sanglot faisait sursauter l'ombre de tous les objets dans la chambre, comme pour les envoyer au diable. Et mieux que cela, pas moyen de le dire.

Cela pouvait aussi ressembler à de l'épouvante, car dans le profond silence de la nuit, tandis qu'il arpentait la pièce, englouti par l'ombre et soudain vomi à la lumière par ce sursaut de la petite lampe, Bombichi percevait à intervalles, venant des pièces de l'étage inférieur, la voix rauque et râpeuse de sa femme qui semblait l'appeler de dessous terre.

— Gosto ! Gosto !

Ce à quoi, invariablement, en s'arrêtant avec deux courbettes, il répondait tout bas :

— Crève ! Crève !

En attendant, blanc comme cire, fin prêt sur son trente et un en habit et plastron glacé, tout en

guizzi di riso nella faccia da morto, con quei gesti e
scatti che gli balzavano anch'essi al soffitto, chi sa che
altro poteva parere. Tanto più che, poi, accanto a quel
lumetto su la scrivania, una piccola rivoltella dal
manico di madreperla guizzava anch'essa... uh, sì, e
come !

— Tanto carina, eh ?

Perché — pareva solo, Gosto Bombichi — ma c'é
momenti che uno si mette a parlare con se stesso come
se fosse un altro, tal e quale : quell'altro lui, per
esempio, che tre ore fa, prima che andasse al Circolo,
glielo diceva così bene di non andarci ; e — nossignori
— c'era voluto andare per forza. Al *Circolo dei buoni
Amici*. E sissignori — che bontà ! Le ultime migliaja di
lire orfanelle, bisognava vedere con che grazia in quelle
facce da rapina gliel'avevano sgranfignate, contentan-
dosi di rimaner creditori su la parola di altre due o tre
mila : non ricordava più con precisione.

— Entro ventiquattr'ore.

La rivoltella. Non gli restava altro. Quando il tempo
sbatte la porta in faccia a ogni speranza e dice che non
si può, inutile seguitare a picchiare : meglio voltar le
spalle e andarsene.

S'era seccato, del resto. Ne aveva la bocca così
amara ! Bile, no ; neanche bile. Nausea. Perché s'era
tanto divertito lui, ad averla tra mano come una palla

éclairs[1] de rire sur sa face de cadavre, avec ces gestes saccadés qui bondissaient eux aussi au plafond, qui sait à qui d'autre il pouvait ressembler ? D'autant plus que sur le bureau, à côté de la petite lampe, un petit revolver à crosse de nacre lançait lui aussi des éclairs... ouh oui, et comment !

— Un vrai bijou, pas vrai ?

Car — il semblait seul, Gosto Bombichi, mais il y a des moments où l'on se met à parler avec soi-même comme s'il s'agissait d'un autre, ni plus ni moins, cet autre lui-même, par exemple, qui, trois heures plus tôt, avant qu'il se rende au Cercle, lui conseillait si sagement de n'y pas aller. Et non messieurs, à toute force il avait voulu s'y rendre. *Au Cercle des bons amis*, eh oui messieurs, quelle bonté ! Ses derniers milliers de lires orphelines, il fallait voir avec quelle grâce chez ces faces de rapaces ils les lui avaient empochées, se contentant de rester créditeurs sur parole d'autres deux ou trois mille lires, il ne se souvenait pas au juste.

— Dans vingt-quatre heures.

Le revolver. Il ne lui restait rien d'autre. Lorsque le temps claque la porte au nez de toute espérance, et dit que ce n'est pas possible, il est inutile de continuer à frapper. Mieux vaut tourner le dos et s'en aller.

Du reste, il s'était lassé. Il en avait la bouche si amère ! De bile, non, même pas : de la nausée. Car il s'était tant diverti à l'avoir en main, la vie, comme

---

1. Voir note p. 67 de *guizzare*.

di gomma elastica la vita, a farla rimbalzare con accorti colpetti, giù e su, su e giù, battere a terra e rivenire alla mano, trovarsi una compagna e giocare a rimandarsela con certi palpiti e corse avanti e dietro, para di qua, acchiappa di là ; sbagliare il colpo e precipitarsele dietro. Ora gli s'era bucata irrimediabilmente e sgonfiata tra le mani.

— Gosto ! Gosto !

— Crepa ! crepa !

La sciagura massima eccola là : piombatagli tra capo e collo, sei anni fa, mentre viaggiava in Germania, nelle amene contrade del Reno, a Colonia, l'ultima notte di carnevale, che la vecchia città cattolica pareva tutta impazzita. Ma questo non valeva a scusarlo.

Era uscito da un caffè su la *Höhe Strasse* con l'ottima intenzione di rientrare in albergo a dormire. A un tratto, s'era sentito vellicare dietro l'orecchio da una piuma di pavone. Maledetta atavica scimmiesca destrezza ! Di primo lancio, aveva ghermito quella piuma tentatrice e, nel voltarsi di scatto, trionfante (stupido !), s'era visto davanti tre donne, tre giovani che ridevano, gridavano, scalpitando come puledre selvagge e agitandogli davanti agli occhi le mani dalle innumerevoli dita inanellate, sfavillanti. A quale delle tre apparteneva la piuma ? Nessuna aveva voluto

une balle de caoutchouc élastique, à la faire rebondir par petites tapes adroites, en bas, en haut, en haut, en bas, frapper le sol et revenir dans la main, trouver une compagne et jouer à se la renvoyer avec de certains battements de cœur, courir en avant, en arrière, parer par-ci, attraper par-là, manquer le coup et se précipiter derrière. À présent elle était trouée irrémédiablement et dégonflée entre ses mains.

— Gosto ! Gosto !

— Crève ! Crève !

Le suprême désastre, le voici : il lui était tombé sur la nuque, six ans auparavant, au cours d'un voyage en Allemagne, dans les riantes provinces du Rhin[1], à Cologne, la dernière nuit du carnaval où la vieille ville catholique semblait devenue complètement folle. Cela ne suffisait pas à l'excuser.

Il sortait d'un café sur la *Höhe Strasse* dans l'excellente intention de rentrer dormir à l'hôtel. Tout à coup il s'était senti chatouiller derrière l'oreille avec une plume de paon. Maudite adresse atavique de singe ! Du premier coup il avait attrapé cette plume tentatrice et d'une brusque volte-face, triomphant (l'imbécile !), il s'était trouvé en présence de trois femmes, trois jeunes femmes qui riaient et criaient, piaffant comme trois pouliches sauvages et lui agitant devant les yeux leurs mains pleines de doigts étincelants de bagues. À laquelle des trois la plume

---

1. Souvenir peut-être du séjour de Pirandello à Bonn, comme étudiant.

dirlo ; e allora egli, invece di prenderle a scapaccioni tutt'e tre, scelta sciaguratamente quella di mezzo, le aveva restituito con bel garbo la piuma, al patto convenuto nella tradizione carnevalesca : un bacio o un buffetto sul naso.

Buffetto sul naso.

Ma quella dannata, nel riceverselo, aveva socchiuso gli occhi in tal maniera, ch'egli s'era sentito rimescolare tutto il sangue. E dopo un anno, sua moglie. Ora, dopo sei :

— Gosto !

— Crepa !

Figli, niente, per fortuna. Ma pure, chi sa ! se ne avesse avuti, non si sarebbe forse... Via, via ! inutile pensarci ! Quanto a lei, quella strega ritinta, si sarebbe adattata a vivere in qualche modo, se proprio proprio non se la fosse sentita di crepare, come lui amorosamente le suggeriva.

Ora, subito, due paroline, di lettera, e basta eh ?

— L'alba di domani non la vedrò !

Oh ! A questo punto Gosto Bombichi rimase come abbagliato da un'idea. L'alba di domani ? Ma in quarantacinque anni di vita, non ricordava d'aver mai visto nascere il sole, neppure una volta, mai ! Che cos'era l'alba ? com'era l'alba ? Ne aveva sentito tanto parlare come d'un bellissimo spettacolo che la natura

appartenait-elle ? Aucune n'avait voulu le dire ; alors au lieu de leur administrer à toutes les trois une volée de taloches, ayant malheureusement choisi celle du milieu, il lui avait rendu la plume avec la meilleure grâce du monde à la condition convenue selon la tradition du carnaval : un baiser ou une pichenette sur le nez.

Va pour la pichenette.

Mais, en la recevant, cette damnée coquine avait fermé à demi les yeux d'une telle façon qu'il s'était senti le sang entièrement retourné. Un an plus tard : sa femme. À présent, au bout de six ans :

— Gosto !

— Crève !

Une chance : pas d'enfants. Et pourtant... qui sait ? S'il en avait eu, peut-être n'en serait-il pas... Allons, allons, inutile d'y penser ! Quant à cette sorcière reteinte, elle s'adapterait à un quelconque mode de vie s'il lui était absolument impossible de se sentir l'envie de crever, ainsi qu'il le lui soufflait amoureusement.

Et maintenant, vite, deux mots de lettre et c'est tout, hein ?

— L'aube de demain, je ne la verrai pas !

Oh ! À ce moment Gosto Bombichi resta comme ébloui par une idée. L'aube du lendemain ? En quarante-cinq ans de vie, il ne se souvenait pas avoir jamais vu le soleil se lever, fût-ce une seule fois, jamais ! L'aube, qu'est-ce que c'était ? Comment était-ce, l'aube ? Il en avait si souvent entendu parler comme d'un spectacle magnifique que la nature offre

offre *gratis* a chi si leva per tempo ; ne aveva anche
letto parecchie descrizioni di poeti e prosatori, e sì,
insomma, sapeva più o meno di che poteva trattarsi ;
ma lui coi proprii occhi, no, non l'aveva mai veduta,
un'alba, parola d'onore.

— Perbacco ! Mi manca... Come esperienza, mi
manca. Se l'hanno tanto gonfiata i poeti, sarà magari
uno sciocco spettacolo ; ma mi manca e vorrei pur
vederlo, prima d'andarmene. Sarà tra un pajo d'ore...
Ma guarda che idea ! Bellissima. Vedere nascere il
sole, almeno una volta, e poi...

Si fregò le mani, lieto di questa risoluzione improvvisa. Spogliato di tutte le miserie, nudo d'ogni pensiero, lì, fuori, all'aperto, in campagna, come il primo
uomo o l'ultimo sulla faccia della terra, ritto su due
piedi, o meglio comodamente a sedere su qualche
pietra, o con le spalle, meglio ancora, appoggiate a un
tronco d'albero, la levata del sole, ma sì, chi sa che
piacere ! veder cominciare un altro giorno per gli altri
e non più per sé ! un altro giorno, le solite noje, i soliti
affari, le solite facce, le solite parole, e le mosche, Dio
mio, e poter dire : non siete più per me.

Sedette alla scrivania e, tra un singhiozzo e l'altro del
lumetto moribondo, scrisse in questi termini alla
moglie :

gratis à celui qui se lève à temps ; il en avait également lu plusieurs descriptions de poètes et de prosateurs et somme toute, oui, il savait plus ou moins de quoi il pouvait s'agir. Mais lui de ses propres yeux, non, une aube, il n'avait jamais vu ça, parole d'honneur.

— Tonnerre !... Cela me manque... Comme expérience, cela me manque... Si les poètes l'ont tant exalté, ce sera sûrement un spectacle idiot : mais cela me manque et j'aimerais bien le voir avant de m'en aller. À peu près dans deux heures... Voyez-vous ça, quelle idée ! Magnifique. Voir une fois au moins le soleil se lever et puis...

Il se frotta les mains, heureux de cette soudaine résolution. Dépouillé de toutes ses misères, l'esprit vidé[1] de toute pensée, dehors, en plein air au milieu de la campagne, tel le premier ou le dernier des hommes à la surface de la terre, planté sur ses deux pieds ou mieux confortablement assis sur une pierre, ou mieux encore les épaules adossées à un tronc d'arbre... mais oui, le lever du soleil, qui sait quel plaisir ! Voir commencer un nouveau jour pour les autres et non plus pour soi ! Un nouveau jour : habituels ennuis, affaires habituelles, visages, mots habituels, et les mouches, ah mon Dieu ! Et pouvoir dire : ça n'est plus pour moi.

Il s'assit à son bureau et entre deux sanglots de la petite lampe mourante, il écrivit à sa femme en ces termes :

---

1. L'italien dit : « l'esprit nu ».

Cara Aennchen,

Ti lascio. La vita, te l'ho detto tante volte, m'è parsa sempre un giuoco d'azzardo. Ho perduto : pago. Non piangere, cara. Ti sciuperesti inutilmente gli occhi, e sai che non voglio. Del resto, t'assicuro che non ne vale proprio la pena. Dunque, addio. Prima che spunti il giorno, mi troverò in qualche luogo da cui si possa goder bene la levata del sol. M'è nata in questo momento una vivissima curiosità d'assistere almeno una volta a questo tanto decantato spettacolo di natura. Sai che ai condannati a morte non si suol negare l'esaudimento di qualche desiderio possibile. Io voglio passarmi questo.

Senz'altro da dirti, ti prego di non credermi più

il tuo aff.mo
Gosto

E poiché la moglie, giù, era ancora sveglia e da un momento all'altro, se saliva, accorgendosi di quella lettera, addio ogni cosa ; decise di portarla via con sé e di buttarla senza francobollo in qualche cassetta postale della città.

— Pagherà la multa e forse sarà questo l'unico suo dispiacere.

Tu qua — disse poi alla piccola rivoltella, facendole posto in un taschino del panciotto di velluto nero, ampiamente aperto su lo sparato della camicia. E così come si trovava, in tuba e frac, uscì di casa per salutar la levata del sole e tanti ossequi a chi resta.

Chère Aennchen,

Je te quitte... La vie, je te l'ai dit tant de fois, m'est toujours apparue comme un jeu de hasard. J'ai perdu, je paye. Ne pleure pas, chérie. Tu abîmerais inutilement tes yeux et tu sais que je ne le veux pas. Du reste, je t'assure que cela ne vaut pas la peine. Adieu donc ! Avant que le jour ne pointe je serai quelque part d'où l'on peut à son aise contempler le lever du soleil. Il me vient à l'instant de naître une ardente curiosité d'assister au moins une fois à ce spectacle de la nature si vanté. Tu sais que la coutume veut qu'on ne refuse pas aux condamnés à mort d'exaucer un de leurs possibles désirs. Moi, je veux me payer ça.

Sans rien d'autre à te dire, je te prie de ne plus me croire

ton très aff.
Gosto

Et comme sa femme en bas ne dormait pas encore et d'un moment à l'autre si elle montait, tombant sur cette lettre et adieu la suite, il décida de l'emporter avec lui et de la jeter sans timbre dans une quelconque boîte aux lettres.

— Elle payera la taxe et en cela consistera peut-être son unique chagrin.

Toi ici, dit-il ensuite au petit revolver, en lui ménageant une place dans le gousset de son gilet de velours noir, largement échancré sur le plastron de sa chemise. Et tel qu'il était, en chapeau haut de forme et en frac, il sortit pour aller saluer le lever du soleil. Et mille hommages à qui reste.

II

Era piovuto, e per le strade deserte i fanali sonnacchiosi verberavano d'un giallastro lume tremolante l'acqua del lastrico. Ma ora il cielo cominciava a rasserenarsi ; sfavillava qua e là di stelle. Meno male ! Non gli avrebbe guastato lo spettacolo.

Guardò l'orologio ; le due e un quarto ! Come aspettar così, per le vie, tre ore forse, forse più ? Quando spuntava il sole in quella stagione ? Anche la natura, come un qualunque teatro, dava i suoi spettacoli a ore fisse. Ma a questo orario egli era impreparato.

Solito di rincasar tardissimo ogni notte, era avvezzo all'eco dei suoi passi nelle vie lunghe silenziose della città. Ma, le altre notti, i suoi passi avevano una meta ben nota : ogni nuovo passo lo avvicinava alla sua casa, al suo letto. Ora, invece...

S'arrestò un momento. Da lontano, terra terra, un lume si moveva lungo il marciapiedi, lasciandosi dietro un'ombra traballante, quasi di bestia che non si reggesse bene su le gambe.

Un ciccajolo col suo lanternino.

Eccolo là ! E quell'uomo poteva campare di ciò che gli altri buttavano via ; d'una cosettucciaccia amara, velenosa, schifosa.

— Dio, e che schifosa malinconia anche la vita.

Gli venne tuttavia la tentazione di mettersi a cercare

II

Il avait plu, et le long des rues désertes les réverbères somnolents éclairaient le pavé humide d'une lumière jaunâtre tremblotante. Mais le ciel commençait à se rasséréner et çà et là scintillait d'étoiles. Quelle chance : il ne lui gâcherait pas le spectacle.

Il consulta sa montre : deux heures un quart. Comment combler dans les rues peut-être trois heures et peut-être plus ? À quelle heure en cette saison le soleil se levait-il ? La nature, comme un quelconque théâtre, donnait ses spectacles à heure fixe. Mais cet horaire le prenait au dépourvu.

Habitué chaque nuit à rentrer chez lui très tard, il était accoutumé à l'écho de ses pas dans les longues rues silencieuses de la ville. Mais les autres nuits ses pas avaient un but bien connu : chaque nouveau pas le rapprochait de la maison, de son lit. Or, au contraire...

Il s'arrêta un instant. Assez loin, à ras de terre, une lumière se mouvait le long du trottoir, laissant derrière elle une ombre trébuchante, comme une bête qui ne tiendrait pas très bien sur ses pattes.

Un ramasseur de mégots avec sa lanterne.

Le voilà ! Et cet homme arrivait à vivoter avec ce que les autres jetaient au rebut, une petite chose de rien du tout amère, empoisonnée, dégoûtante.

— Mon Dieu, et de même la vie, quelle dégoûtante tristesse.

L'envie le prit pourtant de se mettre à chercher

un tratto con quel ciccajolo. Perché no ? Poteva permettersi tutto, ormai. Sarebbe stata una distrazione,
un'altra esperienza. Perdio, gliene mancavano parecchie, gliene mancavano. Lo chiamò gli diede il sigaro
appena acceso.

— Ah ? Te lo fumi ?

Lurido, irsuto, colui aprì la boccaccia sdentata e
fetida a un riso da scemo ; rispose :

— Prima lo riduco cicca. Poi la metto insieme con le
altre. Grazie, signorino.

Gosto Bombichi lo guatò con ribrezzo. Ma anche
colui lo guatava con gli occhi scerpellati, invetrati di
lagrime dal freddo, e con quel laido ghigno rassegato
su le labbra, come se...

— Se volesse, signorino — disse infatti, alla fine,
strizzando uno di quegli occhi. — Sta qui a due passi.

Gosto Bombichi gli voltò le spalle. Ah, via ! Uscire
al più presto dalla città, da quella cloaca. Via, via !
Camminando all'aperto, avrebbe trovato il punto
migliore per godere dell'ultimo spettacolo, e addio.

Andò con passo svelto, finché non oltrepassò le
ultime case di quella strada, che sboccava nella campagna. Qui si rifermò e si guardò attorno, smarrito. Poi
guardò in alto. Ah, il cielo ampio, libero, fervido di
stelle ! Che guizzi di luce innumerevoli, che palpito
continuo ! Trasse un respiro di sollievo : se ne sentì
refrigerato. Che silenzio ! che pace ! Com'era diversa,
la notte qui, pure a due passi dalla città... Il tempo che
lì, per gli uomini, era guerra, intrigo di tristi passioni,

avec le clochard pendant un bout de chemin. Pourquoi pas ? Désormais il pouvait tout se permettre. Cela serait une distraction, une autre expérience. Il lui en manquait, morbleu, il lui en manquait des tas ! Il l'appela, lui donna son cigare à peine allumé.

— Ah, tu le fumes ?

Immonde, hirsute, le clochard ouvrit un four édenté et fétide en un sourire idiot et répondit :

— D'abord, j'en fais un mégot, puis je le mets avec le reste. Merci mon jeune monsieur.

Gosto Bombichi le regarda avec répulsion. L'autre le regardait aussi de ses yeux éraillés, embués de larmes à cause du froid, avec un rictus sinistre figé sur les lèvres comme si...

— Si le jeune monsieur le désire, dit-il à la fin, en clignant d'un œil. C'est à deux pas d'ici.

Gosto Bombichi lui tourna le dos. Vite ! Sortir au plus tôt de cette ville, de ce cloaque. Vite, vite, en marchant en terrain découvert il trouverait l'endroit le meilleur pour jouir du dernier spectacle, et bonsoir.

Il marcha d'un pas rapide, jusqu'aux dernières maisons de la rue qui débouchait sur la campagne. Là il s'arrêta et regarda autour de lui, complètement perdu, puis il leva les yeux en l'air. Ah, le vaste ciel libre, étincelant d'étoiles ! Quel pétillement d'innombrables lumières, quelle incessante palpitation ! Il poussa un soupir de soulagement, il se sentit rasséréné. Quel silence ! Quelle paix ! Que la nuit était différente ici, quoique à deux pas de la ville ! Le temps qui là-bas n'apportait aux hommes

noja acre e smaniosa, qui era attonita, smemorata, quiete. A due passi, un altro mondo. Chi sa perché, intanto, provava uno strano ritegno, quasi di sgomento, a muovervi i piedi.

Gli alberi, sfrondati dalle prime ventate d'autunno, gli sorgevano attorno come fantasmi dai gesti pieni di mistero. Per la prima volta li vedeva così e ne sentiva una pena indefinibile. Di nuovo si fermò perplesso, quasi oppresso di pauroso stupore ; tornò a guardarsi attorno, nel bujo.

Lo sfavillio delle stelle, che trapungeva e allargava il cielo, non arrivava ad esser lume in terra ; ma al lucido tremore di lassù pareva rispondesse lontano lontano, dalla terra tutta, un tremor sonoro, continuo, il fritinnio dei grilli. Tese l'orecchio a quel canto, con tutta l'anima sospesa : percepì allora anche il fruscio vago delle ultime foglie, il brulichio confuso della vasta campagna nella notte, e provò un'ansia strana, una costernazione angosciosa di tutto quell'ignoto indistinto, che formicolava nel silenzio. Istintivamente, per sottrarsi a queste minute, sottilissime percezioni, si mosse.

Nella zana a destra di quella via di campagna scor-

que guerre, nœuds de tristes passions, ennui amer et agité, était ici calme pétrifié, sans mémoire. À deux pas, un autre monde. Qui sait pourquoi, cependant, il éprouvait une étrange gêne, presque une frayeur à y mettre les pieds.

Les arbres, dénudés par les premières bourrasques d'automne, se dressaient autour de lui comme des fantômes aux gestes pleins de mystère. C'était la première fois qu'il les voyait ainsi et il en ressentait une peine indéfinissable. De nouveau il s'arrêta, perplexe, comme en proie à une stupeur craintive, se remit à regarder autour de lui dans l'obscurité.

Le scintillement des étoiles qui piquetaient et élargissaient le ciel, n'arrivait pas à être sur terre de la lumière ; cependant au frémissement lumineux de là-haut semblait répondre de toute la terre, loin, très loin un autre frémissement sonore continu : la stridulation des grillons[1]. Il tendit l'oreille à ce chant de toute son âme en suspens ; il perçut alors aussi le vague froufrou des dernières feuilles, le grouillement confus de la vaste campagne dans la nuit et une inquiétude étrange le saisit, une consternation angoissée devant tout cet inconnu indistinct qui fourmillait dans le silence. Instinctivement, pour se soustraire à ces très infimes perceptions menues, il se remit en marche.

Dans le fossé à droite de la route de campagne

---

1. On attendrait « stridulation des cigales », mais elles ne chantent pas la nuit.

reva un'acqua, silenziosa nell'ombra, la quale, qua e là,
s'alluciava un attimo quasi per il riflesso di qualche
stella, o forse era una lucciola che vi sprazzava sopra, a
tratti, volando, il suo verde lume.

Camminò lungo quella zana fino a un primo passa-
tojo e montò sul ciglio della via per internarsi nella
campagna. La terra era ammollata dalla pioggia
recente ; gli sterpi ne gocciolavano ancora. Mosse,
sfangando, alcuni passi e si fermò, scoraggiato. Povero
abito nero ! povere scarpine di coppale ! Ma infine,
via, che bel gusto, anche, insudiciar tutto così !

Un cane abbajò, poco lontano.

— Eh, no... se non è permesso... Morire, sì, ma con
le gambe sane.

Si provò a ridiscendere su la via : *patapùnfete* ! sci-
volò per il lurido pendio ; e una gamba, manco a dirlo,
dentro l'acqua della zana.

— Mezzo pediluvio... Be' be', pazienza. Non avrò
tempo di prendere una costipazione.

Si scosse l'acqua dalla gamba e s'inerpicò a stento
dall'altra parte della via. Qua la terra era più soda ; la
campagna meno alberata. A ogni passo s'aspettava un
altro latrato.

A poco a poco gli occhi s'erano abituati al bujo ; dis-
cernevano, anche a distanza, gli alberi. Non appariva
alcun segno di prossima abitazione. Tutto intento a
superare le difficoltà del cammino, con quel piede
zuppo che gli pesava come fosse di piombo, non pensò
più al proposito violento che lo aveva cacciato di notte lì,
per la campagna. Andò a lungo, a lungo, sempre inten-

courait une eau silencieuse dans l'ombre, qui, çà et là, s'éclairait un instant comme du reflet de quelque étoile, ou peut-être était-ce une luciole qui, dans son vol, à intervalles, l'aspergeait de sa verte lueur.

Il longea le fossé jusqu'à une première passerelle et grimpa sur le talus pour s'enfoncer dans la campagne. La pluie récente avait détrempé la terre, les broussailles en dégouttaient encore. Il fit quelques pas, pataugeant dans la boue et, découragé, fit halte. Pauvre habit noir ! Pauvres escarpins vernis ! Mais enfin quoi, quel plaisir aussi à se crotter de la sorte !

Un chien aboya, à peu de distance.

— Eh... si cela n'est pas permis... Mourir, d'accord, mais les jambes saines et sauves.

Il chercha à regagner la route et, *patapouf* ! il glissa le long du talus bourbeux, et, bien entendu, une jambe dans l'eau du fossé.

— Un demi-bain de pieds... Bon, bon, du calme ! Je n'aurai pas le temps de m'enrhumer.

Il secoua sa jambe et se hissa à grand-peine de l'autre côté de la route. Là le sol était plus ferme, la campagne moins boisée. À chaque pas, il s'attendait à d'autres aboiements.

Peu à peu ses yeux s'étaient habitués à l'obscurité, ils discernaient à distance les arbres. Aucune trace d'habitation à la ronde. Absorbé par les difficultés de sa marche, avec ce pied trempé qui avait le poids du plomb, il cessa de penser à l'impulsion violente qui l'avait jeté ici la nuit, en pleine campagne. Il marcha très longtemps, s'enfonçant de biais dans les

nandosi di traverso. La campagna declinava legger-
mente. Lontano, lontano, in fondo al cielo, si dise-
gnava nera nell'albor siderale una lunga giogaja di
monti. L'orizzonte s'allargava ; non c'eran più alberi
da un pezzo. Oh via, non era meglio fermarsi lì ? Forse
il sole sarebbe sorto su da quei monti lontani.

Guardò di nuovo l'orologio e gli parve da prima
impossibile che fossero già circa le quattro. Accese un
fiammifero : sì, proprio le quattro meno sei minuti. Si
meravigliò d'aver tanto camminato. Era stanco difatti.
Sedette per terra ; poi scorse un masso poco discosto e
andò a seder, meglio, lì sopra. Dov'era ? — Bujo e
solitudine !

— Che pazzia...

Spontaneamente, da sé, gli venne alle labbra questa
esclamazione, come un sospiro del suo buon senso da
lungo tempo soffocato. Ma, riscosso dal momentaneo
stordimento, lo spirito bislacco da cui s'era lasciato
trascinare a tante pazze avventure riprese subito in lui
il dominio sul buon senso, e se n'appropriò l'esclamazione. Pazzia, sì, quella scampagnata notturna poco
allegra. Avrebbe fatto meglio a uccidersi in casa, comodamente, senza il pediluvio, senza insudiciarsi così le
scarpe, i calzoni, la marsina, e senza stancarsi tanto. È
vero che avrebbe avuto tutto il tempo di riposarsi, tra
poco. E poi, ormai, giacché fin lì c'era arrivato... Sì :
ma chi sa per quanto tempo ancora doveva aspettare questa benedetta levata del sole... Forse più di

terres. Le sol s'abaissait légèrement. Très loin, au fond du ciel, se profilait en noir sur la pâleur des astres de longues croupes montagneuses. L'horizon s'élargissait : il n'y avait plus d'arbres depuis un certain temps. Voyons, ne valait-il pas mieux s'arrêter ici ? Peut-être que le soleil allait surgir de derrière ces montagnes lointaines.

Il consulta une nouvelle fois sa montre et il lui sembla d'abord impossible qu'il fût déjà près de quatre heures. Il frotta une allumette : oui, quatre heures moins six exactement. Il fut étonné d'avoir marché si longtemps. En effet, il était fatigué. Il s'assit par terre puis, apercevant un bloc de pierre un peu plus loin, il alla s'asseoir là-dessus — c'était mieux. Où était-il ? Obscurité et solitude !

— Quelle folie...

Spontanément, d'elle-même, cette exclamation lui monta aux lèvres, comme un soupir de son bon sens étouffé depuis si longtemps. Mais dès qu'il fut revenu de ce moment de distraction, l'humeur saugrenue qui l'avait entraîné dans de si folles aventures reprit aussitôt barre sur son bon sens et s'en appropria l'exclamation. Folie, certes, que cette peu réjouissante partie de campagne nocturne. Mieux eût valu se suicider à la maison, commodément, sans ce bain de pieds, sans salir ainsi ses chaussures, son pantalon, son frac, sans se fatiguer à ce point. Il est vrai que d'ici peu il aurait tout loisir de se reposer. Et puis désormais, puisqu'il en était arrivé là... Oui, mais qui sait combien de temps ce sacré lever de soleil allait encore se faire attendre ! Plus

un'ora : un'eternità... E aprì la bocca a un formidabile sbadiglio.

— Ohi ohi... se m'addormentassi... Brrr... fa anche freddo : umidaccio.

Tirò su il bavero della marsina ; si cacciò le mani in tasca e, tutto ristretto in sé, chiuse gli occhi. Non stava comodo, no. Mah ! per amor dello spettacolo... Si riportò col pensiero alle sale del Circolo illuminato a luce elettrica, tepide, splendidamente arredate... Rivedeva gli amici... e già cedeva al sonno, quando a un tratto...

— Che è stato ?

Sbarrò gli occhi, e la notte nera gli si spalancò tutt'intorno nella paurosa solitudine. Il sangue gli sfrizzava per tutte le vene. Si trovò in preda a una vivissima agitazione. Un gallo, un gallo aveva cantato lontano, in qualche parte... ah ecco, e ora un altro da più lontano gli rispondeva... laggiù, nella fitta oscurità.

— Perbacco, un gallo... che paura !

Sorse in piedi : andò per un tratto avanti e dietro, senza allontanarsi da quel posto, ove per un momento s'era accovacciato. Si vide lui stesso come un cane che, prima di riaccovacciarsi, sente il bisogno di rigirarsi due o tre volte. Difatti, tornò a sedere, ma daccapo per terra, accanto al masso, per star più scomodo e non farsi così riprendere dal sonno.

Eccola lì, la terra : duretta... duretta anzichenò... vecchia, vecchia Terra ! la sentiva ancora ! per poco tempo ancora... Tese una mano a un cespuglio radicato

d'une heure, peut-être... une éternité. Il ouvrit la bouche en un formidable bâillement.

— Eh là, eh là, si je m'endormais... Brrr! Il fait aussi froid : salement humide.

Il releva le col de son frac, fourra les mains dans ses poches et, tout ramassé sur lui-même, ferma les yeux. Dire qu'il était à son aise, ça non. Bah, pour l'amour du spectacle... Il revint par la pensée aux salons du Cercle éclairés à l'électricité, tièdes, luxueusement meublés. Il revoyait ses amis... et déjà cédait au sommeil quand tout à coup...

— Que se passe-t-il?

Il écarquilla les yeux et la nuit noire se déploya tout alentour en une terrifiante solitude. Son sang bouillait dans ses veines. Il se trouva en proie à une très vive agitation. Un coq, un coq venait de chanter au loin, quelque part... ah voilà, et un autre maintenant de plus loin lui répondait là-bas dans l'obscurité épaisse.

— Tonnerre! Un coq! Quelle peur!

Il bondit sur ses pieds, se mit à faire les cent pas sans s'éloigner de la place où il s'était pelotonné un moment. Il se vit pareil à un chien qui avant de se rouler en boule éprouve le besoin de se retourner deux ou trois fois. En fait, il alla se rasseoir, mais de nouveau par terre à côté de la pierre, d'une manière plus inconfortable pour ne pas se laisser reprendre par le sommeil.

La voici la terre... dure, plutôt dure, cette vieille, vieille Terre! Il la sentait encore, pour un petit bout de temps encore. Il tendit une main vers le buisson

sotto il masso e l'accarezzò, come si accarezza una femmina passandole una mano su i capelli.

— Aspetti l'aratro che ti squarci ; aspetti il seme che ti fecondi...

Ritrasse la mano che gli s'era insaporata d'una fragranza di mentastro acuta.

— Addio, cara ! — disse, riconoscente, come se quella femmina con quella fragranza lo avesse compensato della carezza che le aveva fatto.

Triste, cupo, si raffondò di nuovo col pensiero nella sua vita tumultuosa ; tutta l'uggia, tutta la nausea di essa gli si raffigurò a poco a poco in sua moglie : se la immaginò nell'atto di leggere la sua lettera, fra quattro o cinque ore... Che avrebbe fatto ?

— Io qui... — disse ; e si vide, morto, lì, steso scomposto in mezzo alla campagna, sotto il sole, con le mosche attorno alle labbra e gli occhi chiusi.

Poco dopo, dietro i monti lontani, la tenebra cominciò a diradarsi appena appena a un indizio d'albore. Ah, com'era triste, affliggente, quella primissima luce del cielo, mentre sulla terra era ancor notte, sicché pareva che quel cielo sentisse pena a ridestarla alla vita. Ma a poco a poco s'inalbò tutto, su i monti, il cielo, d'una tenera freschissima luce verdina, che a mano a mano, crescendo, s'indorava e vibrava della sua stessa intensità. Lievi, quasi fragili, rosei ora, in quella luce, pareva respirassero i monti laggiù. E sorse alla

qui prenait racine sous le bloc de pierre et le caressa, comme on caresse une femme en lui passant la main dans les cheveux.

— Tu attends la charrue qui t'éventrera. Tu attends la semence qui te fécondera...

Il retira sa main qui s'était imprégnée d'un violent parfum de menthe.

— Adieu chérie ! fit-il, reconnaissant, comme si cette femme, avec ce parfum, lui avait rendu sa caresse.

Triste et sombre, il se plongea à nouveau par la pensée dans sa vie tumultueuse : peu à peu tout l'ennui, toute la nausée qui s'en dégageaient prirent les traits de sa femme. Il se l'imagina en train de lire sa lettre d'ici quatre ou cinq heures... Que ferait-elle ?

— Moi ici... se dit-il, et il se vit mort là, étendu sans pudeur au milieu de la campagne, sous le soleil, avec des mouches autour des lèvres et les yeux fermés.

Peu après, derrière les monts lointains les ténèbres commencèrent à se dissiper tout doucement, signal de l'aube. Ah, qu'elle était triste, affligeante, cette toute première lueur du ciel, tandis que sur la terre il faisait encore nuit au point qu'on eût dit que le ciel se sentait peiné d'avoir à la ramener à la vie. Mais petit à petit tout le ciel sur les monts s'éclaira d'une tendre et très fraîche clarté verte qui, à mesure qu'elle grandissait, se dorait et vibrait de sa propre intensité. Légères, presque fragiles, roses maintenant, il semblait que, baignées de

fine, flammeo e come vagellante nel suo ardore trionfale, il disco del sole.

— Per terra, sporco, infagottato, Gosto Bombichi, col capo appoggiato al masso, dormiva profondissimamente, facendo, con tutto il petto, strepitoso mantice al sonno.

cette lumière, les montagnes respiraient. Et jaillit pour finir, flamboyant et comme titubant en son ardeur triomphale, le disque du soleil.

Par terre, sale, mal fagoté, Gosto Bombichi, la tête appuyée contre la pierre, dormait du plus profond sommeil, toute la poitrine transformée en un bruyant soufflet de forge.

Impression Brodard et Taupin,
le 11 septembre 1990.
Dépôt légal : septembre 1990.
Numéro d'imprimeur : 1458D-5.
ISBN 2-07-038312-1 / Imprimé en France.

50186